La cosecha pálida

La cosecha pálida

Josan Mosteiro

rocabolsillo

Primera edición en este formato: mayo de 2023

Av. Marquès de l'Argentera 17, pral.
08003 Barcelona
actualidad@rocaeditorial.com
www.rocabolsillo.com

Impreso por NOVOPRINT
Sant Andreu de la Barca (Barcelona)
Printed in Spain – Impreso en España

ISBN: 978-84-18850-66-0
Depósito legal: B. 6795-2023

RB50660

Dedicado a mi madre

No hay nada más peligroso que lo reprimido y oculto,
lo que se queda dentro.

Insolación, Emilia Pardo Bazán

Silvina

No entréis solos en el bosque.

Llevan escuchando esa advertencia toda su corta vida, pronunciada por sus padres, abuelos, tíos y profesores.

No vayáis solos al bosque.

No sabéis qué os podéis encontrar ahí.

Como si adentrarse en esa espesura verde y oscura fuera cruzar una puerta prohibida. Como si el bosque fuera un territorio sin leyes, sin tiempo, donde cualquier maldad es posible, donde el peligro acecha detrás de cada árbol, de cada matorral, arrastrándose sigiloso.

El bosque es el lugar que inspiró todas las viejas leyendas, donde viven los monstruos, los duendes, las *meigas* y la mala gente que secuestra a los niños y los hierve en grandes calderos para separar mejor la carne de los huesos.

No entréis solos en el bosque.

Pero no están solos. Se tienen el uno al otro.

Ella se llama Inma y él Luis. Tienen doce años y hace un par de semanas que son novios, desde que terminaron las clases. No se lo han contado a nadie, es su secreto, es la primera vez que tienen algo que no quieren contar a nadie. Únicamente se cogen de la mano cuando están a solas, escondidos de todas las miradas. Y en el bosque nadie puede verlos. Al menos, eso esperan.

Cruzan al otro lado de la carretera, aprisa. La mañana es soleada, no corre viento, el cielo es de un azul tan inmóvil que parece pintado. Se alejan del sendero que parte la hierba y, a pesar de las advertencias tantas veces oídas, entran en el bosque. Y sienten como si traspasaran una puerta invisible. Ahí dentro el aire huele a eucalipto, el aire huele a hierba, a verde. Los rayos del sol no llegan a tocar la tierra, se quedan prendidos en la telaraña que forman las copas de los árboles.

Por fin, Luis e Inma se cogen de la mano. En parte para sentirse mayores, en parte por la emoción de estar haciendo algo que creen prohibido.

—No se lo has dicho a nadie, ¿verdad? —pregunta él.

—¿Que veníamos aquí? ¿Y tú qué crees?

Ambos sonríen.

Los saltamontes escapan a sus pasos. Un pico picapinos suena cerca. Están rodeados de vida inquieta, atareada.

Sin soltar la mano de Inma, Luis agarra una rama, la limpia con una hoja y la emplea para golpear la tierra mientras caminan, tanteando, no vayan a dar con una culebra.

—Mira —le dice Inma a Luis enseñándole el móvil.

No hay cobertura. Ambos sonríen, nerviosos. Sienten como si estuvieran nadando lejos de la orilla. Hacia lo profundo.

El terreno cubierto de ramas y sombras desciende y llegan a un riachuelo. El agua parece brincar y cantar. Lo salvan escogiendo con cuidado qué piedras pisar. Al llegar al otro lado, Luis dice:

—Si huyera de mi casa, construiría una cabaña aquí. Sobre ese roble grandote. Si tienes agua cerca, tienes casi todo resuelto.

Es algo que lleva pensando todo el día. Una frase para impresionarla.

—¿Y qué comerías?

—Ardillas y ranas.

Inma dibuja una mueca de asco y ambos ríen. Luis se atreve a acariciarle el cabello pelirrojo y dice:

—Parece hilo de cobre. Me encanta.

—Estaría más guapa sin tantas pecas.

—¿Qué dices? No tienes ni idea.

—¿Y tú? —dice ella dándole un empujón suave, casi a cámara lenta.

Al cabo de media hora, puede que más, al superar una colina se encuentran con un camino de tierra que araña el bosque como una cicatriz. Hay huellas de neumáticos en el barro.

Se sienten decepcionados, se sueltan la mano.

—¿Qué hacemos, volvemos? —pregunta ella.

Luis se encoge de hombros, como si le hubiera fallado de alguna manera.

—¿Tú qué quieres hacer?

—Lo que tú quieras.

Cuando están a punto de retroceder y volver por donde han venido, oyen un ruido.

Ha sonado cerca, del interior del bosque. Parecía un gruñido.

Se quedan quietos para escuchar mejor.

Zumban los insectos a su alrededor. Inma se fija en una lágrima de resina en un tronco.

Un nuevo gruñido.

—Es un *porco* —susurra Luis—. Uno de los escapados.

Hace quince o veinte años, antes de que Inma y Luis nacieran, un camión cargado de cerdos volcó en una curva y un par de docenas de los animales huyeron al interior del bosque, lejos de los hombres. Ese mismo día, un puñado de vecinos se aventuraron a buscarlos por su cuenta, capturaron a unos cuantos de los puercos fugados y se los quedaron. Pero varios animales desaparecieron en la naturaleza y medraron ahí. De vez en cuando, alguien en el pueblo asegura haberse cruzado con uno.

Inma y Luis se cogen de la mano de nuevo y caminan despacio en dirección al gruñido. Vuelven a sentir la aventura corriendo por sus venas, se miran y no pueden dejar de sonreír.

Un nuevo gruñido, casi un ronquido.

Se están acercando.

En ese momento la ven. Sí, es una cerda. Grande, preñada y sorprendentemente limpia, como si llegara de bañarse en un arroyo.

Pero no limpia del todo.

Tiene el hocico manchado de sangre.

Está comiendo algo. Inma y Luis se acercan más y la cerda se gira y los mira.

Los niños se detienen, un pie en el aire sin atreverse a pisar, como si se tratara de un juego. No te muevas o pierdes.

El animal deja de comer y se encara hacia ellos.

Luis golpea un tronco con la rama y grita:

—¡*Vaiche, vaiche!* ¡Vete!

La cerda obedece y se aleja con un alegre trote.

—¿Qué estaba comiendo? —pregunta Luis.

Inma no contesta.

Inma ha dado un paso adelante y ha visto el cuerpo: una chica tumbada bocabajo, con unas Converse azules y unos pantalones cortos vaqueros y nada más.

Desnuda de cintura para arriba.

Una pantorrilla mordisqueada por la cerda.

Y la espalda arañada.

No, no son arañazos. Tiene algo escrito en la piel.

Luis la ve también y grita:

—¡Vámonos! ¡Corre, vámonos!

Pero Inma apenas lo oye. Sigue caminando hacia el cadáver. Hay algo familiar en ese cuerpo tirado. El cabello pelirrojo, como el suyo. Las zapatillas azules. ¿Qué le han escrito en la espalda?

—¡Inma, por favor!

—Es Silvina —murmura.

Inma recuerda que esa mañana su hermana no estaba en casa cuando se ha levantado.

Luis la coge de la muñeca y tira de ella. Inma se suelta y le dice sin alzar la voz:

—Es Silvina. Es mi hermana...

—¿Qué? Pero… ¿Tu hermana?

Luis saca el móvil del bolsillo. Se le cae. Lo recupera. Busca cobertura.

Inma sigue acercándose al cadáver de Silvina, despacio, como si temiera despertarla.

No entréis solos en el bosque.

No sabéis qué os puede encontrar ahí.

—¿Qué le han...? ¿Le han escrito algo en la espalda? —balbucea la niña.

No es un tatuaje.

No son unas letras rojas.

Son heridas.

Alguien ha cortado la espalda blanca de la muchacha para formar dos palabras: MALA SEMILLA.

Entonces es cuando Inma grita.

Y grita.

Y grita hasta llenar el bosque de miedo y lamentos.

PRIMERA PARTE

Un regreso inesperado

1

24 DE JUNIO DE 2019

Crucita

Una muchacha camina despacio por la cuneta de una carretera paralela al bosque.

No porta nada consigo, salvo unas zapatillas planas y un ligero vestido de cuello cerrado y mangas cortadas a la altura del codo de color amarillo, lo cual resalta aún más su palidez. Su cabello rubio brilla en dos largas y perfectas trenzas.

Está amaneciendo y la luz que se filtra a través de la niebla parece hacerle daño en los ojos. Tiembla de frío o quizá por los nervios. Camina con los brazos cruzados, mirando al suelo y a buen ritmo, como si supiera adónde se dirige. Un par de coches toca el claxon al pasar por su lado, pero ella no levanta la cabeza.

Al llegar al pueblo, a Calixe, mira a su alrededor, a las dos hileras de viviendas que escoltan ese tramo de carretera, como confirmando que todo está tal como lo recuerda. Casas grises, azules, verdes, blancas, un par con manchas de humedad, viviendas discretas y prácticas, muchas ventanas y pocos balcones, dos pisos como máximo.

A la muchacha no le sorprende descubrir que casi todos los bares ya están abiertos. En sus barras, hombres mayores de caras afeitadas y serias, sentados en taburetes, tomando el primer café de la mañana, sin nada que hacer más que cargar su aburrimiento de un lado a otro.

En el cruce de carreteras que atraviesa el centro del pueblo hay dos paradas de autobús enfrentadas. Esperando a los coches de línea que van de Lugo a Santiago de Compostela, y viceversa, dos grupos de jóvenes de aspecto intercambiable que van en direcciones opuestas. Hablan alto, la voz ronca por haber estado de fiesta toda la noche, hacen bromas, canturrean, se encienden cigarrillos unos a otros y flirtean por inercia, con más cansancio que esperanza. Un par de muchachos aún llevan vasos de tubo en las manos. Las chicas se agrupan dándose calor a falta de chaquetas, los hombros y las piernas al descubierto. Algunas llevan los zapatos en la mano. Al pasar junto a ellas, la muchacha del vestido amarillo las mira con desaprobación, dibuja una mueca de desprecio, y por un momento parece que va a decirles algo o a escupir al suelo a su lado.

Las tiendas están cerradas, es festivo, pero en la plaza de San Roque hay un puñado de feriantes que empiezan a montar sus tenderetes sin prisa; es día de mercadillo. Sentados en dos bancos, cinco peregrinos treintañeros abren barras de pan con una navaja, comparten latas de atún, queso, tetrabriks de zumo y pelan mandarinas para el desayuno.

La muchacha del vestido amarillo se sienta en otro de los bancos de la plaza y mira el reloj de la iglesia románica. Faltan seis minutos para las nueve de la mañana. La neblina que da nombre al pueblo está desapareciendo.

Una chica joven que empuja un carrito de bebé cruza la calle. Está escuchando música con el móvil. Despeinada, su expresión parece sujetar un bostezo infinito. Al llegar a la altura de la muchacha del vestido amarillo se detiene y la mira como si fuera una aparición. Se quita los auriculares y pregunta:

—¿Crucita? ¿Eres tú?

La muchacha del vestido amarillo la mira un segundo, suficiente para reconocerla: es María Braña, iba un curso por encima en el instituto. La detestaba entonces y la detesta aún más ahora. No le responde. Mira en otra dirección. No quiere ver al bebé en el carrito.

—Crucita, no me lo puedo creer. Santa María, me dio un escalofrío al verte. Estás... ¿Estás bien? ¿Cuándo has vuelto? Todos pensaban que... ¿Te encuentras bien, *rapaza*? ¿Quieres que llame a alguien?

La muchacha del vestido amarillo tiene diecinueve años y se llama María de la Cruz Castro Varela, pero en Calixe todos la conocen como Crucita. Es la mañana de San Juan. Ese día se cumplen cuatro años desde la última vez que alguien la vio.

Crucita vuelve a mirar el reloj de la iglesia y se pone en pie sin decir palabra. Echa a andar calle abajo con pasos decididos. María Braña la sigue empujando el carrito con su bebé. Al cabo de unos doscientos metros se cruzan con tres mujeres de unos sesenta años, vestidas con zapatillas y ropa vagamente deportiva, que cada mañana se reúnen para caminar un par de kilómetros y luego gratificarse el esfuerzo desayunando filloas de leche o cruasanes mojados en chocolate caliente en La Imperial, la cafetería más antigua del pueblo.

—Es Crucita —les dice María Braña a las tres mujeres—. Resulta que está viva —añade, bajando un poco la voz.

—¿Y adónde va? —pregunta una de las mujeres.

—Irá a su casa —le responde otra—. ¿Dónde va a ir si no, pobre criatura?

Las tres mujeres se unen a María Braña en la persecución de Crucita calle abajo.

Durante el camino lanzan preguntas al aire, excitadas como palomas a las que arrojan migas de pan.

—¿Y llegó así, toda sola?

—Qué *blanquiña* está, ¿verdad?

—¿Sabrá lo de su madre?

—¡Qué va a saber! Seguro que estuvo en el extranjero.

—¡Qué alegría se va a llevar su padre! Pobre Antonio, lo que ha debido de sufrir ese hombre los últimos años.

—¿Le habrá guardado la habitación tal como la dejó?

Crucita ignora el parloteo de su séquito. Se detiene al llegar a la penúltima casa de la calle, un chalé blanco de dos pisos con un jardín delantero cubierto de peonías rosas y hortensias blancas y azules. Una cancela negra metálica rodea el jardín y un sendero de piedra gris lo parte por la mitad. Crucita coge aire, una aspiración profunda, y lo suelta despacio. Detrás de ella, las mujeres y un anciano curioso guardan silencio. Crucita abre la cancela, la cierra tras de sí, camina hasta la puerta y llama al timbre, que suena con unas campanadas cursis, casi navideñas.

Alertado por la multitud reunida, un coche de la policía municipal se detiene ante la casa. La puerta del conductor se abre y del vehículo desciende una mujer pequeña y rechoncha, más cerca de los cuarenta que de los treinta años, el cabello corto tipo casco de un tono castaño claro con mechas de un rubio casi blanco. A cada paso que da parece que vaya a echar a rodar.

—¿Qué está pasando? —le pregunta a la nube de personas que espera apoyada en la valla negra el reencuentro de Crucita con su padre—. ¿Reparten dulces o años de vida?

—Agripina, es Crucita. Ha vuelto —le contesta una de las mujeres.

—¿Seguro que es ella? —pregunta Agripina, la agente de policía municipal.

—¿Por qué te vamos a decir que es ella si no es ella? —se ofende otra mujer.

—Todavía no ha hablado con nadie —añade María Braña, que no quiere perder la exclusividad de la noticia.

—Crucita, ¿estás bien? —pregunta Agripina atreviéndose a abrir la cancela, pero sin entrar.

Crucita la ignora y vuelve a tocar el timbre.

—Cruz, ¿estás bien? —insiste la agente de policía—. ¿Has vuelto sola? Deberíamos llevarte al médico para asegurarnos de que estás bien.

Crucita toca el timbre con más intensidad. Tintinean las campanillas.

—¡Antonio! —grita una de las mujeres—. ¡Antonio, sal, es tu hija!

Se abre la puerta y aparece un hombrecillo atildado. El cabello aún abundante peinado con una impecable raya a un lado, un bigote fino y canoso recortado para no cubrir el labio, gafas redondas de montura metálica, camisa blanca, chaleco granate de punto, pantalones grises y botas marrones. Lleva unos guantes verdes de jardinero.

—Estaba en el invernadero —dice sonriendo al tiempo que se sacude un ligero polvillo de las rodillas.

Fija la mirada en su hija. Luego en la gente que hay detrás de la valla como buscando una confirmación. De nuevo mira a Crucita y estira la mano para apoyarse en el quicio de la puerta.

—¡Ay, que se cae! —grita una mujer.

Crucita le tiende la mano. Antonio la coge como si fuera algo nuevo, un *souvenir* traído de un lugar lejano y misterioso.

—¿Eres realmente tú? —pregunta a su hija. Una lágrima empieza a correrle mejilla abajo.

Crucita asiente con lo que parece un gesto de impaciencia.

—Tengo frío —dice.

Su padre rompe a llorar y la abraza. Ella no le devuelve el cariño, las manos colgando a los lados, pegadas a las caderas, como un soldado.

—Tendría que ir al médico a que le hagan pruebas —dice Agripina detrás de ellos.

—Pero déjala que desayune con su padre —dice una mujer.

—Tendrá hambre, *pobriña* —añade otra.

Sin ejercer fuerza, Crucita se desprende de su padre, se da la vuelta y se dirige a la gente que rodea la casa:

—Estoy bien. Después de desayunar iré al centro de salud para demostrar que estoy bien. Y mañana daré una rueda de prensa para contar qué pasó y dónde estuve. —Las palabras salen de su boca como un discurso aprendido—. A todos le va a interesar mi historia. Que me secuestraran es lo mejor que me ha pasado. Mis secuestradores me salvaron la vida.

—¿Te secuestraron? —pregunta Agripina—. ¿Quién?

Crucita no contesta. Entra en su casa y cierra la puerta tras ella.

2

24 de junio de 2019

Asunta

¿Y tú quién eres?

Me desperté con un sobresalto, con la imagen del sueño aún presente: mi padre agarrándome de los brazos y preguntándome quién era a pocos centímetros de la cara. La pesadilla habitual. Especialmente después de una noche de alcohol. La luz me daba de lleno en los ojos, me había olvidado de correr las cortinas antes de acostarme.

Saqué el móvil del cajón de la mesita de noche para comprobar la hora. Eran casi las dos de la tarde. Meike, mi compañera de piso durante los últimos diez meses, ya estaría llegando a Berlín. Y probablemente sin la resaca ni el cansancio que yo tenía en ese momento. Es lo que pasa cuando sales de fiesta con alguien doce años más joven. Habíamos tapeado, bebido, cantado, bebido de nuevo, llorado por su partida, bebido otra vez y prometido que nos escribiríamos a menudo. Aunque en el fondo ambas sabíamos que al principio nos mandaríamos mensajes cada semana, al poco cada mes, y probablemente terminaríamos por solo felicitarnos los cumpleaños, siempre que nos acordáramos. Y ya me parecía bien: cada relación, del tipo que sea, tiene su momento.

Al incorporarme sentí que me ahogaba con el cable de los auriculares. Siempre duermo escuchando *podcasts* o audiolibros por un oído. De lo contrario, soy incapaz de conciliar el sueño. Sufro *tinnitus*, una palabra que siempre me ha parecido demasiado bonita para lo que significa: un pitido constante en los oídos, que se vuelve especialmente molesto por la noche ante la ausencia de otros sonidos. Los *podcasts* de misterio con el volumen bajo son perfectos para engañar a mi cerebro y conseguir dormir.

Me di una larga ducha, de esas que dejas caer el agua caliente por la cara y te parece mentira que algo tan simple resulte tan confortante, tan placentero. En esos momentos, siempre fantaseo con cascadas de agua caliente cayendo en un estanque escondido en un bosque.

Al salir del cuarto de baño, tenía un mensaje de texto de la Duquesa. Me citaba en su «oficina» esa misma tarde, a primera hora, para tomar un café. Tenía el tiempo justo para montar en un plato un frankenstein de restos de comida (media empanada de bonito, una lata de zamburiñas con salsa marinera, unas lonchas de jamón serrano, un poco de queso suizo, una magdalena de arándanos y un par de huevos duros) y zampármelo todo revuelto como si me fuera la vida en ello.

Luego maquillé los efectos de la resaca en mi cara, me pinté los labios de un rojo clásico, me puse una blusa blanca limpia e incluso una falda oscura y discreta y zapatos: mi disfraz de chica profesional y responsable. La Duquesa siempre tiene ese efecto sobre mí: siento que si no me presento arreglada a su encuentro, la estoy insultando de alguna manera.

La Duquesa es la directora de *El Eco Norteño*, el diario digital más importante de la región, al menos de los que no cuentan con edición en papel. Y su «oficina» es una mesa en el Café Casino, normalmente junto a la ventana. Cuando me vio llegar, me hizo un gesto para que no entrara. Salió a la calle con el cigarrillo ya en la boca. Mientras se lo encendía y me miraba de reojo, me ofreció uno pese a saber que yo ya no fumo; no convidar le parecía descortés.

—¿Cómo andas, niña? Saliste anoche hasta las tantas, ¿verdad?

No era realmente una pregunta; era una afirmación. La Duquesa es lo más parecido a Sherlock Holmes que yo me he echado a la cara.

—¿Qué me ha delatado?

—Demasiado corrector de ojeras, demasiadas pastillas de menta.

Físicamente también podría ser una versión femenina del detective de ficción más famoso de la literatura: alta, delgada, la cara morena y afilada, con una innata elegancia de movimientos, como si el mundo fuera su escenario. No en vano la apodan la Duquesa. Su nombre real es Carmela Corredoira y tiene una edad indefinida: su figura dice cuarenta años; su cuello, más de cincuenta; sus ojos, sesenta; su moño gris siempre perfectamente peinado, más de un siglo. No tiene pareja conocida ni hijos. Entre los rumores que corren sobre ella —Santiago es una ciudad pequeña—, se cuenta que en su juventud tuvo un lío con un antiguo alcalde; hay quien asegura que lo mantuvo con la mujer del alcalde; otros corrigen y dicen que en realidad fue con ambos al mismo tiempo. Esa es mi versión favorita de la historia, pero nunca me atrevería a preguntarle si es cierta.

—Tú tienes familia en Calixe, ¿verdad? —me preguntó.

Me sorprendió que recordase ese detalle, ¿en qué momento le había dado yo esa información?

—Sí, mi padre nació allí y yo de niña pasaba todos los veranos. Ahora solo me queda una tía... Y una prima a la que detesto. Pero hace años que no voy.

Era cierto. En los últimos dieciséis años solo había estado apenas una hora, hacía nueve veranos, para el entierro de mi padre. A pesar de estar a menos de una hora en autocar de Santiago, para mí Calixe estaba a una distancia emocional muy lejana.

La Duquesa asintió y entendí que esperaba que le hiciera una pregunta.

—¿Por qué? —solté—. ¿Qué ha pasado?

—Hace cuatro años desapareció una chiquilla de Calixe, una adolescente, en realidad.

—Sí, me suena. Fue durante unas fiestas, ¿no?

—Exacto. Pues bien, resulta que ha regresado a su casa por su propio pie y dice que ha estado secuestrada todo este tiempo.

—Hostias.

—Pero espera, que ahora viene la mejor parte, no te la pierdas: por lo visto, asegura que eso, haber sido secuestrada, es lo mejor que le ha pasado en la vida.

—¡Menudo ataque de síndrome de Estocolmo!

—La cuestión es que mañana da una rueda de prensa en el ayuntamiento y quiero que vayas y la cubras.

—Pero... ¿cómo? ¿Se escapó?

—No lo sé.

—Pero habrán cogido a alguien, ¿no? ¿Se sabe quién la secuestró?

—No. No ha querido hacer una denuncia. Por lo visto, se ha negado en redondo a hablar. Al menos hasta mañana delante de los medios.

Rumié el asunto.

—Hay algo raro en esto. ¿La han mantenido secuestrada y ahora la han soltado?

—Nos da igual.

—Pero es que huele a que la chica se fugó y ahora vuelve arrepentida.

La Duquesa dio una calada antes de aplastar el pitillo contra un cenicero.

—Asunta, eso no nos importa. Si la *rapaza* ha permanecido secuestrada durante cuatro años y ahora la han soltado, es una noticia fabulosa. Y si se lo ha inventado todo porque se fugó con algún impresentable y está avergonzada de sus actos, es aún mejor.

—Pues sí —tuve que admitir.

—Depende de cómo vaya la rueda de prensa, después podrías intentar entrevistarla en solitario. Hablar con la familia, con el servicio médico que la haya atendido, porque supongo que habrá pasado un reconocimiento. Y con la policía o la

Guardia Civil, averiguar qué pasó hace cuatro años cuando desapareció. Quiero datos. ¿Desaparecen muchas *rapazas* en Galicia? Ya sabes, ese tipo de cosas para mantener el interés.

—De acuerdo.

—Y asegúrate de captar el color local, el ambiente. La madre llorando, el padre a la defensiva, las vecinas cotilleando... Ya sabes.

—Tengo el pálpito de que podremos sacar noticias largas para tres o cuatro días.

—Perfecto.

Asentí con una sonrisa de satisfacción. Desde que había regresado de Madrid hacía tres años y medio, el único medio con el que trabajaba era *El Eco*, y cobraba por pieza publicada. Para llegar a fin de mes sin apuros, debía colocar un mínimo de cuatro artículos cortos —o dos largos— por semana. Especialmente ahora que empezaba el verano y hasta septiembre no volvería a alquilar una habitación de mi piso, mi otra fuente de ingresos.

Mucha gente alquilaba habitaciones en verano para peregrinos y demás turistas, pero para mí suponía demasiado jaleo. Además, me resultaba inquietante el compartir mi casa con extraños que estaban de paso. Prefería alquilarla a estudiantes que se quedaran todo el curso. Y había decidido que solo a chicas. El primer año tuve un par de experiencias desastrosas alquilándola a chicos. Con el primero me acosté porque me caía bien y le cogí cariño, pero después del sexo la convivencia se volvió rara. Él se pegó a mí como un chicle sobre asfalto caliente y empezó a comprarme regalos, peluches, flores, libros de poemas, chorradas de ese estilo como si yo fuera una quinceañera romántica. Por no mencionar que era trece años más joven que yo. Así que tuve que echarle. Y el segundo me caía fatal y era un guarro de manual, de los que dejan la ropa y las expectativas tiradas por el suelo, así que también me acosté con él. Aún no me explico si fue a modo de compensación por soportarlo o de revancha absurda. En cualquier caso, luego lo eché, por supuesto.

Tal como estaban las cosas, empezar la primera semana del verano colocando tres o cuatro noticias largas me pareció un buen presagio.

Por supuesto, me equivocaba.

3

25 DE JUNIO DE 2019

Matías

Se ha acostumbrado a despertarse justo antes del amanecer. Como impulsados por un resorte, se le abren los ojos cuando el alba está a punto de romper. Lleva seis días durmiendo en el sofá del salón, desde que le dieron el alta en el hospital, porque con la pierna enyesada no puede subir las escaleras hasta su dormitorio.

Con una nueva adquirida habilidad, se sienta en la silla de ruedas y va despacio hasta la cocina, donde se prepara un café bien cargado. Sin hacer ruido para no despertar a Manuela, que duerme en el piso de arriba, sale hasta el porche.

Lleva casi un año viviendo en Galicia, pero aún le sorprende la cantidad de matices que tiene el aire: higuera, eucalipto, peonías, madera de roble cortada, hierba húmeda por el rocío, animales de granja...

El coche de alquiler que cogió su sobrina la tarde anterior en el aeropuerto está aparcado frente a la entrada de la casa. No muy lejos oye pasar un camión por la carretera solitaria. Luego el silencio. Pese a estar a comienzos de verano, a esa hora temprana aún hace frío. Lleva una sudadera con la capucha puesta. Dicen que el calor se escapa por la cabeza, y la suya es calva.

Se enciende el primer cigarrillo del día y deja el café sobre la balaustrada. Birollo aparece de alguna parte, se frota contra sus piernas, le mira, suelta un lastimero maullido y finalmente se decide a saltar sobre su regazo y frota su cabeza atigrada contra las manos frías del hombre.

—Buenos días, tontorrón —le dice.

Después de fumarse el cigarrillo, entra con el gato encaramado sobre los hombros en la cocina, abre una lata de su comida favorita y la vuelca en un cuenco metálico.

—¿Y esa bola peluda? —irrumpe su sobrina.

Lleva puesto un pantalón de pijama azul claro de aire masculino y una camiseta de tirantes blanca, a juego con los calcetines tobilleros.

—¿Adónde vas así tan pronto? Vas a coger frío.

Manuela ignora su advertencia y se agacha para acariciar el gato.

—¿Cómo es que no lo vi ayer?

—Es un juerguista. Sale mucho por las noches.

—¿Cómo se llama?

—Manuela, te presento a Birollo. Birollo, esta es mi sobrina Manuela.

—¿Birollo? ¿Qué clase de nombre es ese?

—Significa bizco en gallego.

Manuela ríe con ganas.

—Pobrecillo. Es verdad que es un poco bizco.

—Pero muy cariñoso.

Como queriendo llevarle la contraria, Birollo se escapa de los brazos de Manuela y se precipita hacia su comida.

—Pues no lo parece —dice ella.

En ese momento, Matías repara en el *piercing*.

El verano anterior, su sobrina estrenó la mayoría de edad con un gran tatuaje que le cubría el muslo derecho: una sirena con sombrero de vaquero y cartucheras con pistolas. Aunque a Matías le parecía un disparate manchar una piel tan bonita, no dijo nada. Pero esto…

—¿Llevas un *piercing* en un... pezón? —pregunta en voz baja.

Manuela suelta una nueva carcajada.

—¿Por qué susurras? ¿Para que no se entere el gato? Aquí no hay nadie más y la casa más cercana está a unos trescientos metros.

—En serio, ¿por qué te has hecho eso?

Manuela dibuja una sonrisa de medio lado.

—¿Seguro que quieres saberlo?

—No, no, no. Vale, mejor no contestes —recula Matías—. No quiero saberlo.

—Esta mañana tenemos que ir al médico, ¿no? —pregunta Manuela en lo que parece un intento de cambiar de tema.

—Sí, a las diez. Tenemos tiempo de sobra para tomar un buen desayuno. ¿Te apetece una tortilla francesa con queso y unas tostadas con aceite de oliva?

—Suena perfecto. Pero voy a darme una ducha primero.

—Muy bien.

—No intentes cocinar desde la silla, ¿eh? Espérate a que baje y preparamos el desayuno juntos. Solo faltaría que te tiraras la sartén encima.

—Estoy cojo, no inútil.

Manuela lo mira entrecerrando los ojos. Se acerca a la nevera, saca todos los huevos, los apelotona con cuidado en un paño de cocina para formar un hatillo y lo guarda en un armario alto al que su tío no puede llegar.

—Las listillas no le gustan a nadie, cuanto antes lo sepas, mejor te irá —dice Matías.

Su sobrina le da un beso en la mejilla y sube corriendo las escaleras.

Manuela es su única familia. La única cercana, al menos. Y desde la muerte de su hermano nueve años atrás, se había convertido en algo así como un segundo padre para ella. Raquel, su cuñada, se había vuelto a casar al poco tiempo y había tenido otros tres críos casi seguidos. Matías a menudo llevaba a su única sobrina al cine, al parque de atracciones, a museos y de compras.

Había empezado a ganar un buen dinero escribiendo novelas románticas con seudónimo. Dos seudónimos, en realidad: Rosalyn Parker para las de corte más clásico, protagonizadas por jovencitas en apuros que se enamoraban de hombres que en principio estaban fuera de alcance y al final conquistaban en virtud de su buen corazón; y Rafaela Summers para las historias «subidas de tono», como decía su editora, en las que mujeres que afrontaban un cambio en sus vidas se enamoraban de hombres que no les convenían y con los que descubrían un amplio rango de fantasías sexuales. Cuando Matías entró en la cuarentena sin pareja y sin perspectivas de llegar a formar una familia en un futuro próximo, decidió que emplearía parte de sus ingresos en darle una buena vida a su sobrina. Habló con su excuñada y le pidió que le dejara cubrir los estudios de Manuela. Ese mismo mes de junio, Manuela había terminado el primer curso de Psicología en una universidad londinense privada.

Cuando diez días antes despertó en una cama de hospital después de su «accidente» de coche, su primer pensamiento fue para Manuela. Cómo reaccionaría cuando se enterara de lo ocurrido. Qué pasaría por la cabeza de su sobrina al descubrir que su tío favorito había estado a punto de morir del mismo modo en que murió su padre.

Manuela aparca frente al centro de salud municipal y corre al otro lado del coche de alquiler para abrirle la puerta. Matías prefiere dejar la silla de ruedas en el maletero. Agarra la muleta con una mano y se apoya en su sobrina con el brazo libre. Manuela es alta, casi tanto como él, y se puede apoyar en ella sin problemas.

Un hombre de unos cuarenta años pasa por su lado y le echa un vistazo descarado a Manuela, que lleva unos *shorts* vaqueros que dejan al descubierto sus largas piernas. Matías se siente incómodo ante esa mirada de evidente lujuria hacia su sobrina y se pregunta cuántos padres pasan por momentos así a diario en verano.

—Vaya, se me ha olvidado el nombre de mi doctor —dice Matías, pensando en voz alta.

—No te preocupes, ahora preguntamos. No creo que haya muchos, es un hospital diminuto.

—Sé que lo llaman el Ruso.

—¿En serio? ¿Un doctor ruso ha llegado hasta aquí o le llaman así porque le pega mucho al vodka?

Matías ríe con ganas.

—Espero que no. Ruso no es. Supongo que es un apodo. Eso no es tan raro en los pueblos.

Matías señala con la cabeza a un hombre con bata que fuma medio escondido tras una esquina del edificio.

—¡Doctor! —lo llama.

El médico los mira y sonríe.

—Haga lo que digo y no lo que yo hago —dice, apagando el cigarrillo contra la pared y lanzándolo lejos de un capirotazo.

Es un hombre fornido de unos cincuenta y cinco años, con manos anchas de agricultor que contrastan con sus coquetas gafas de montura verde de empleado de óptica o director de revista de diseño. Lleva el pelo ralo peinado cuidadosamente para intentar, sin éxito, disimular la calvicie.

—Menudo follón, ¿eh? Está el pueblo revolucionado. ¿Se han cruzado con muchos coches de la prensa? —pregunta el doctor con una sonrisa amplia.

Matías se fija en la placa que lleva sujeta en la bata: DOCTOR FURELOS. Le hace gracia el apellido, aunque sabe que es muy común en la provincia.

—¿Follón? —pregunta Manuela—. ¿Qué pasó? No hemos visto nada.

—¿Ah, no? Hay una rueda de prensa porque ayer regresó una muchacha del pueblo después de cuatro años desaparecida. Crucita, se llama. Dice que la secuestraron.

—Oh, pobre —dice Manuela.

—¡Cuatro años! Entonces, ¿consiguió escapar? —pregunta Matías.

—No, no, al parecer la soltaron sus secuestradores. O eso cuenta ella. La verdad es que la historia no está muy clara, ella misma ha convocado una rueda de prensa para hoy.

Manuela frunce el ceño ante esa nueva información.

—Pero ¿ella está bien? —pregunta Matías.

—Yo mismo la examiné ayer por la tarde y no le encontré ningún problema de salud.

—Eso del secuestro suena a trola —dice Manuela.

—Seguramente se fugó y ha vuelto cuando se ha visto sin un euro —coincide Matías.

—Pues de eso yo no sé nada. —El doctor se encoge de hombros—. Pero la muchacha está pálida, como si hubiera estado mucho tiempo bajo tierra.

4

25 DE JUNIO DE 2019

Asunta

Ese día me levanté pronto sin necesidad de despertador. Estaba nerviosa y no sabía por qué.

Iba a regresar a Calixe después de bastante tiempo, sí, pero en principio eso no tendría por qué ser motivo de inquietud. Al contrario, había vivido muchos veranos felices allí. La mayoría de mis recuerdos vinculados con el pueblo eran buenos. Aunque es cierto que no lo había vuelto a pisar desde el entierro de mi padre, hacía casi nueve años. Sí, ya sé que una buena hija debe llevar flores a la tumba de su progenitor, aunque solo sea el día de Todos los Santos. Si mi padre levantara la cabeza, diría que incluso después de muerto lo sigo decepcionando.

No tengo coche ni carné de conducir, demasiada responsabilidad. Tomé el autobús que salía de la estación de Santiago a las ocho de la mañana. Iba medio vacío. Me senté junto a una ventana, me coloqué los auriculares y busqué en mi móvil música alegre para ver si me animaba, algo bailable.

En cuanto abandonamos la ciudad, nos sumergimos en una niebla espesa como el humo de un incendio. El mundo se redujo a tres colores: el verde oscuro de la vegetación, el gris del asfalto y el blanco roto de la niebla. Yo no necesitaba ver a lo lejos para reconocer por dónde íbamos. A pesar del tiempo transcurrido desde mi última visita, conocía el trayecto de memoria. Volvía a sentirme como una niña en el asiento trasero del coche de mis padres.

Cuando llevábamos algo menos de una hora de trayecto, el campanario del convento de Calixe apareció por encima de la niebla. Me hizo pensar en la aleta dorsal de un tiburón asomando en la superficie del agua. El convento fue el primer edificio del pueblo. Fue construido a finales del siglo XIV por franciscanos para dar albergue a los peregrinos que hacían el camino a Santiago. De niña me daba miedo entrar. Su interior era muy oscuro, siempre hacía frío y las imágenes sagradas me aterraban. Cristos sangrando, vírgenes llorando. Tanto dolor representado, ¿para qué?

El pueblo tiene dos paradas de autobús. Me apeé en la primera, que está enfrente de La Imperial. Faltaba una hora para la rueda de prensa, convocada en el mismo ayuntamiento. Entré en la cafetería y pedí un par de cruasanes caseros y un Red Bull *light*. Mientras llenaba el estómago, abrí mi mochila y repasé las notas que había tomado el día anterior sobre Crucita Castro Varela después de consultar las hemerotecas.

Crucita, con quince años apenas cumplidos, desapareció la noche de San Juan de 2015, festividad local. Había salido después de cenar en compañía de una amiga, Dulce Gómez. Llevaba unas mallas blancas, una camiseta sin mangas y cuello de pico del mismo color y una chaqueta vaquera estrecha azul oscuro. En el pueblo había una feria, con puestos de comida callejeros y unas cuantas atracciones, y por la tarde hubo un concierto de la orquesta municipal.

Numerosos testigos vieron a Crucita montando en los autos de choque con al menos tres muchachos del pueblo, pero en las tres ocasiones regresó con su amiga. Dulce le perdió la pista alrededor de medianoche, sin embargo, estaba acostumbrada a que Crucita terminara yéndose por su cuenta. No se le conocía novio formal. Dulce confesó que habían tomado alcohol y que no era la primera vez que lo hacían.

A la mañana siguiente, al descubrir que la niña no había

regresado a dormir a casa, los padres de Crucita, Antonio Castro y Asunción Varela, acudieron a la comisaría de la policía municipal y dieron cuenta de la desaparición. Después de interrogar a Dulce, se contactó con la Guardia Civil, que abrió una investigación oficial.

Ese mismo día se encontró el móvil de Crucita tirado en una papelera, apagado. No había mensajes ni llamadas que apuntaran hacia algún sospechoso o que aclararan el asunto. Si Crucita había quedado con alguien, lo había mantenido en secreto. Esa misma tarde y los dos días siguientes se batió la zona sin encontrar pistas ni objetos de la muchacha.

Según los diarios, algunas personas definieron a Crucita como «demasiado alegre» y «de comportamiento alocado», lo cual contribuyó a propagar la creencia de que se había fugado con algún chico y de que seguramente volvería al cabo de una o dos semanas. Sus padres negaron que Crucita, hija única, hubiera podido actuar así: «Ella no nos haría esto, no se iría sin decirnos nada y sin su móvil. Alguien se la llevó», declaró su madre, Asunción, cocinera de hotel que tenía sesenta y dos años en ese momento. Ella y su marido, Antonio, profesor de secundaria de sesenta y tres años, colocaron carteles en los pueblos vecinos y en las estaciones de tren y autobús de Santiago, A Coruña y Lugo, e hicieron llamamientos en diferentes radios. No hubo la menor respuesta positiva.

Asunción se obsesionó con la idea de que la Guardia Civil solo había buscado alrededor de las carreteras, pero no en las abundantes áreas boscosas del *concello*. No era raro que en solitario o en compañía de su marido hiciera batidas por senderos forestales y por las pequeñas aldeas de los alrededores. El día que se cumplían seis meses de la desaparición de Crucita, Asunción salió sola por la mañana de su casa y no regresó a la noche. Sin cenar, Antonio acudió de nuevo a comisaría a poner una nueva denuncia.

A la mañana siguiente, el cuerpo sin vida de Asunción fue hallado en un barranco cercano a la carretera de Lugo. El día anterior había llovido y tanto podía haberse despeñado como haberse tirado. La autopsia determinó un alto volumen de alcohol en sangre, lo cual no ayudaba a inclinar la balanza hacia el accidente o el suicidio.

Me terminé el desayuno, guardé mis cosas en la mochila y, justo cuando iba a pagar, escuché una voz familiar pero no querida a mi espalda:

—¡Lulú! ¿Eres tú?

Mierda.

Solo había una persona en el mundo que me llamara así: mi prima Agripina, Agri, a la que en los últimos dieciséis años solo recordaba haber visto una vez, en el entierro de mi padre. Durante un verano de mi niñez, me dio por decir que mi nombre era Lulú, y ella me siguió el juego hasta que nos hicimos adultas, en una especie de tomadura de pelo que solo a ella le hacía gracia. Aunque ese no era el motivo por el que la había estado evitando durante década y media.

Me volví y me encontré con una mujer a la que le apretaba por todas partes el uniforme de policía municipal y que era una versión hinchada y tosca de la prima que recordaba. Agri había sido una cría de aspecto angelical, muy blanquita, de cabellos rubios y grandes ojos azules. Seguía llevando el cabello cortado al estilo paje, como una niña de otra época, salida de un tiempo en blanco y negro. Cuatro embarazos demasiado seguidos habían hecho que doblara su tamaño, pero sus piernas seguían siendo delgadas, como si pertenecieran a otro cuerpo. Era dos años mayor que yo, pero aparentaba quince más.

—Agri… ¿Qué tal estás?

A modo de respuesta, mi prima se abalanzó sobre mí y me abrazó y me plantó dos húmedos besos en las mejillas.

Olía levemente a anís y a colonia de supermercado.

—Estás igual, Lulú.

—Bueno…

—Yo no, ya lo sé. Ya lo sé. No tengas hijos, chica, arrasan con todo lo que eras y adiós, cintura. Bum, arrasan con todo como un huracán.

Los cuatro hijos de Agri eran varones, a cuyos respectivos

bautizos yo había sido invitada. No acudí a ninguno y sería incapaz de acertar los nombres de su prole ni aunque me fuera la vida en ello.

Antes de que pudiera articular palabra, Agri preguntó con una malicia indisimulada:

—¿Qué tal están tu madre y Lola?

Inspiré con fuerza para llenarme de paciencia y asentí antes de contestar:

—Bien. Están bien.

—¡Las dos Lolas! —exclamó riendo como si fuera lo más gracioso del mundo.

—Les daré recuerdos de tu parte.

—Por supuesto, dales un beso muy grande a las dos, ¿de acuerdo? Bueno, ¿y tú qué haces por aquí? ¿Has venido a vernos?

Agri sabía perfectamente que yo no había ido a Calixe a verla a ella, ni a su madre ni a su marido ni a sus cuatro hijos. Pero no por ello iba a desaprovechar la oportunidad de hacerme sentir culpable.

—He venido por la rueda de prensa. Por Cruz Castro.

—Ah, ¿sigues con el periodismo?

«Qué hija de puta», pensé.

—Sí, sigo siendo periodista.

—Claro que sí.

Recogí mis cosas sin saber qué más podía decir.

Agri sí sabía qué decir. Nunca se quedaba sin palabras, y ahora no parecía dispuesta a dejarme ir sin darme su opinión del asunto:

—Esa *rapaza*, Crucita, menudo follón ha montado. A los críos de hoy les encanta llamar la atención. Especialmente a las chicas con pocas luces como ella.

—¿Dices que no es muy lista?

—¿Esa? Ay, si yo te contara. Siempre estuvo más interesada en ir al parque que en ir al colegio... Pero yo no te dije nada, ¿eh? Que luego todo se sabe.

—Tranquila. A ver qué se cuenta.

Me abotoné la chaqueta dispuesta a escapar de allí, pero Agri no quería soltar a su presa.

—Venga, te acompaño.

—No te molestes.

—No es molestia, mujer. Y luego te acerco a casa. A mamá y a los chicos les hará ilusión verte.

—Uy, no puedo. En cuanto termine he de volver a Santiago. Tengo mucho trabajo pendiente.

—Ya será menos. Vamos a escuchar las fantasías de Crucita y después te llevo a casa. No se hable más.

Suspiré. Pensé que, bueno, ya que parecía no haber escapatoria, podía presentarme ante mi tía con mi mejor sonrisa, tomar un café y luego largarme del pueblo para no volver nunca más.

5

25 DE JUNIO DE 2019

Crucita

Esa noche en su antigua cama, Crucita apenas ha dormido.

Después de haber pasado cuatro años bajo tierra, no está acostumbrada a todos los ruidos de la superficie, camiones en la carretera, el viento, la fauna nocturna. Y le molesta la claridad. Cuando amanece, ya está peinada, vestida y esperando, sentada frente al escritorio de su antigua habitación, que su padre ha mantenido intacta y limpia como un museo.

Su padre, siempre tan previsible. Tan correcto.

Suspira.

No sabe qué pensar de la muerte de su madre. Podían haberla avisado de eso. Pero prefiere no pensarlo porque no sabe cómo reaccionar ante esa noticia.

¿Debería sentirse triste?

No sintió tristeza alguna cuando su padre se lo contó, despacio, sujetándole la mano, dando rodeos, te preguntarás dónde está tu madre, como si esperara que ella lo adivinara por sí misma y así ahorrarse el mal trago de pronunciarlo en voz alta. Tu madre murió poco después de tu desaparición, fue un accidente. Se cayó.

Se cayó por un precipicio mientras te buscaba.

¿Deberían haberla avisado?

No, claro que no. Si no lo hicieron, sería por un buen motivo. Y no es tarea suya discutirlo. Ella debe centrarse en la rueda de prensa. Tiene un mensaje que difundir. Lo ha memorizado y lo va a pronunciar en voz alta para que el mundo se entere. Ahora debe calmarse. Se mira en el espejo de la pared y se recoge un par de mechones rebeldes detrás de las orejas. Da una respiración profunda y repite su mantra, en voz baja, tal como le enseñaron:

—Sin oscuridad no puede haber luz. Sin luz no puede haber sombras. Sin sombras no puede haber bosque. Sin bosque no puede haber camino. Sin camino estamos perdidos.

6

25 DE JUNIO DE 2019

Asunta

La rueda de prensa se celebró en el salón de actos del ayuntamiento. Al parecer, en la comisaría local no había ningún espacio habilitado para atender a los medios.

Había apenas media docena de nosotros: *La Voz de Galicia*, *El Progreso* de Lugo, Onda Cero Santiago, Cadena SER Santiago, la TVG y yo.

La impaciencia y la desidia flotaban en el aire de la estancia. Nadie parecía esperar mucho de aquello. Todos tenían pinta de querer estar en otro lado, cuanto antes. Supuse que, a diferencia de mí, serían periodistas en plantilla, con contrato fijo, que acudían allí donde les decían.

Por mi parte, cuando más vueltas le daba, más me intrigaba la historia. Tenía algo de novela policíaca, pero al revés: en lugar de comenzar con una chica que desaparece o que es hallada asesinada, empieza con una chica que regresa sana y salva.

Al menos, aparentemente. A ver qué nos contaba.

Se abrió la puerta y entró un hombre con una enorme barba blanca a lo Valle-Inclán. Llevaba un periódico bajo el brazo y vestía una camisa amarilla de manga corta, un pantalón de chándal verde y unas sandalias marrones; o bien se había vestido a oscuras, o le traía sin cuidado su propio aspecto. Tenía más pinta de monje que de periodista y, fuera lo que fuese, edad para estar jubilado. Se sentó en mitad de la sala, como si quisiera pasar desapercibido, cosa imposible con esas pintas.

Crucita apareció acompañada de su padre, la alcaldesa y un par de concejales. Excepto la chica, parecían vestidos de domingo, para ir a misa o al banco a pedir un crédito. Sin que nadie se lo pidiera se agruparon esperando una foto que inmortalizara el momento. Reparé en que Antonio, el padre de la muchacha, saludó al barbudo con sandalias con un gesto de cabeza.

Saqué mi móvil e hice unas cuantas fotos rápidas, planos generales del grupo y planos cortos de Crucita.

—¿Es que no tenéis para una cámara de fotos de verdad o qué? —me chinchó mi prima.

La ignoré.

A ella le dio igual, Agripina se sentó a mi lado con expectación, ansiosa por conocer la noticia de primera mano para luego poder contarla en cuanto saliera de allí. Si se lo hubieran permitido, seguro que habría traído palomitas.

La muchacha que nos había convocado se quitó unas gafas de sol, se sentó frente a una simple mesa de madera sobre la que la esperaban los micrófonos de las radios y se estiró la ropa en un gesto de incomodidad o nerviosismo.

Me acerqué y dejé también mi fiel grabadora para no perderme sus palabras. Cuando me miró, le dediqué mi mejor sonrisa de amabilidad y aproveché para sacarle otro primer plano sin las gafas de sol. Ella se dejó hacer sin devolverme la sonrisa. Volví a mi asiento y saqué el bloc de notas y un bolígrafo para apuntar mis impresiones; el color local, que decía la Duquesa.

Crucita llevaba el cabello largo y de un rubio nórdico peinado con la raya al medio. Una falda gris le cubría hasta debajo de las rodillas y le quedaba ancha, no parecía suya, tal vez era de su difunta madre. ¿Una especie de homenaje? Las pantorrillas estaban cubiertas por unas tupidas medias negras pese al buen tiempo y destacaban unas botas robustas de campesina. Llevaba también una rebeca amarilla y una blusa blanca abotonada hasta el cuello, colores que acentuaban su extrema palidez. Presentaba ojeras y no se había maquillado. Nada que ver con las fotos que habían circulado en la prensa después de su desaparición, en las que aparecía bañada en maquillaje y con un *piercing* en la nariz.

Su semblante era de concentración, en sus ojos castaños había una mirada resuelta y los labios, delgados, estaban apretados. Convivía en ella una hipnótica mezcla de virgen y valquiria.

La alcaldesa pareció a punto de soltar unas palabras, pero se interrumpió al abrirse la puerta del salón y aparecer un hombre de unos cuarenta y muchos años en silla de ruedas. Llevaba la pierna izquierda enyesada hasta por encima de la rodilla e iba acompañado de una chica joven morena que parecía salida de un anuncio veraniego de telefonía móvil o de cualquier producto que prometiera un mundo mejor.

—*Bos días* —dijo el hombre.

La muchacha junto a él se limitó a asentir y desplegar una espectacular sonrisa, y ambos se quedaron al fondo prestos a escuchar.

—No es de por aquí —me susurró Agri mientras señalaba al hombre de la silla de ruedas con la cabeza—. Dicen que heredó un dinero y se compró una casa hará un año o así. A la chica no la conozco. Debe de ser su amante o su cuidadora.

Miré perpleja a mi prima, sin saber qué añadir a esas suposiciones. En cualquier caso, nadie nos había exigido carné de prensa para entrar en la sala. No era raro que cualquier curioso se apuntara.

De nuevo, la alcaldesa pareció querer decir unas palabras, pero Crucita se le adelantó y nos dio las gracias por haber acudido. Luego, sin más preámbulos ni presentaciones, soltó del tirón:

—Hace cuatro años, en la víspera de San Juan, salí de fiesta y me emborraché como solía hacer, a pesar de tener solo quince años. No estoy para nada orgullosa de la chica que era. Estaba descontrolada y era vanidosa y superficial… Sin valores, sin ambiciones. No tenía ningún propósito, ningún camino. Sencillamente, estaba perdida. Muy perdida.

Hizo una pausa.

Había conseguido captar el interés de toda la sala, que la observaba con curiosidad. Excepto su padre, que pareció aquejado de un súbito dolor estomacal y se diría que se debatía entre estrechar a su hija entre sus brazos o dejarse caer desmayado al suelo.

—Como digo, esa noche me emborraché. No recuerdo qué hora era, pero en algún momento mientras iba sola de un bar a otro, alguien me asaltó.

Un rumor se extendió por la sala, los fotógrafos apretaron sus gatillos.

—No me hizo daño. Solo recuerdo que de pronto estaba en la calle y que desperté en una habitación sin ventanas.

—¿Estás diciendo que te secuestraron? —preguntó algún colega.

—Sí.

—¿Quién?

—Un *mouro*. Un *mouro* me secuestró y me llevó a su guarida subterránea —añadió con solemnidad, casi desafiante.

Alguien soltó una única carcajada, como si esperara el final de una broma.

Algunos periodistas se miraron entre sí, sonriendo.

Antonio, el padre de Crucita, buscó apoyo en la pared.

La alcaldesa dio un pequeño respingo, como si le hubiesen pellizcado el trasero.

Uno de los concejales miró a un lado y a otro como si buscara cámaras ocultas.

Yo no entendía nada, miré a Agripina, que parecía estar pasándoselo en grande.

—¿Qué ha dicho? —le susurré.

—Un *mouro*. —Casi rio—. Que dice que la secuestró un *mouro*.

—¿Qué es un *mouro*?

—Pero ¿cómo no lo sabes? ¿Tú de dónde eres? Los *mouros* son unos que viven bajo tierra...

—¿Qué?

—Seres de leyenda, *muller*. Como duendes, pero no exactamente. Viven bajo tierra y tienen mucho oro, tesoros y tal. Eso cuentan los viejos.

Aquello suponía un giro inesperado a la historia. Me imaginé contándosela a la Duquesa y su cara de satisfacción al escucharla.

—Perdona. ¿Estás diciendo que te secuestraron unos *mouros* y que te han tenido bajo tierra durante los últimos cuatro años? —preguntó la periodista de una de las radios.

—Sí, señora —dijo Crucita—. Y eso es lo mejor que me ha pasado nunca. Los *mouros* me salvaron de una vida vacía y me han dado un propósito, un camino. Sin ellos aún estaría perdida o algo peor.

—Cruz, ya basta, cariño —susurró su padre poniéndole la mano en el hombro.

Crucita la apartó inclinándose a un lado y lanzándole una mirada severa.

Me pregunté si Antonio ya sabía lo que su hija iba a decir y de ahí su nerviosismo, o si aquello de los *mouros* resultaba tan nuevo para él como para todos los demás.

—¿Y cómo era el *mouro*? —preguntó un compañero de la prensa—. Debía de ser buen mozo, ¿no? Bien guapo.

A alguien se le escapó una risa floja.

Crucita no se inmutó.

—Nunca llegué a verles la cara —dijo—. Eran muy respetuosos.

—¿Qué propósito? —preguntó una voz detrás de mí.

Todos nos volvimos.

Lo había preguntado el jubilado con barba a lo Valle-Inclán. Su expresión era seria, ceñuda, no pretendía burlarse de la muchacha. De hecho, al instante pensé que era una buena pregunta: fueran cuales fuesen sus motivos, Crucita había convocado esa rueda de prensa para dar un mensaje y había que animarla a soltarlo.

Había que darle más cuerpo a la noticia.

—¿Perdón? —preguntó Crucita.

—Has dicho que te dieron un propósito. ¿Cuál es?

Se recogió un mechón detrás de la oreja en lo que parecía un tic nervioso y cogió aire. Se sabía dueña de ese momento. Luego dijo:

—Vivimos en una sociedad enferma. Somos todos cada vez más irresponsables, más vanidosos, más superficiales, especialmente las mujeres.

Un rumor de sorpresa recorrió la sala como una sola voz.

—Debemos recuperar los antiguos valores y el contacto con la naturaleza. Con nuestra verdadera naturaleza. Ese es el camino. La mujer debe formar una familia. Y para eso debe ser recatada, discreta, cuidar la casa y criar a los niños. Basta de tecnología y de frivolidad. Debemos desandar nuestros pasos para volver a encontrarnos.

—¿En serio? —soltó la muchacha que estaba junto al hombre en silla de ruedas—. Estoy flipando. —No tenía acento gallego, era forastera.

—¿Qué pasa? —la interpeló Crucita—. ¿Tienes algún problema conmigo?

La muchacha del fondo de la sala soltó un resoplido que podía ser tanto de sorpresa como de indignación. Probablemente de ambas cosas.

—No sé quién te ha comido la cabeza, chica —le dijo a Crucita—. Pero lo que estás diciendo es un mensaje de odio contra las mujeres y, por tanto, también hacia ti misma.

Crucita frunció el ceño y levantó los dos hombros, como una niña enfadada o un gato dispuesto a saltar sobre una presa. Y dijo:

—Pero vamos a ver, ¿tú te has visto? Te pregunto. ¿Te has echado un vistazo antes de salir de casa con esas pintas de fulana?

—¡Eh! ¡Oye! ¡Qué estás diciendo! —protestó el tipo de la silla de ruedas.

Sin mirarlo, la chica que lo acompañaba le puso la mano en el hombro, tal vez para calmarlo, quizá para dejar claro que podía defenderse por sí misma. Había familiaridad entre ellos, puede que fueran padre e hija.

—Cruz, por favor —le dijo Antonio a su hija.

—¿Qué problema tienes con mi forma de vestir? —le preguntó la muchacha desde el fondo de la sala.

Del exterior llegó el bocinazo de un camión que pasaba por la carretera que partía el pueblo en dos.

—Chicas, chicas... —empezó a decir la alcaldesa, pero volvieron a interrumpirla.

—Pero, por favor. ¿Por dónde empiezo? —se dijo Crucita—. ¿Por esos pantalones tan cortos que te has puesto para enseñar del todo las piernas? ¿Por la camiseta ajustada y sin sujetador? ¿Qué necesidad tienes de regalarte así? ¿Es que no tienes el menor respeto por ti misma? Se te debería caer la cara de vergüenza. Pero para eso deberías tener vergüenza.

A medida que hablaba, iba subiendo el volumen de su voz y el tono asqueado.

Crucita había sido poseída por una rabia inmediata y voraz.

—Pero tú ¿de dónde has salido, chica? ¿Cuántos siglos dices que te han tenido secuestrada? —respondió al ataque la muchacha.

—¿Y eso que llevas? ¿Es un *piercing* en un pezón? Ay, es que no te falta un detalle, ¿verdad?

Sin poder evitarlo, toda la sala clavó la mirada en el pecho libre y descarado de la muchacha. Ella no se amedrentó.

Sí. Sí que tenía un *piercing* ahí. Sentí una punzada de dolor. Seguramente me paso de empática. Ni por un boleto de lotería premiado me dejaría hacer cosa semejante. Hacerlo por gusto no me cabía en la cabeza. ¿Sería algo generacional?

—¿Y a ti qué mierda te importa?

La otra chica se estaba contagiando de la rabia de Crucita. La miraba retadora, con las manos en las caderas y el cuerpo ligeramente echado hacia delante.

—¿Y ese tatuaje? —Crucita casi escupió bilis señalando el dibujo en el muslo de su némesis.

—¿Qué pasa con mi tatuaje?

Se trataba de una sirena con sombrero de vaquero y cartucheras con pistolas. Reconozco que no me pareció atractivo y me pregunté por un segundo si era la referencia a alguna película o a algún grupo de música, y si definitivamente me había convertido en una adulta que no entiende las modas de la juventud.

—¿No te parece asqueroso?

—Tú sí que das asco, chavala.

—Tú más.

—Vuelve a tu agujero, anda.

Toda la sala miraba alternativamente a una y a otra como en una pelea de instituto.

Agripina estaba feliz como una niña la mañana de Navidad.

Por un segundo me planteé hacerle una foto a la otra chica, una en la que se viera el tatuaje. No lo hice.

—Cruz, por favor, vámonos, *filla*, vámonos, no me encuentro bien. —Antonio hizo un nuevo intento de reclamar la atención de su hija.

Por algún motivo, tuve miedo de que aquello se acabara así.

Algo, quizás una suerte de instinto, o de oficio periodístico, me decía que no debía dejar que Crucita se fuera tal cual, necesitaba más información para armar un buen artículo.

Tal como te enseñan en la carrera de Periodismo, toda noticia debe responder a seis preguntas: qué, quién, cómo, cuándo, dónde y por qué.

Por qué.

—Cruz, ¿por qué te escogieron a ti? —pregunté poniéndome en pie.

Toda la sala me miró sorprendida.

Mis colegas periodistas parecían desilusionados, incluso molestos por la interrupción.

—¿Qué? —preguntó Crucita.

—¿Por qué los *mouros* te escogieron a ti? Seguro que muchas otras chicas de los alrededores hacían lo mismo que tú. Salir de fiesta, beber y todo eso. ¿Por qué tú? ¿Te lo dijeron? ¿Te dieron alguna explicación?

Puede que fueran imaginaciones mías, pero me pareció que Crucita iba a contestar algo y que se contenía, que decidía callarse.

—No lo sé —dijo finalmente, de nuevo calmada—. Supongo que tuve suerte. Mucha suerte, la verdad.

—¿No echabas de menos a tus padres? —pregunté a continuación.

Crucita bajó la cabeza, por primera vez desde que había entrado en la sala, parecía no saber qué decir.

Un fogonazo de instinto me hizo insistir en esa veta:

—¿Sabías lo que le había sucedido a tu madre?

—No. No sabía nada —dijo. Y añadió en un susurro—: Sin oscuridad no puede haber luz.

—¿Cómo?

—Sin luz no puede haber sombras.

Estuve a punto de volver a soltar otro ¿cómo?

Crucita miró a su padre, no sé si buscando apoyo o perdón.

Antonio se aclaró la garganta como para llamar la atención. Luego, dirigiéndose a toda la sala, dijo:

—Bueno, creo que ya es suficiente por hoy.

¿Por hoy? ¿Es que su hija pensaba dar más ruedas de prensa? Por otro lado, ¿se lo iban a permitir las autoridades? No parecía muy probable después de la discusión con la chica del tatuaje.

Crucita miró a su padre y pareció ceder. Se levantó y dijo:

—Si alguien quiere conocer más detalles de mi historia y de mi mensaje, estoy disponible para conceder entrevistas… —Hizo una breve pausa y luego, como recordando algo, añadió—: Es importante. Por el bien de todos.

—Hija…

—Tengo un mensaje que comunicar. Un camino.

Las bisagras de la puerta de la sala rechinaron: el hombre en silla de ruedas y la muchacha del tatuaje abandonaban la sala. El barbudo con sandalias los siguió, cabizbajo.

Como si fuera una señal, los periodistas se levantaron y empezaron a recoger sus bártulos. Me apresuré para recuperar mi grabadora y estiré la mano para ofrecerle mi tarjeta a Crucita.

—Me encantaría entrevistarte —le dije—. Me interesa tu historia y te prometo el mayor de los respetos. Quiero escuchar tus palabras.

Ella cogió la tarjeta con un gesto de satisfacción y se la guardó en el sujetador, al igual que mi abuela guardaba su pañuelo. Supuse que no quería perderla.

—De acuerdo, la llamaré dentro de un par de días —me dijo.

—Haré que valga la pena. Lee mi artículo esta misma tarde en *El Eco Norteño*.

Se puso las gafas de sol y se fue sin decir adiós ni esperar a su padre.

Guardé mis cosas en mi mochila y me apresuré a la salida sin intercambiar la menor palabra con mis colegas periodistas, que lucían ganas de cerveza y de comentar la jugada.

En la calle no vi rastro de la muchacha morena que acompañaba al hombre en silla de ruedas. Lástima, me hubiera gustado hacerle un par de preguntas para apoyar mi artículo.

Agri me había seguido como un perro perdido y me miraba expectante.

—Ese hombre, el que iba en silla de ruedas, ¿cómo se llama?

—Ay, no sé.

Si Agripina no sabía su nombre, debía de ser un tipo muy discreto.

—¿De dónde es?

—Es madrileño. Pero me dijeron que sus padres eran de la zona. Ya te dije, lleva un año o así en el pueblo. ¿Sabes la casa del camino de Muiños?

—No.

—Sí, *muller*, una casa con un pozo viejo —dijo como si fuera información suficiente.

Me encogí de hombros.

—Bueno, pues la compró y la dejó bien bonita. Al menos por fuera. Hasta ahora vivía solo.

Saqué mi libreta y apunté: «Silla de ruedas y chica con tatuaje, casa con pozo en el camino de Muiños».

—¿Es que lo vas a entrevistar? —me preguntó, siempre devorada por la curiosidad hacia lo ajeno.

—Puede —contesté vagamente para fastidiarla.

—Si quieres te llevo. Tengo el coche ahí mismo, aparcado en la plaza.

—¿Es que tú no trabajas?

—Yo siempre estoy trabajando —se defendió sin presentar ningún argumento.

—Ya lo veo.

—La presencia de la policía municipal es fundamental para mantener la tranquilidad en los pueblos —añadió como si recordara algún texto oficial, quizás una charla de sus superiores.

—Tengo que ver a mi jefa, me espera para comer —le mentí.

Agri me miró a los ojos en silencio durante un par de segundos antes de concluir:

—Estás mintiendo.

Quizá no fuera la policía municipal más trabajadora del mundo, pero mi prima era difícil de engañar.

7

26 DE JUNIO DE 2019

Xenaro

Es la tercera vuelta que da con la furgoneta y ella aún no ha aparecido.

Son las nueve y cuarto de la mañana.

Siempre llega tarde. Parece que disfruta de esa emoción.

Xenaro se enciende un cigarrillo sin dejar de conducir. No puede aparcar ahí, en el arcén en mitad de la vieja carretera. A esa hora de la mañana pasan muchos vehículos en ambos sentidos. Cualquiera podría verle. Incluso pararse a su lado y preguntar si necesita algo, si tiene algún problema.

Todo el pueblo le conoce.

Y, por si fuera poco, la suya es una furgoneta muy reconocible. Blanca con la puerta lateral verde botella y el nombre de su negocio: XENARO BLANCO E FILLOS.

Fue idea de Agripina, su mujer, poner «E FILLOS», pese a que cuando montó su taller de reparación de electrodomésticos solo tenían dos chiquillos de uno y tres años. Ahora suma cuatro hijos, el mayor tiene quince, pero el marido sigue trabajando sin ayuda. Xenaro a solas.

A la cuarta vuelta la ve medio escondida tras unos árboles. Al verlo llegar, ella salta a la carretera, riendo de pura alegría, agitando los brazos.

Silvina.

Diecinueve años, la sonrisa infinita, la piel de crema, tensa como un tambor, el cabello pelirrojo y abundante de una ninfa del bosque, como salida de un cuento.

Xenaro apaga el cigarrillo al tiempo que se estira para abrirle la puerta.

Silvina brinca al interior del vehículo.

—¡Hola, sexi! —dice con su voz cantarina.

Se abalanza sobre él y lo besa en los labios.

—¿Qué haces, *toliña*? Que nos van a ver —susurra él como si alguien pudiera escucharlos.

Pero ella sigue besándolo, en la barbilla, en el cuello, le muerde un hombro.

A Xenaro le encanta su perfume y cierra los ojos porque así lo huele mejor.

Ella lo abraza.

—¡Basta, basta, que estás loca! Agáchate.

Xenaro arranca el motor y acelera como si llegara tarde a una cita importante. Y de alguna forma, así es.

Silvina se agazapa en el asiento.

Xenaro sonríe, ella es compacta y a la vez tan flexible, tan ágil. Tan nueva.

—Esta furgoneta siempre huele raro —dice Silvina.

—¿Raro? Olerá a tabaco, *muller*.

—A tabaco, sí, pero también a otra cosa. Como a hierro. A hierro viejo.

Xenaro ríe.

—A electrodomésticos será. Hierro viejo…

Xenaro agarra la mano de ella y se la lleva a la entrepierna.

—Si lo que quieres es hierro viejo —dice.

—¡Eres un guarro! —protesta ella sin apartar la mano.

Él siente una especie de vértigo. Le pasa siempre que está con la muchacha.

Tiene diecinueve años, ¿qué estás haciendo?, se pregunta a sí mismo, tal como hace siempre que se ven.

¿Qué estás haciendo?, se pregunta de nuevo. No del todo avergonzado, no del todo orgulloso.

Emboca el camino de tierra habitual, casi un sendero, una herida marrón en el verde que los rodea.

Alejados de miradas ajenas, Silvina se incorpora.

El camino parece un túnel que atraviesa la floresta. Las ramas crean una bóveda. Por ahí es raro que pase alguien, ni siquiera en época de caza. No hay granjas ni ermitas ni campos de cultivo. Solo puro bosque. Helechos y eucaliptos, sobre todo.

Detiene el coche donde acostumbra.

—Tenemos que darnos prisa —dice Xenaro.

—Tú sí que sabes hacer que una chica se sienta bien especial —se burla Silvina.

—¿Y quién llegó tarde?

—¿Y quién llegó tarde? —se burla de nuevo.

Con ella todo es un juego.

Todo es sencillo, sin sorpresas, sin consecuencias.

Se besan.

—Rascas, ¿sabes?

Xenaro se apresura en quitarle la ropa.

—No puedo afeitarme todos los días. Agri sospecharía. Se fija en esas cosas.

—La que sospecha es mi madre cuando vuelvo a casa con la cara toda roja.

En el instituto, la madre de Silvina iba un curso por delante de Xenaro. Cuando la veía por los pasillos, con su melena rojiza, Xenaro fantaseaba con ella. Ahora la fantasía se ha hecho realidad en Silvina. Una fantasía hecha carne. Y es mejor de lo que había imaginado. Como si viajara en el tiempo cuando está con ella, como si volviera a ser un adolescente. Pero siendo muy consciente de su fortuna. De lo efímero del tiempo. De que debe disfrutar lo que ahora tiene porque no durará.

No puede durar.

8

26 DE JUNIO DE 2019

Asunta

Había quedado con la Duquesa en su oficina para desayunar.

La noche anterior me había acostado inusualmente pronto, pero había dormido mal y estaba cansada. En algún momento había soñado con que me encontraba con mi padre en Calixe y me decía: «Siempre fuiste mi mayor decepción».

Cuando llegué al Casino, la Duquesa ya estaba allí, sentada en la terraza, fumando, el cuello estirado y la cabeza alta. Siempre parecía que estaba posando para un cuadro.

Al verme se puso en pie y, sin mediar palabra, me estrujó contra su pecho sorprendentemente firme. No recordaba que me hubiera abrazado nunca antes.

—¿Gracias? —Es lo único que acerté a decir.

—¡Qué maravilla, niña!

—¿Qué pasa?

—¿No has visto tu artículo?

—La verdad es que no.

El día anterior había conseguido zafarme de mi prima Agri a duras penas. Para ello había sido necesario prometerle que iría a visitarlas, a ella y a su madre, mi tía Visitación, cuando volviera para entrevistar a Crucita.

Cerrado el trato, me subí en el primer autobús de vuelta a

Santiago y escuché con auriculares la grabación de la extraña rueda de prensa de la que acababa de ser testigo.

En cuanto a mi artículo, una cosa tenía clara: si quería que Crucita me concediera una entrevista, debía evitar cualquier asomo de censura a su discurso, por muy absurdas y nocivas que me parecieran sus palabras. Debía ceñirme a lo ocurrido sin hacer juicios de valor. Es decir, periodismo clásico, ni más ni menos.

Y así lo hice.

Muchacha de Calixe secuestrada por los *mouros* durante cuatro años

Cruz Castro Varela, conocida en su Calixe natal como Crucita, desapareció cuando tenía quince años, la noche de San Juan de 2015. Desde entonces, y a pesar de los esfuerzos de sus padres y de la policía, nada se supo de ella, como si se la hubiera tragado la tierra. Y puede que así fuera, si tenemos en cuenta sus propias palabras.

Para sorpresa de todos, el pasado día 24 del presente mes, Crucita regresó a su casa por su propio pie, sin aparentes daños físicos y renunciando a presentar denuncia alguna. Ayer ofreció una rueda de prensa *motu proprio* en el ayuntamiento de esta conocida localidad, a la que los lugareños califican como «el corazón de Galicia».

En su comparecencia ante los medios allí reunidos, Crucita afirmó haber sido secuestrada por un *mouro* que la tuvo retenida durante estos cuatro años bajo tierra y aseguró que «eso es lo mejor que me ha pasado nunca. Los *mouros* me salvaron de una vida vacía y me han dado un propósito, un camino». Dicha declaración cogió por sorpresa a todos los presentes, incluido a Antonio Castro, padre de la recién regresada.

Ante la pregunta de uno de los asistentes sobre cuál era ese propósito que le habían dado los *mouros*, Crucita contó que le habían encargado difundir un mensaje: «Vivimos en una sociedad enferma. Somos todos cada vez más irresponsables, más vanidosos, más superficiales, especialmente las mujeres. Debemos recuperar los antiguos valores y el contacto con la naturaleza. Con nuestra verdadera naturaleza. La mujer debe formar una familia. Para eso debe ser recatada, discreta, cuidar la casa y criar a los niños. Basta de tecnología y de frivolidad. Debemos desandar nuestros pasos para volver a encontrarnos».

Este aviso, expresado con convicción, provocó la reacción de una asistente a la rueda de prensa, una joven morena con un llamativo tatuaje en el muslo derecho, que acusó a Crucita de propagar un mensaje de odio contra las mujeres. Esto dio lugar a una feroz discusión entre las dos muchachas que finiquitó la rueda de prensa antes de tiempo.

¿Existen los *mouros*? ¿Tienen un mensaje que darnos? Y de ser así, ¿estamos interesados en escucharlo?

Acabé el artículo ahí. Acostumbro a terminar con una o más preguntas para animar a los lectores a que dejen comentarios. En un diario digital como es *El Eco Norteño*, la interacción es fundamental.

En esa última frase, en la palabra *mouros* añadí un enlace al siguiente despiece, cuya información provenía de un libro que encontré en la vieja biblioteca de mi padre y que mezclé con el resultado de un par de búsquedas en internet:

¿Quiénes son los *mouros*?

Se trata de un pueblo presente en las mitologías gallega y asturiana. Existen diferentes leyendas sobre ellos y algunos datos se contradicen. En lo que sí parecen coincidir todas las fuentes es en que se trata de unos seres que habitaban el norte peninsular antes de la llegada de los humanos, que viven bajo tierra, poseen grandes tesoros, en especial oro, trabajan la minería y la orfebrería y tienen un recto sentido moral, según el cual castigan a quien no cumple un trato con ellos. Y es que, al parecer, antiguamente, y de forma muy ocasional, comerciaban con los humanos. Se dice que en la actualidad los *mouros* rara vez abandonan sus guaridas subterráneas, salvo en algunos días señalados, como el de San Juan.

El origen de su nombre es incierto, pero la mayoría de los estudiosos del folclore local apuntan a que proviene de la palabra celta *mrvos* que derivó en la latina *mortuus*. Es decir: muertos.

Físicamente, ellos son corpulentos, fuertes y poco agraciados. En cambio, ellas son muy hermosas, de piel muy blanca y cabellos pelirrojos o rubios. Un retrato en el que podría encajar perfectamente la reaparecida Cruz Castro Varela.

—Tu artículo ha batido nuestro récord de visitas y aún no lleva colgado ni dieciséis horas —me dijo entusiasmada la Duquesa esa mañana.

No tengo redes sociales y no había entrado en la página del diario desde que había colgado el artículo la tarde anterior, no era raro que aquello me pillara de nuevas.

—¿En serio?

Esa es mi reacción siempre que algo me coge por sorpresa y no sé qué decir, preguntar: ¿en serio?

—En serio, niña, completamente en serio. Los lectores se están posicionando en los dos bandos: unos a favor del mensaje rancio de la tal Crucita, otros a favor del comentario de la morena del tatuaje en el muslo.

—Lástima que no pudiera hablar con ella.

—¿Con la del tatuaje?

—Sí.

—Eso da igual. La noticia es Crucita. Cualquiera con un poco de sentido común habría coincidido con el comentario de la tatuada. Pero es Crucita y su loca historia de los *mouros* lo que hace interesante la noticia.

Asentí. Me pregunté si tendría que volver a Calixe ese mismo día. Además de la falta de sueño, me iba a venir la regla y lo único que me apetecía era pasarme la tarde tirada en el sofá comiendo galletas y viendo comedias en la tableta.

La Duquesa dio una calada a su cigarrillo. Una calada que tenía algo casi sensual.

—Lo intuía. Intuía que esta historia podía funcionar —añadió mi jefa—. Es la típica noticia que la mayoría de los periódicos serios considera frívola pero que llama la atención del público cansado de historias sin chispa y comentarios repetitivos y paternalistas.

Al decir «serios» había hecho el gesto de las comillas con los dedos, algo que nunca hubiera imaginado en ella. Estaba poseída por la euforia de un pescador que sabe que ha atrapado una pieza importante.

Yo ya conocía la teoría de la Duquesa sobre nuestro negocio, se la había escuchado varias veces: para informarse, la gente recurre a los grandes medios; por tanto, nosotros debíamos proporcionar un par de ingredientes extra: entretenimiento y debate.

¿El periodismo del siglo XXI?

Sea como fuera, me pagaba el alquiler.

Además, me seguía divirtiendo escribir. Y si alguna vez podía investigar, aprender algo y entretener o ayudar a alguien, entonces me parecía uno de los mejores trabajos del mundo.

Aunque no el mejor pagado. Ni mucho menos.

—Vamos a seguir con la historia, ¿no? —pregunté.

—Sí, sí. Supongo que ni Crucita ni su padre te habrán llamado.

—No. Aún no.

—Espero que el padre no sea un obstáculo. Que no desanime a la chica.

Me encogí de hombros.

—Está claro que no estaba a gusto con la actitud de su hija —dije—, pero tengo la impresión de que Crucita está decidida a contar su historia sea como sea.

—Estupendo. Y tu artículo seguro que la animará a ello. Has sido muy lista, niña.

Me cogió del hombro y me sacudió como si yo fuese un azucarillo y fuera a echarme en su café. Supongo que era su forma de mostrar afecto.

—Gracias —dije.

—Perfecto. Mientras esperamos que te llame, quiero que escribas tres artículos cortos para mantener encendida la llama, ¿de acuerdo?

—Claro.

—No, mejor cuatro artículos. Ve preparándolos y yo te diré cuándo colgarlos.

Asentí sin saber si pensaba darme más instrucciones o si iba a tener que sacarme yo sola los artículos de la manga.

—Primero, haz una pieza contando cuántas menores de edad desaparecen de sus casas en España al año. Adolescentes, quiero decir.

Saqué mi libreta y comencé a apuntar:

—Adolescentes perdidas.

—Y a ver si alguna ha vuelto a su casa por su cuenta tal como hizo Crucita.

—Vale.

—Segundo, quiero que hables con el servicio médico que la atendió, que te digan si es posible que la chica haya estado cuatro años bajo tierra o si han encontrado sustancias alucinógenas en su sangre...

—De acuerdo.

—Supongamos que realmente ha estado cuatro años secuestrada sin ver la luz del sol. ¿Cómo ha podido afectarle eso a nivel psicológico? Entérate.

—Bien.

Conservaba algunos contactos de mi época en Madrid, psicólogos a los que podría consultar.

—Tercero, haz una lista de lugares que estén relacionados con los *mouros*. Y de título le pones VIAJE A LA TIERRA SECRETA DE LOS *MOUROS* o algo por el estilo.

—Fácil. Las leyendas los sitúan cerca de rastros megalíticos.

—Estupendo. Por último, a ver si puedes localizar a alguno de los policías que llevó la desaparición de Crucita y que te cuente sus impresiones. Seguramente no será mucho, pero te puede dar para un artículo breve.

Pensé que para eso seguramente tendría que tirar de los contactos de mi prima Agri. Mierda.

—Vale, mañana a primera hora iré a Calixe —dije con la esperanza de que no me instara a ir ese mismo día.

La Duquesa pareció notar mi reticencia a viajar en ese momento.

—¿Resaca otra vez? —preguntó.

—No. Pesadillas y me está a punto de bajar la regla.

—Mucho peor. Muy bien, ve mañana, pero no vuelvas sin haber hablado con los médicos y con la Guardia Civil. O, al menos, sin haberlos localizado.

—Prometido.

En ese momento, pasaron junto a nosotras dos turistas, una pareja joven. Ambos lucían multitud de tatuajes por todo el cuerpo.

Sin importarle que la escucharan, al tiempo que se encendía otro cigarrillo, la Duquesa dijo:

—No entiendo esa manía que tiene la gente de llevar publicidad de sí mismos en la piel, ¿verdad? ¿Dónde ha quedado el misterio? ¿A qué viene esa necesidad de contarlo todo de uno mismo, de regalar esa información tuya que nadie te ha pedido?

Me reí. Nunca lo había visto desde ese punto de vista.

Pensé en la chica del tatuaje de sirena con pistolas que había discutido con Crucita. ¿Qué mensaje trasmitía ella al mundo? ¿Seguridad en sí misma? ¿Una gran imaginación?

—Con lo bonita que es la piel —siguió la Duquesa con su súbita indignación—. ¿Tú llevas tatuajes? —me preguntó con descaro al tiempo que me observaba como si pudiera ver debajo de mi ropa.

—¿Yo? ¿Con el miedo que me dan las agujas? No, quita, quita. Además, no se me ocurre nada que quiera llevar conmigo toda la vida —dije y, al poner ese pensamiento en voz alta por primera vez, me di cuenta de que era absolutamente cierto.

—Chica lista.

Volví a sonreír, me guardé la libreta y llamé al camarero para que viniera a tomarnos nota. Me moría de hambre.

La Duquesa le dio una pensativa calada a su cigarrillo y remató el tema con una última frase:

—Alguien que se tatúa la cara es que no quiere a su madre.

9

27 DE JUNIO DE 2019

Agripina

Agripina y su madre desayunan en silencio en la cocina.

En una casa con cuatro niños, el silencio es un bien preciado. Especialmente para Visitación, que detesta el jaleo constante de sus nietos. Agri lo sabe, conoce la poca tolerancia de su madre al alboroto. Para colmo, el curso escolar terminó la semana anterior y ahora los tiene que soportar todo el día. Pero mientras no se despierten, pueden desayunar con calma.

Agri mira por la ventana el cielo gris.

En gallego, como siempre habla con su madre, dice:

—Va a llover.

—Menuda novedad.

—Los niños no podrán salir a jugar a la huerta.

—Los niños harán lo que quieran, como hacen siempre porque no respetan nada.

Agri suspira, coge otra magdalena, le quita el envoltorio y la ahoga en el café con leche.

Suena su móvil.

Mira el nombre en la pantalla y, con la boca llena, se apresura a descolgar.

—Sí, dime, Manuel, dime.

—Agri, ¿sabes algo de tu marido?

—¿Qué pasa?

—Me dijo que vendría por aquí a las nueve en punto, son y veinte y aún no ha aparecido.

—¿Le has llamado?

—Sí, pero no contesta.

—Pues salió de casa temprano esta mañana, yo aún estaba en la cama.

—Bueno, bueno, se habrá liado a charlar con algún paisano, ya sabes cómo es.

—Pero tendría que haber llegado. Ahora mismo le llamo a ver por dónde anda.

—Tranquila, mujer, no hace falta. Era por si se había olvidado de venir, que tenemos la lavadora inútil.

—Vale, vale. Adiós.

Cuelga y se queda mirando el móvil como si esperara que fuera a sonar de nuevo.

—¿Qué pasó? —pregunta su madre.

—Manuel, el de La Casilla, que está esperando a Xenaro.

Su madre asiente. Todos los gestos de Visitación parecen preñados de reproche.

Agri suspira.

Agri está a punto de llamar a su marido.

No lo hace.

Una idea aflora en su cabeza.

Abre el buscador del móvil y escribe:

«Cómo hacer el seguimiento de un móvil».

10

27 DE JUNIO DE 2019

Asunta

Miré mi móvil con la esperanza de haber recibido algún mensaje de Crucita.

Sin noticias: ni mensajes ni llamadas perdidas.

Faltaban cuatro minutos para las diez de la mañana y el autobús estaba llegando a Calixe.

Bajé en la primera parada del pueblo. Llovía. Como muchos de los lugareños, jamás llevo paraguas. Es más un incordio que una herramienta. Con el calzado adecuado y un buen chubasquero, quién necesita paraguas.

Aunque convenía admitir que esa mañana llovía con furia. Me refugié en La Imperial para ordenar mis ideas, cosa que no podía hacer con el estómago vacío. Pedí dos cruasanes; eso sí, acompañados de una cola *light* para compensar.

La tarde anterior había escrito y colgado en la página de *El Eco* un breve artículo sobre los lugares reales asociados a los *mouros*, como dólmenes, castros, túmulos, fuentes y cuevas. Un territorio que había sido habitado por tribus celtas y que el tiempo había traducido en leyendas.

Al principio del texto colé de pasada el nombre de Crucita, en un guiño que esperaba que ella viera y la animara a llamarme. Por otra parte, ayudaría a aumentar las visitas de lectores.

Esa misma mañana, nada más levantarme, le había escrito un correo electrónico a una psicóloga que conocía de mi época en Madrid, cuando trabajaba para una revista femenina. Mientras esperaba su respuesta, lo más sencillo era acercarme al centro de salud y preguntar por el servicio médico que hubiera reconocido a Crucita. Y luego, del tirón a la comisaría.

El centro médico, al que recurrían no solo los habitantes de Calixe, sino los de todas las muchas aldeas del *concello*, está casi en las afueras, justo al lado del tanatorio. No sabía si era una broma de mal gusto o un intento de ahorrar tiempo en traslados.

En recepción me presenté como periodista y pregunté si sabían quién había llevado a cabo el reconocimiento de Crucita.

—El Ruso —me contestó un anciano que estaba apoyado en la pared con una mano vendada.

—¿Perdón? —pregunté.

—El doctor Furelos —contestó la enfermera, una mujer de mediana edad que no tenía cejas. Seguidamente, reprendió al anciano—. A ver, Martiño, espera sentado, *home*.

—Por aquí todos le llaman el Ruso —precisó el anciano por si yo no lo había entendido.

Me sorprendió que fuera un hombre. Por algún motivo, había dado por sentado que a Crucita la habría atendido una doctora.

—Tú eres la *filla* de Suso, ¿verdad? —me preguntó a continuación el anciano—. De Suso. Tú eres la periodista.

De repente, toda la sala de espera clavó sus ojos en mí, una periodista encogida dentro de un impermeable verde que goteaba. Caí en la cuenta de que la mayor parte de la población de Calixe habría leído mi artículo. Un artículo que aparecía acompañado de un primer plano mío. La hija de uno de sus paisanos.

—Sí, sí lo soy. ¿Conoció a mi padre?

—¿Que si lo conocí? Él me vendió los dos primeros tractores que tuve. Hablaba tanto que le comprabas lo que fuera con tal de que se callase y se largase.

Sonreí y asentí con la cabeza. Mi padre, charlatán en la calle, silencioso en casa.

Recordé que hacía años que no visitaba su tumba y noté cómo la vergüenza me calentaba las mejillas.

—¿Podría hablar con el doctor...? —le pregunté a la enfermera.

—Furelos. Ahora le aviso —dijo ella.

—Serán solo cinco minutos, palabra.

La enfermera sin cejas abandonó su puesto, llamó a una puerta color salmón y entró sin aguardar respuesta.

La sala de espera entera seguía observándome.

La enfermera salió y me informó de que el doctor Furelos me atendería al cabo de veinte minutos, momento en que haría una pausa.

—Gracias.

Todos los ojos seguían pendientes de mí. Llovía y allí nunca pasaba nada. Yo era una atracción momentánea.

Le hice un gesto a la enfermera indicando que esperaba fuera y salí. Me resguardé bajo el tejadillo. Las nubes oscuras y llenas estaban bajas, parecían a punto de desplomarse del cielo para aplastar las casas, inundar las calles, anegar los prados verdes.

Mi móvil vibró. Acababa de recibir un correo electrónico. Era Maribel, la psicóloga a la que le había consultado acerca de las secuelas mentales que tendría alguien que hubiera permanecido encerrado cuatro años bajo tierra. Su respuesta era ambigua, no quería pillarse los dedos. Decía que dependía del carácter de la persona, pero, sobre todo, de las condiciones del propio secuestro: si había sufrido vejaciones o no, si había temido por su vida, si se encontraba en una estancia con espacio para moverse, si había tenido contacto con otras personas y un largo etcétera.

De pronto, caí en la cuenta de que no me había preguntado a mí misma si creía la historia de Crucita. Por supuesto, desechaba la parte de los *mouros*, pero ¿creía que alguien la había mantenido secuestrada todo ese tiempo? No solo eso: secuestrada bajo tierra. ¿Cómo, en un búnker? ¿Era eso posible? Y de ser así, ¿explicaba eso su comportamiento, ese interés por trasmitir semejante mensaje retrógrado a la sociedad? Sin duda, parecía posible que alguien la hubiera retenido contra su voluntad y de alguna forma le hubiera lavado el cerebro. O que Crucita sufriera un caso extremo de síndrome de Estocolmo. De lo contrario, ¿a qué venía ese numerito en la rueda de prensa? La sensación que yo había tenido al escucharla es que Crucita realmente creía en el mensaje que había divulgado, creía que las mujeres debían quedarse en sus casas para cuidar de sus familias. Sin embargo, la opinión generalizada era que Crucita se había fugado con algún tipejo impresentable y, arrepentida, se había inventado el cuento del secuestro de los *mouros*... Pero ¿exactamente, para qué? ¿Qué ganaba ella con esa historia estrambótica? ¿Conseguir desviar la atención? ¿Sobre qué? ¿Por qué complicarse tanto la vida y arriesgarse a ser objeto de burla en lugar de admitir que se había equivocado y que lo lamentaba? Que se supiera, no había cometido ningún delito. ¿O sí lo había hecho?

En cualquier caso, pensé, mi estrategia cuando la entrevistara, si es que finalmente conseguía entrevistarla, debía ser dejarla hablar. Quizás así acabaría por confesar su error o, quién sabe, por delatar a su o sus posibles secuestradores.

—¿Es usted la periodista? —preguntó una voz grave a mi espalda.

Me di la vuelta para descubrir a un hombre de unos cincuenta y tantos años en bata blanca, unas modernas gafas que no cuadraban con su corpachón y con un café de máquina en la mano.

—¿Doctor Furelos?

El hombre sonrió a modo de asentimiento.

—Acompáñeme —me pidió.

Lo seguí hasta una de las esquinas del edificio, junto al aparcamiento. Allí, resguardado de las miradas de sus pacientes, el doctor sacó un paquete de tabaco y me ofreció un cigarrillo que rechacé con un gesto.

—Algún vicio habrá que tener, ¿no? —me dijo.

—¿Por qué no? —Saqué mi grabadora, se la mostré y le pregunté—: ¿Le importa?

—Adelante. Usted dirá.

—Tengo entendido que usted le hizo el reconocimiento físico a Crucita.

—Así es. Un reconocimiento básico.

—¿Y encontró algo raro?

—¿Raro?

—Sí, algo inusual para una chica de su edad.

El doctor le dio una pensativa calada a su cigarrillo.

—No. Está en perfecto estado de salud.

—¿Nada que pueda corroborar que ha estado bajo tierra cuatro años?

El doctor me miró como si temiera que le estuviera tomando el pelo o como si esperara el remate de un chiste.

—Es mi trabajo —me excusé encogiéndome de hombros.

—Pero ¿usted se cree su historia?

—No tengo información suficiente ni para descartarla ni para creerla.

Mi respuesta pareció sorprenderlo y tranquilizarlo al mismo tiempo. No, yo no pensaba tomarme aquello a broma.

—Crucita está perfectamente sana. De hecho, esta mañana han llegado los resultados de su análisis de sangre y todo está en los límites normales para una muchacha.

—¿Diría que ha estado tomando algún suplemento nutricional, vitaminas y eso?

—No sabría decirle. No soy experto en el tema. No sé más que lo que dicen los análisis.

—Claro.

—Es verdad que la *rapaza* está muy *blanquiña,* pero esto es Galicia. Aquí eso no es raro.

—¿Y le hizo una revisión ginecológica?

El doctor pareció sorprendido por mi pregunta.

—No. No es mi especialidad.

—¿No se la hizo nadie?

—La verdad es que no parecía necesaria. Ella no presentó ninguna denuncia por violación.

«Lástima —pensé—, eso mejoraría la noticia.»

Sonreí. Apagué la grabadora.

El doctor se acabó el café de un trago.

—¿Puedo hacerle otra pregunta?

—Pruebe.

—¿Por qué le llaman el Ruso?

Se rio con ganas.

—Usted tiene acento de por aquí —insistí.

—Es que soy de aquí. Nací aquí, igual que mis padres y mis abuelos, que también eran de la comarca. Pero después de terminar la carrera pasé unos años en Viena, y allí conocí a mi mujer, que es rumana.

—No me diga más —asentí.

Ahora todo encajaba. Para mi padre, todos los países de Europa del Este eran rusos y todos los nórdicos, suecos. No me extrañaba que a sus paisanos les afectara el mismo sentido de la geografía y consideraran Rumanía como una provincia más de Rusia.

El doctor Furelos se acabó el cigarrillo.

—Si no le urge nada más…

—Solo una *cosiña* más: ¿sabe dónde está el cuartel de la Guardia Civil? —pregunté.

—Claro. Es prácticamente esta misma carretera, pero en la otra punta del pueblo. Justo después de la piscina municipal.

—*Graciñas*.

—De hecho, por ahí cerca viven Crucita y su padre.

11

27 DE JUNIO DE 2019

Crucita

Por tercera vez en lo que va de mañana, Crucita se cepilla el pelo frente al espejo de su cuarto sin mirar su reflejo.

Observa sus uñas mordidas como si esperara verlas crecer.

Se sienta en la cama. Vuelve a ponerse de pie y camina de una esquina a otra de la habitación.

Esta mañana, nada más levantarse, se ha asomado por la ventana de su cuarto y lo ha visto pasar.

Ha visto al *mouro* caminando por delante de su casa. Caminando despacio.

Él no ha mirado hacia ella, no ha mirado hacia la ventana de la habitación de Crucita. Pero ella ha sabido al instante que ese paseo por delante de su casa era una especie de señal. Tal vez un recordatorio para que no se olvide de su misión. Tiene un mensaje que dar al mundo.

Crucita se sienta para cepillarse el cabello de nuevo y repite:

—Sin oscuridad no puede haber luz. Sin luz no puede haber sombras. Sin sombras no puede haber bosque. Sin bosque no puede haber camino. Sin camino estamos perdidos.

12

27 DE JUNIO DE 2019

Asunta

El cuartel de la Guardia Civil apenas tenía dos años. Además de nuevo, era gris y rectangular, como una especie de ladrillo gigante de hormigón que alguien hubiera soltado al final del pueblo sin ningún criterio estético. Una oda al aburrimiento. El tipo de edificio que dice: «Aquí dentro nos ocupamos de asuntos serios con la mayor eficacia posible y no tenemos tiempo para adornos». Eso sí, habían pintado la puerta del clásico color verde del cuerpo y la habían flanqueado con dos arbolillos.

En la recepción había una agente muy joven, pecosa y con un abundante cabello castaño sujeto por un montón de clips. Pensé que tenía más pinta de salir en una película de Disney que en una policíaca. Supongo que estoy cargada de prejuicios.

Me presenté como periodista y ella dibujó una sonrisa y preguntó:

—¿La de *El Eco Norteño*?

Estaba claro que todo el pueblo había leído mi artículo. A pesar del uniforme, cuando sonreía parecía aún más joven.

—La misma.

De pronto pareció nerviosa, como si hubiera recordado que tenía algo al fuego, y dijo:

—Aquí no tenemos relaciones públicas, creo. La verdad es que llevo muy poco tiempo —se disculpó.

—No te preocupes, no vengo para hablar con el enlace de prensa.

—Mejor —suspiró aliviada por algún motivo.

—Quería saber si podría hablar con el oficial que llevó el caso de Crucita cuando desapareció hace cuatro años.

La joven agente hizo amago de descolgar el teléfono para hacer una llamada, pero se lo pensó mejor.

—Déjeme preguntar —dijo finalmente.

Me hizo un gesto para que esperara y abandonó su puesto. Me despojé del impermeable mojado y lo colgué en un perchero. Saqué mi libreta de notas y un bolígrafo.

La agente volvió al cabo de un par de minutos junto a uno de sus compañeros, el cual aparentaba ser apenas un poco mayor que ella. Me pregunté si ese cuartel era una especie de puesto de prácticas para novatos. Sin embargo, al hablar su voz era grave y serena, sin perder el fuerte acento musical de la zona.

—*Bos días*, ¿en qué la puedo ayudar?

—Sí, le comentaba a su compañera que me gustaría hablar con el oficial que llevó la desaparición de Crucita hace cuatro años —repetí.

El agente sonrió como si recordara una broma privada.

—Bueno, está jubilado —me dijo.

—Vaya, y podría decirme…

—Pontes. Aurelio Pontes —dijo como si debiera sonarme el nombre.

Apunté el nombre en mi libreta.

—¿Sabes si vive en el pueblo? ¿Serías tan amable de darme su dirección?

El oficial miró el reloj que había en la pared sobre la entrada. Pasaban veinte minutos de mediodía.

—A estas horas estará en El Instituto, ¿lo conoce? —me dijo.

—¿El bar con una mesa de billar en el piso de arriba?

—El mismo.

Lo conocía. Mi padre me había llevado un par de veces cuando era una niña.

—Allí encontrará a Pontes —añadió el oficial—. Pero dese prisa, porque a la una se va a comer, puntual como un campanario.

—De acuerdo. Pero ¿cómo lo reconoceré? ¿Le pregunto al camarero?

—Lo reconoceré. Es el viejo con una barba blanca que le llega hasta el pecho.

13

27 DE JUNIO DE 2019

Matías

Cuando suena el teléfono fijo, Matías sabe que es su editora sin necesidad de descolgar. Nadie más lo llama a ese número.

—Carolina, ¿cómo estás?

Ella ríe al otro lado de la línea.

—Querido, ¿cómo va tu pierna?

—Tiesa. Pero recuperándose.

—Me alegro, me alegro. ¿Ya tienes ahí a tu sobrina?

—Sí, Manuela está conmigo. Pero no demos más rodeos, ya sé para qué llamas.

De nuevo risas.

Birollo aparece de alguna parte y salta sobre su regazo como una pelota cálida y peluda. Matías lo acaricia entre las orejas.

—¿Lo sabes?

—Aún no me he puesto con ello, Carolina. No te voy a engañar, no he escrito ni una sola página.

Breve silencio al otro lado de la línea. Matías se imagina a su editora haciendo mudos aspavientos.

—Vale, vale. Yo no digo nada. Pero tus lectoras empiezan a impacientarse, ya sabes lo fieles que son.

Matías lo sabe. Tiene una pequeña legión de devotas que compran todos sus libros la misma semana que llegan a las librerías. Naturalmente, son seguidoras de Rosalyn Parker y

Rafaela Summers. Apenas tres o cuatro personas saben que él es el hombre detrás de esos dos nombres de mujer. Cada año entrega entre cuatro y seis novelas, repartidas equitativamente entre ambos seudónimos. Sin embargo, desde la muerte de Marta está en dique seco. No le apetece escribir, no se le ocurre nada, ya no le divierte como antes. A veces se compara a sí mismo con un chef que hubiera perdido el sentido del gusto; pero no es eso, no exactamente. Es peor. Ya no le encuentra sentido.

Marta.

Lo de escribir novelas románticas fue idea de ella, una propuesta que le hizo bajo las sábanas y que él aceptó medio en broma medio en serio porque no quería decepcionarla. Pero resultó que Marta tenía razón, que a Matías se le daba bien escribir historias románticas, un poco exageradas pero con un toque de comedia clásica, y cuando quiso darse cuenta estaba vendiendo cincuenta mil ejemplares por novela. Mucho dinero para el poco esfuerzo que le exigía, apenas un par de meses de trabajo por novela y en horario de oficina.

—Tendrías que ver la cantidad de correos y mensajes en redes que le llegan a nuestro CM preguntando por tus próximas novelas.

—¿CM?

—*Community Manager*, abuelo.

Nuevas risas.

—Pues sí. Estoy viejo. Y estoy vacío, Carolina. Así me siento.

—Venga, exagerado, no digas eso, Matías. El tiempo lo cura todo. Es un tópico, pero no por eso deja de ser cierto.

Él se encoge de hombros como si su editora pudiera verle el gesto desde Barcelona.

—Bueno, tómate tu tiempo, ¿vale?

Matías no contesta.

—¿Crees que Marta querría que lo dejaras? —insiste su editora.

No tiene ánimos de seguir con la conversación.

Se enciende un cigarrillo. Apenas huele el humo, Birollo se estira y salta al suelo del salón.

—Ella no querría que lo dejaras, Matías.

—Eso ya no importa.

—Eres bueno haciendo lo que haces. ¿Qué otro estímulo necesitas para seguir haciéndolo?

—Ya, ya, esa historia ya me la sé.

Da una calada.

—Escúchame, podemos hacer otra cosa. Tú redacta una sinopsis extensa, con los personajes y la trama básica, y se la damos a alguien para que la escriba por ti. Yo me encargo de buscar a la persona adecuada.

—Eso no resulta muy halagador para mí, Carolina.

—No, hombre, no te lo tomes a mal. Por supuesto, tú le darías el repaso final. Tu toque mágico.

—Déjame que me lo piense, Carolina.

—¿Lo pensarás? ¿Me lo prometes?

—Me lo pensaré.

—No pido más.

Se despiden y cuelgan.

—¿Sabes sobre quién podrías escribir una historia?

Matías se da la vuelta sorprendido. No había oído bajar a su sobrina.

—¿No te han enseñado que está feo escuchar las conversaciones de los mayores?

Manuela no hace caso a la pregunta de su tío e insiste:

—Sobre esa chica. La tal Crucita. Estoy segura de que hay una buena novela ahí. Piénsalo.

—¿Tú también? Estáis las dos empeñadas en que escriba, pero yo no tengo ganas de nada.

—Novela romántica no. Pero ¿y un buen *thriller*? Seguro que lo haces genial.

Matías suspira. Se pregunta si acabará por escribir una novela policíaca solo para no decepcionar a su sobrina.

14

27 DE JUNIO DE 2019

Asunta

En cuanto llegué a El Instituto, dejó de llover. Es un bar grande en forma de U con las paredes forradas de madera y la barra en medio. El típico bar en el que todos los clientes se conocen por el nombre.

Saludé a la camarera, le pedí un chocolate caliente y busqué al antiguo guardia civil.

Lo encontré en la esquina del fondo, junto a una ventana, sentado solo ante una mesita, con un café y un pequeño tablero de ajedrez delante. La mirada fija en las piezas como si quisiera moverlas con la mente. Parecía estar jugando una partida contra sí mismo.

Llevaba un atuendo similar al de dos días antes, cuando lo vi en la rueda de prensa: camisa de manga corta color salmón, pantalones de chándal azules y las mismas sandalias marrones de monje. Su cabello era ralo, ni largo ni corto, y daba la impresión de que no se lo había peinado jamás. Mi teoría de que ese hombre no debía de tener espejos en su casa cobraba fuerza. No vi ninguna chaqueta, pero un gorro de pescador verde colgaba de un pomo del respaldo de la silla.

—Perdone, ¿Aurelio Pontes?

Levantó la cabeza, me miró de arriba abajo como si estuviera haciendo un escaneo y dijo:

—Quítese ese impermeable mojado y siéntese, periodista.

—Gracias —dije, y le obedecí—. Creo que en este pueblo no puedo pasar desapercibida.

—Me preguntaba cuándo vendría a verme —dijo sin levantar la cabeza del tablero.

—Pues aquí estoy.

La camarera me trajo el chocolate y me ofreció una tapa de queso que no dudé en aceptar.

—Entonces, ¿le parece bien que le entreviste?

Aurelio Pontes me observó como calibrándome. No me resultó incómodo. Quizá por su imagen, por esa larga barba de druida, había en él un aire venerable y cálido, y tuve la sensación de que era de esas personas que inspiran confianza sin esfuerzo.

—Es su trabajo, ¿verdad? —dijo, dándome permiso.

—Sí —contesté—. Pero, por favor, tutéeme.

Negó con la cabeza.

—Preferiría no hacerlo. A la única persona que he tuteado en mi vida ha sido a mi mujer, que en paz descanse.

—Como prefiera.

Saqué la grabadora, la encendí y la dejé encima de la mesa.

—Pero, antes de empezar, dígame una cosa: ¿qué opina usted de todo este asunto? —me preguntó con lo que parecía genuina curiosidad.

—¿De la historia de Crucita, quiere decir?

—Sí. A nivel personal, no como periodista. ¿Qué opinión le merece, se la cree?

Le di un sorbito al chocolate caliente, tan espeso que lo noté descender por mi garganta.

—Tengo la impresión de que sí fue secuestrada. Pero es más una intuición que otra cosa.

Pontes asintió como si coincidiera conmigo.

—¿Sabe cuánta gente desaparece en España cada día? —me preguntó.

En ese momento fui yo la que asentí. Busqué mis notas y las leí:

—Unas noventa personas al día. Aunque la gran mayoría reaparecen al poco tiempo.

—Veo que ha hecho sus deberes.

Sonreí. Él no.

Me acabé la tapa de queso en dos bocados.

—Pero algunos no vuelven nunca. Jamás. ¿Se imagina lo que es eso? ¿Que un ser querido desaparezca y no saber qué ha sido de él o ella? A poco que uno lo piense, es escalofriante, ¿no le parece?

—Sí. Sí que lo es. ¿Qué pensó cuando se enteró de que Crucita había regresado por su propia cuenta y además sana y salva?

—¿Sana? Yo no estaría tan seguro. A esa *rapaza* le han hecho mucho daño.

—¿Daño psicológico, quiere decir? Según el informe médico no tenía lesiones físicas.

Se encogió de hombros. Dijo:

—Me ha preguntado qué pensé cuando supe que había vuelto, ¿verdad? Pues lo primero que pensé es que no podía ser ella. De ninguna manera.

—¿Cómo? ¿Cree que es una impostora?

—No, no, ya sé que no tiene sentido. Es ella. Claro que es ella. Pero eso es lo que pensé. Que no podía ser Crucita. Si le digo la verdad, estaba convencido de que había muerto.

—¿Por qué?

—Cuando desapareció, no se llevó nada consigo. Solo la ropa que llevaba puesta. Crucita era una cría impulsiva, seguro. Pero ¿quién se fuga de casa sin al menos una maleta con sus cosas? Especialmente una persona joven. ¿Y adónde podía haber ido sin dinero ni carné de identidad y con su foto en todos los periódicos?

—¿Y si se fue con alguien con dinero?

—Usted misma lo ha dicho antes, lo tiene escrito en su libretita: la mayoría de los desaparecidos vuelve al cabo de poco tiempo. A esa edad, una fuga puede durar una semana, un mes, tal vez dos; pero no más.

—Pero habrá excepciones, ¿no?

—Claro, seguro. Pero la gran pregunta, la pregunta clave es: ¿por qué? ¿Cuál era su móvil? ¿Por qué iba a irse y renunciar a una vida de comodidades? ¿Qué necesidad tenía? ¿Qué podía ganar con largarse así?

Me encogí de hombros.

—Quizá había conocido a alguien que sabía que sus padres no aprobarían. Alguien mayor —apunté.

Pontes negó con la cabeza.

—No lo creo. Esa cría hacía lo que le venía en gana. No se avergonzaría por salir con alguien mayor, al contrario, presumiría de ello. Además, examinamos su móvil y su ordenador: no había tenido contacto con nadie sospechoso, solo con chavales de la zona. Y todos fueron investigados. ¿Conoce a algún joven que no tenga toda su vida registrada en su teléfono móvil?

Le di otro pensativo sorbo al chocolate.

—¿Desde el primer momento se descartó la posibilidad de que fuera una fuga?

Pontes se atusó la barba y sonrió por primera vez.

—¿Sabe por qué me gusta el ajedrez? —me preguntó. Y sin darme tiempo, se respondió a sí mismo—: Porque tiene reglas. Las personas no tienen reglas. Son imprevisibles. Así que no, no descartamos enseguida que fuera una fuga. Pero yo nunca lo creí.

—¿Siempre apostó por el secuestro?

—Secuestro o asesinato.

—Lo tenía claro.

—Por desgracia.

En el exterior, la lluvia había vuelto a romper sin mucho alboroto.

—¿Trabajó con la posibilidad de que la hubiera secuestrado alguien de la zona?

—Era una posibilidad, por supuesto.

—¿Y tenían algún sospechoso?

A Pontes le cambió la expresión.

Se puso tenso.

—¿Lo tenían? —insistí.

Pontes empezó a recoger las piezas del ajedrez y a guardarlas en su caja.

—¿Por qué no me lo puede decir?

—Lo siento. Es casi la una. Me voy a casa a comer.

—El sospechoso ¿es alguien del pueblo?

Se detuvo al instante.

—No, no, no. Del pueblo no.

—Es decir, ¿sí tenían un sospechoso?

Pontes suspiró.

—Sí, pero se descartó. Por favor, no insinúe en su artículo que había un sospechoso del pueblo. Le doy mi palabra de honor de que no era así.

—¿Qué los llevó a ese sospechoso?

—Es usted insistente, ¿eh?

—Alguna pista tendrían, ¿no?

Pontes se puso el gorro y dejó el tablero de ajedrez y la caja con las piezas en una estantería.

—Si Crucita no habla, no hay caso. ¿Lo entiende? —me dijo.

—¿Cómo?

—La investigación está cerrada. La chica desapareció, sí, pero ha vuelto por su propio pie. Por tanto, no tiene sentido que yo le cuente pormenores de una investigación que está cerrada, a no ser que ella sepa quién la secuestró y lo denuncie.

—Usted quiere que la entreviste, ¿no es así?

—Tengo curiosidad —admitió.

—Por favor, ¿podría darme su número de teléfono?

—¿Mi número? ¿Y si le da a usted por llamarme? —dijo con una retranca típicamente gallega.

—No lo haré si usted no quiere.

—Preferiría que no.

—De todas maneras, acepte mi tarjeta, por favor.

Extraje una tarjeta con mis datos y se la ofrecí. Él la cogió y la miró como para comprobar que realmente era mi nombre el que aparecía escrito.

Se la guardó en el bolsillo de la camisa. Pensé que se iba a mojar y que la iba a echar a perder.

—Mire, si necesita hablar conmigo, me puede encontrar aquí todas las mañanas y alguna que otra tarde —me dijo.

—Gracias.

Nos estrechamos la mano.

—Vendré a verle. Con caso o sin él —le prometí.

15

27 DE JUNIO DE 2019

Silvina

¿Es posible?

Silvina vuelve a calcular los días.

Sí, es posible. Tampoco es que lleve el cálculo exacto, pero cree que sí.

Claro que pueden ser los nervios, vete a saber.

Pero… ¿Y si lo está? Esa posibilidad le provoca un hormigueo en las manos. Siente ganas de reír y, al mismo tiempo, algo así como un chispazo de pánico le recorre la columna vertebral.

¿Y si resulta que está embarazada?

Ha habido un par de ocasiones en que… Sí. Sí que puede estar embarazada.

Si lo está, entonces, ¿qué?

¿Qué dirá su familia? Su padre la va a matar.

No. Primero matará a Xenaro y luego a ella.

Quizá matarlo no, pero una buena paliza seguro que le da. Menudo escándalo. No se hablará de otra cosa en el pueblo durante mucho tiempo.

Sin embargo, lo que más le inquieta es la posible reacción de Xenaro. ¿Qué dirá cuando se entere? Tal vez se alegre. Quizá sea el impulso que necesita para separarse de la gorda de una vez por todas. ¿Se irán juntos del pueblo? Sí, tendrán que largarse. No muy lejos. Él no querrá alejarse mucho de sus cuatro hijos. Ojalá sea una niña, es lo que él siempre ha querido...

Un momento, un momento, un momento.

«Párate un momento —Silvina se dice a sí misma—. Deja de fantasear.

»Seguramente no es nada. Un simple retraso. No sería la primera vez que te sucede. Aunque sí la primera en mucho tiempo, al menos en un par de años.»

Abre el buscador de su móvil y escribe: «Métodos caseros para saber si estás embarazada». Los resultados no parecen muy fiables y casi todos implican la primera orina de la mañana.

Tiene que asegurarse. Necesita comprar un test de embarazo cuanto antes.

Pero no en Calixe. Si se le ocurriera ir a una farmacia en Calixe a comprar un test de embarazo, antes de llegar a casa su madre ya se habría enterado.

No. Lo mejor es ir a Santiago, o incluso a Lugo, donde es más difícil encontrarse con un vecino. Sí, hará un viaje rápido después de comer.

Esperará a que deje de llover. Ojalá pronto deje de llover.

16

27 DE JUNIO DE 2019

Asunta

Llovía con rabia cuando salí de El Instituto.

Era la hora de comer y no pasaba un autobús de vuelta a Santiago hasta media tarde.

Decidí que lo mejor era acercarme a saludar a mi tía y tratar de pescar alguna información sobre Crucita. Con un poco de suerte, Agripina y Xenaro estarían fuera trabajando. Además, su casa no estaba lejos de allí.

Hacía cerca de nueve años que no veía a mi tía Visitación, pero no creía que hubiera cambiado demasiado. Al pensar en ella, lo primero que me venía a la cabeza era la imagen de un cuervo. Desde que yo tenía memoria, mi tía vestía de luto y llevaba el cabello teñido de negro azabache cubierto con un pañuelo del mismo color. Su armario debía de ser una noche perpetua. Era delgada como un silbido y jamás sonreía. Se había quedado viuda poco después de nacer Agripina, a la que tuvo cuando ya superaba los cuarenta años y a la que, según ella misma contaba a la menor ocasión, no había ni buscado ni esperado. Su expresión siempre era la de alguien que nota un sabor desagradable en la boca. Yo nunca la había visto ser cariñosa con nadie que no fuera mi padre, su hermano mayor, al que adoraba. En una ocasión, siendo yo adolescente, dije algo sobre mi padre que mi tía interpretó como una crítica hacia él —no recuerdo exactamente el qué, algo inocente sobre que siempre llegaba tarde— y ella se levantó de la silla donde estaba sentada y me soltó un bofetón. Aquello me pilló tan por sorpresa que ni tan solo lloré. Apenas acerté a quedarme quieta y a pedir perdón.

Su casa estaba en la carretera de A Coruña, en lo que antiguamente era el extremo de Calixe y ahora solo un barrio más. Cuando yo era niña, la planta baja era una vaqueriza en la que se apretaban cuatro o cinco vacas lecheras que mi tía ordeñaba cada mañana, pero cuando Agripina y Xenaro se casaron, vendieron las bestias y la convirtieron en habitaciones y un garaje.

Respiré hondo y llamé al timbre.

Se abrió la puerta. No era mi día de suerte.

—¡Lulú! ¡Por fin tienes la decencia de venir! —gritó mi prima.

Había cambiado el uniforme de policía por un delantal rosa manchado.

—Prometí que vendría —dije sin el menor rubor.

Agri me agarró del brazo como si fuera sospechosa de algo y gritó en gallego al interior de la vivienda:

—¡Madre, a que no sabes quién ha venido a vernos!

Entré, me quité el chubasquero y, antes de preguntar dónde podía dejarlo, Agri me lo arrebató de las manos y lo colgó encima de un perchero sobre el que había amontonados tantos abrigos que parecía una extraña palmera hecha de retales.

Cuatro niños aparecieron de repente, curiosos. Pensé que era una lástima que no hubieran aparecido por orden de altura, como los hermanos Dalton. Los tres mayores eran reproducciones en diferentes escalas de su padre: morenos, altos, fibrosos, cejijuntos y sin embargo guapos. El cuarto había heredado el físico rechoncho y los ojos azules de su madre.

Agri me los presentó y les instó a darme dos besos. Dejé que lo hicieran sin tratar siquiera de recordar sus nombres. Olían a sudor y a hierba e, igual que habían aparecido, desaparecieron engullidos por el interior de la vivienda.

—Pasa, mi madre está en la cocina.

Encontré a mi tía sentada frente a una tosca mesa de madera que debía de ser tan vieja como ella. Parecía más pequeña, los años la habían encogido. Tenía un plato hondo vacío delante y estaba tomando café; negro, por supuesto. Recordé que tenía la costumbre de comer sola, antes que el resto de la familia.

—Hola, tía.

Me miró de arriba abajo como si buscara pruebas de algo en mi aspecto. En sus ojos brillaba una perpetua mirada de desconfianza.

—Ah, pero ¿ya sabías venir? Pensaba que habrías olvidado la dirección. Cierra. Cierra la puerta. ¿No ves que se escapa el calor, mujer?

No. No iba a haber clemencia para mí. Miré a mi prima, que parecía encantada de no ser ella quien recibía las pullas de su madre.

—Eso creía yo, pero parece que no, aún recordaba el camino —dije.

Me acerqué y le di dos besos que no me devolvió. Me apretó el muslo, eso sí, y dijo:

—¿Y no estás más delgada? Claro, sin marido ni niños. Porque mira tu prima cómo se ha puesto. Con cada crío ha engordado diez o doce kilos.

Mi tía seguía en plena forma: había leña para todos.

—Ni marido ni niños, pero al menos tengo un trabajo mal pagado. No me puedo quejar —tiré de retranca.

—¿Trabajo? ¿Para eso has venido?

Sin duda, mi tía sabía que yo había escrito el artículo sobre Crucita, pero quería oírmelo decir.

—Sí, estoy ampliando la noticia sobre el regreso de Crucita.

—¿Ampliando la noticia? Tienes al pueblo revolucionado con tu historia de la niña del maestro. ¿Es que en Santiago ya no hay noticias y tenéis que venir aquí a buscarlas?

—Ninguna noticia tan interesante como esta —contesté.

—Pues sí que estamos bien. Ahora todo os parece interesante. Esa muchacha desvaría. No la metieron en cintura cuando debieron.

—Bueno, madre, todo este follón es publicidad para Calixe —dijo mi prima.

—Publicidad —repitió mi tía como si escupiera la palabra—. ¡Menuda publicidad! Una chica con la cabeza llena de cuentos y pájaros. —Y enseguida añadió—: ¿Ya has ido al cementerio a ver a mi hermano?

Siempre que mi tía hablaba de mi padre, lo llamaba así: mi hermano. No era mi padre, era su hermano.

—Pensaba ir hoy, a ver si para de llover.

—Los muertos no entienden de lluvia —dijo como si eso significara algo. Tal vez era un dicho que yo desconocía.

—Te quedas a comer, ¿verdad? —intervino mi prima.

—Hay caldo. No está muy bueno, la verdad, pero al menos te calentará el estómago —dijo mi tía, no sé si para prevenirme, para animarme o simplemente para criticar a su única hija, su ocupación favorita.

—Pues… —empecé a decir.

La puerta de la cocina se abrió y una figura alta entró en la estancia.

Era Xenaro.

El olor a tabaco gravitaba a su alrededor.

Ambos nos miramos un par de segundos, sin decirnos palabra. Me pareció que su expresión era más de incomodidad que de sorpresa.

—¿Es que ya no te acuerdas de mi prima? —preguntó Agri dándole un manotazo en el hombro a su marido.

Aquello le hizo reaccionar.

—Pero bueno, Asunta, dichosos los ojos. ¡Cuánto tiempo! Estás igual, ¿eh? No has cambiado nada.

Xenaro mostró de repente una amplia sonrisa y casi se abalanzó sobre mí para darme un abrazo, tal vez dos besos.

En un gesto reflejo, di un paso hacia atrás y estiré las manos hacia delante, como si temiera que fuera a caerse sobre mí.

Fue raro. Lo admito.

Fue un gesto fuera de lugar, impulsivo y maleducado y no le pasó desapercibido a nadie. Ni a mi prima ni a mi tía ni al propio Xenaro.

—Madre de Dios, vaya dos torpes —escuché que dijo mi tía.

Me apresuré a estirar la mano a modo de saludo. Él la cogió y la estrechó como si cerráramos un trato. Su tacto me revolvió el estómago y quise marcharme de allí enseguida.

Necesitaba salir de esa casa.

Me aclaré la garganta, un tic nervioso, y dije:

—Lo siento, pero me tengo que ir.

—¿Ya te marchas? —preguntó Xenaro.

—Pero ¿dónde vas a ir sin comer, Lulú? —preguntó mi prima, que nos miraba a su marido y a mí en busca de alguna respuesta.

—Es que he comido un bocadillo hace apenas un ratito. Además, tengo trabajo pendiente.

—Pero, mujer, el autobús…

—Déjala, que se ve que tiene prisa —dijo mi tía.

—Vengo otro día con más calma —me escabullí.

Cogí el chubasquero, me lo puse y salí a la calle sin mirar atrás.

Salí a la lluvia que limpiaba el aire.

17

27 DE JUNIO DE 2019

Xenaro

—¿Qué ha sido eso? —le pregunta Agripina.

Xenaro lo sabía.

Sabía que ella no lo iba a dejar pasar.

Están solos en la cocina. Los niños ya han comido. Su suegra hace rato que ha subido a su cuarto a echarse la siesta.

—¿Qué ha sido el qué?

—Bien lo sabes. ¿Qué demonios tienes tú con mi prima?

—¿Con Asunta? ¿Y qué voy a tener yo con ella?

—Eso te estoy preguntando.

—Vamos, vamos. Pero si hacía una pila de años que no la veía. Desde el entierro de su padre que no la veía. Igual que tú.

—¿Te la has follado?

A Xenaro le sorprende la crudeza de la pregunta. Ella nunca habla así, jamás la ha escuchado emplear ese verbo, follar.

—Pero ¿qué dices, mujer, qué dices? ¿Tú te has oído? Pero ¿es que has perdido la cabeza del todo?

—No me estás respondiendo. ¿Te la has follado?

Xenaro piensa en Silvina, la dulce y joven Silvina, en su piel blanquísima. Y quiere contárselo a su mujer. Le encantaría contarle que se está acostando con Silvina. Que todo su cuerpo se enciende al menor roce con esa muchacha. Que a menudo fantasea con escaparse con ella. Con tenerla para siempre.

Porque la idea de perderla hace que le tiemblen las rodillas. Le gustaría poder compartir eso con alguien, aunque fuera con Agripina. Y las palabras se le apelotonan en el pecho y le ahogan y siente que debe decir algo, que necesita decirle algo y finalmente suelta:

—Sí.

—¿Qué?

—Que sí. Me acosté con tu prima. Pero hace mucho, fue antes de que estuviéramos casados.

Xenaro espera llanto, espera algún insulto.

Xenaro no se espera que su mujer le abofetee con una violencia extraordinaria y que le empuje con las dos manos, ni caer en el suelo de la cocina y golpearse la espalda y quedarse sin aire.

Agripina mira a su alrededor como buscando algo contundente con que golpearlo.

Xenaro intenta gritar «pero te has vuelto loca», pero no tiene aliento.

Agripina, también sin soltar palabra, le da una patada en las piernas y luego otra y otra más.

Xenaro se levanta, se apoya en la pared.

Lucas, el pequeño de sus hijos, entra en la cocina, todo ojos azules y asombro. No dice nada. Sabe que cuando la abuela duerme la siesta, ellos deben guardar silencio.

Agripina lo mira como si hiciera días que no lo viera.

—Ayuda a tu padre, que se ha caído —le ordena a su hijo, jadeando, y se va de la cocina.

Xenaro se pone en pie apoyado en el niño.

—He tropezado —dice en un susurro.

El niño mira al suelo como buscando con qué ha resbalado su padre.

—No ha sido nada —añade Xenaro.

El niño parece recordar para qué ha bajado a la cocina:

—Ha dejado de llover. ¿Podemos ir a la plaza a jugar un rato? —pregunta.

—Claro. ¿Por qué no? —Le acaricia el cabello rubio heredado de su madre.

El niño sale de la cocina.

Xenaro ve el paquete de tabaco tirado en el suelo. Lo recoge, abre la ventana y se enciende un cigarrillo.

Sabe que ha cometido un error. Y que tendrá que pagar por ello.

De eso está seguro.

18

27 DE JUNIO DE 2019

Asunta

Después de salir de casa de mi prima, caminé bajo la lluvia hasta A Cabana, un restaurante popular entre los peregrinos que hacen el Camino de Santiago. El suelo estaba lleno de serrín y las mesas de madera eran de las largas que se comparten, a modo de comedor universitario. Comer allí era comer acompañado. Y eso era lo que me apetecía en ese momento. Estar rodeada de gente, de un montón de extraños bulliciosos.

Pedí una ración de pulpo *a feira,* especialidad de la casa, junto con un plato grande de patatas fritas con huevos estrellados y tarta helada de postre. La ansiedad me da hambre, qué puedo decir.

Cuando terminé aquel banquete, seguía nerviosa y sorprendida por mi propia reacción al encontrarme con Xenaro. Quizás estaba especialmente sensible por el tema de Crucita, por haber estado buscando datos de chicas desaparecidas. No sé. Era la segunda vez que me encontraba con Xenaro desde que me había violado, dieciséis años atrás. En el encuentro anterior fue durante el entierro de mi padre, y supongo que la culpa y la pena atenuaron la agitación y la repugnancia que sentía ante su presencia.

Él era el motivo por el que había evitado visitar Calixe durante todo aquel tiempo.

Ocurrió muy poco antes de su boda con mi prima. Fue el verano que cumplí diecinueve años. Yo había terminado el primer curso de Periodismo con buenas notas y había conseguido un trabajo de dependienta en una gasolinera los fines de semana. Sin novio ni obligaciones, de lunes a jueves no tenía nada que hacer salvo salir de juerga todas las noches. Mi amiga Catalina y yo nos recorríamos todas las romerías de la provincia. A mediados de agosto son las fiestas de San Roque, las más importantes del año en Calixe. Contratan orquestas y algún que otro cantante con buen cartel popular. Hay atracciones de feria, puestos ambulantes de comida rápida y acuden jóvenes incluso de Santiago y de Lugo.

Ese verano, Catalina y yo cogimos el autobús de las ocho de la tarde. Nuestro plan era aguantar toda la noche hasta las seis de la mañana, cuando pasaba el autobús de vuelta a la ciudad. En algún momento de la noche, Catalina conoció a un chico y se fue con él. Yo estaba tan borracha que no me importó. Fui a una de las dos discotecas del pueblo, una que tenía el pintoresco nombre de Galaxia. Allí me encontré con Xenaro, el novio de mi prima, su prometido. Se iban a casar al cabo de apenas un par de semanas. Él estaba con unos amigos y me animó a unirme a ellos. Xenaro debía de tener unos veinticinco o veintiséis años y era guapo y muy alto y, sí, supongo que empecé a tontear con él en algún momento. Me invitó a varias copas. Yo intenté seguirle el ritmo, pero no pude. Creo recordar que me sacó afuera casi en brazos y que me dijo que me iba a llevar a casa. A Santiago.

Me dormí o perdí la conciencia. No lo sé.

Cuando me desperté, sentí un peso encima de mí.

Al principio no entendí qué estaba pasando.

No sabía dónde estaba, pero noté dolor en las piernas y olor a tabaco en la cara.

Era Xenaro.

Sobre mí.

Dentro de mí.

—¿Qué...? ¿Qué haces?

Él no dijo nada.

Estábamos en su coche, en el asiento trasero. Mis piernas colgaban fuera de la puerta abierta.

—Para. Para, por favor.

Él siguió. Su cara recortada en la oscuridad. No se oía nada más que sus jadeos.

—Para, por favor. De verdad, para.

No intenté gritar, sabía que no podía gritar.

Tenía el vestido hecho un guiñapo sobre el pecho y recuerdo que durante un segundo me pregunté dónde estarían mis bragas, si las habría tirado al exterior.

—Para. Para. Para.

Él me sujetó las muñecas, pese a que yo no me sentía capaz de reaccionar.

Se sacudió, salió de mí y eyaculó sobre mi muslo izquierdo entre jadeos entrecortados.

Estaba paralizada.

Se subió los pantalones sin dejar de mirarme. Sentí que esperaba algo de mí, pero yo no sabía qué era.

—Toma, límpiate —dijo, dándome un pañuelo de papel que sacó de alguna parte.

Obedecí.

—Y vístete, joder.

Sentí una arcada y saqué la cabeza por la puerta justo a tiempo para no vomitar en la tapicería.

—¡Menuda melopea llevas! —rio él.

Me eché a llorar.

—Oye, ¿y esto? ¿Esto ahora a qué viene? —preguntó.

No pude contestar.

—Mira, lo estabas deseando y lo sabes. Ahora no me vengas con historias, que ya no eres una niña, ¿eh? Déjate de jueguecitos, ¿de acuerdo? Nada de tonterías.

Me vestí sin dejar de llorar.

—Ahora te acerco a O Pedrouzo, ¿vale? Que no me da tiempo a llevarte a Santiago. No tardará en llegar el autobús, son casi las seis. Desde allí es poco rato hasta Santiago. Bueno, eso ya lo sabes.

Miré a mi alrededor por primera vez. Estábamos en un camino forestal, rodeados de árboles negros y de un cielo estrellado.

Xenaro se sentó en el asiento del conductor.

Yo me quedé en el de atrás y cerré la puerta.

—¿Qué haces, mujer? Siéntate delante.

Negué con la cabeza. Había dejado de llorar.

Él trató de cogerme la mano y yo grité. Había recuperado la voz.

—Vale, vale. Quédate ahí. Te haré de taxi, ¿eso quieres? Venga, que no se diga, un chófer para la señorita.

Arrancó el coche y salimos a la carretera.

A un lado, junto al arcén, reconocí una valla publicitaria con un antiguo y descolorido anuncio de pienso y también una granja de caballos a lo lejos.

Sí, era la carretera a Santiago, íbamos en la dirección correcta.

Respiré.

Me di cuenta de que había estado apretando las manos con fuerza, que mi cuerpo estaba agarrotado, torcido, tenso, intentando ocupar el menor espacio posible.

Rompí a llorar de nuevo.

Xenaro me miró por el espejo retrovisor y dijo:

—Como le cuentes esto a alguien, te mato, ¿me has entendido?

En vano, intenté secarme las lágrimas.

—¿Me has entendido? Te mato, ¿eh?

Asentí.

Lo había entendido.

19

27 DE JUNIO DE 2019

Antonio

«Ha vuelto.»

Antonio se sorprende repitiendo esas dos palabras una vez más. «Ha vuelto», se dice mientras prepara el plato favorito de su hija por segunda vez en cuatro días. Macarrones gratinados al horno con salchicha de cerdo picada, lacón, cebolla, tomate frito de bote y mucho queso rallado.

La vieja radio de la cocina emite canciones del siglo pasado, de cuando Antonio estaba soltero e iba a bailar a Coruña los fines de semana, de cuando no tenía una hija de la que ocuparse ni preocuparse.

Esta mañana, nada más despertarse, Antonio ha ido al cuarto de Crucita. No se le va el miedo de que ya no esté ahí, de que su hija haya desaparecido de nuevo. La ha encontrado de pie frente al espejo, peinándose, murmurando algo para sí misma. La cama estaba hecha, el cuarto ordenado, una lluvia feroz salpicaba las ventanas cerradas.

—Cariño, ¿estás bien? —le ha preguntado desde la puerta, asomando la cabeza, sin atreverse a entrar.

Ella le ha mirado con incomodidad, como si la hubiera sorprendido vistiéndose.

—Perfectamente. Pero prefiero estar sola.

«Ha vuelto.»

¿Ha vuelto? Antonio sabe que esa que ha regresado no es del todo su hija, no tal como era. Su hija era alocada, seguro, incluso imprudente, pero alegre y cariñosa. Llenaba de vida toda la casa con su sola presencia. Ahora, sin embargo… Desde que ha vuelto no la ha oído reír, no la ha visto sonreír ni una sola vez. Tampoco llorar. Ni siquiera cuando le contó lo de su madre.

Ha tratado de convencerla de consultar a un psicólogo, pero ella se ha negado. Y sigue empeñada en la historia ridícula del *mouro*. No quiere decirle la verdad ni siquiera a él. Su padre… Si la que ha vuelto ya no es del todo ella, ¿él sigue siendo su padre o solo en parte?

—Papá.

Crucita ha entrado en la cocina, silenciosa, tan diferente a lo que era.

Antonio se vuelve.

—¿Sí? ¿Tienes hambre? Esto estará listo dentro de diez minutos o así. ¿Por qué no vas poniendo la mesa? Si quieres, ¿eh?

—Quiero hablar con la periodista.

Antonio deja caer los brazos. Agotado.

—Ya sé que tú crees que no es buena idea. Pero tengo que hacerlo.

—¿Estás segura?

—Sí. Tengo que hacerlo.

—De acuerdo.

20

28 de junio de 2019

Asunta

Crucita había llamado la tarde anterior. Quería que la entrevistara. ¿Podía acudir a su casa?, me preguntó. Por supuesto que podía.

Se lo conté a la Duquesa y se apuntó. Me acompañaría en calidad de fotógrafa. Quería ver a Crucita en persona. Mantenía la curiosidad innata que se le supone a nuestra profesión.

Fuimos a Calixe en su coche a primera hora de la mañana. Nada más salir de Santiago, la Duquesa puso un cedé y un ritmo de batería empezó a atronar por los altavoces. Le eché un vistazo a la carátula: The Prodigy. Miré a mi jefa sin saber si se trataba de algún tipo de broma. Si me hubieran obligado, habría apostado a que era más de ópera que de música electrónica.

—Me da energía por las mañanas —se limitó a decir.

Cuando llegamos, yo estaba un poco mareada porque no me había dado tiempo a desayunar y la carretera desde Santiago era, la mayor parte del recorrido, un retorcido circuito de curvas. Teníamos tiempo de sobra. Habíamos quedado a las diez y media y eran las nueve y veinte. Las tiendas estaban aún cerradas y La Imperial también. Pero había otros bares abiertos, a esa hora ocupados por peregrinos y un buen puñado de los jubilados de la zona.

El día prometía sol, pero aún hacía bastante fresco. La Duquesa no parecía acusarlo y se sentó en una terraza. Así podía acompañar su café con un cigarrillo. En su presencia, me corté de pedirme un Red Bull y opté por un bocadillo de queso y un té negro con mucho azúcar.

—Tanto dulce te va a matar, niña —me dijo.

—¿En serio? —dije, mirando su cigarrillo.

Se rio.

—Mi madre fumó toda su vida y murió con ochenta y nueve años —dijo.

Era la primera vez que hablaba de un tema personal. Supuse que aquel viaje juntas me había convertido en una compañera y no solo en una subordinada.

—Creo que nunca he conocido a ninguna mujer mayor gallega que fume —dije.

—Ella era una rebelde. Me crio sola, sin ayuda. Eso tampoco era muy habitual en su época.

—¿En Santiago?

—En A Coruña. Pero a ella le encantaban los pueblos de interior como este. Decía que son la verdadera Galicia.

—La vida en estos pueblos puede ser dura. Especialmente en invierno.

—Pues eso le vamos a preguntar a Crucita. Que nos cuente. Que nos cuente cómo fue para ella crecer aquí.

Terminé de desayunar y fuimos a casa de la muchacha.

Nos abrió la puerta su padre. Antonio parecía igual de tenso que en la rueda de prensa, pero la Duquesa alabó su jardín y eso lo relajó, le hizo bajar la guardia. Al menos por un momento.

Crucita nos esperaba en el salón, nos dijo. Las paredes estaban casi empapeladas de fotos de la muchacha, sola o con su madre, y fotos de flores y cuadros de flores. Antonio nos contó que tenía un pequeño invernadero en la parte de atrás, que ahí ocupaba su tiempo desde que se había jubilado.

—Papá, tráeles café y unas pastas a las señoras —ordenó Crucita.

«Las señoras», pensé.

«¿Señora? Pero si voy mucho más moderna que tú», me hubiera gustado decirle. Crucita se había peinado el largo cabello rubio con la raya al medio y llevaba un vestido verde claro que le venía grande y una chaqueta de punto azul. De nuevo, me pregunté si sería ropa de su madre, aunque el vestido parecía bastante nuevo. No llevaba calzado, solo unos gruesos calcetines blancos de lana con los que casi se deslizaba por el suelo de falso parqué.

—No traiga nada, por favor. Acabamos de desayunar —dijo la Duquesa.

Para mi sorpresa, Crucita se me acercó y me dio un abrazo. Un abrazo de varios segundos, como si estuviera consolándome. Pero con su cara alejada de la mía. Supuse que era su modo de darme las gracias por los artículos. Su cabello rubio y ligero como el aire olía a manzanilla. Le di un par de palmaditas en la espalda porque no se me ocurrió qué otra cosa hacer.

Luego saludó a la Duquesa dándole la mano. Ella le enseñó la cámara y le pidió si podía colocarse junto al gran ventanal, por la luz. Era una jugada clásica de una periodista clásica: mejor hacerle las fotos antes de la entrevista, por si la cosa se torcía en algún momento de la conversación. Así no nos iríamos con las manos vacías.

Crucita accedió encantada y posó con paciencia y sin sonreír. Había en ella algo de soldado, me dio la impresión. Una especie de mirada de determinación. Sin miedo, pensé, lo que la convertía en la soldado perfecta.

Cuando mi jefa estuvo satisfecha, Crucita se sentó en un sofá, con las rodillas juntas y las manos sobre los muslos, como una muñeca. Yo me acomodé en el sillón de al lado, de modo que formábamos una L.

Le pedí a su padre que, por favor, guardara silencio. Él y la Duquesa se quedaron al otro extremo del amplio salón, de modo que Crucita no los tenía en su campo de visión. Mejor así, no quería que nada la distrajera.

Encendí mi grabadora y la dejé en la mesita frente a ella. No saqué mi libreta porque quería que se sintiera relajada.

—¿Estás cómoda? —le pregunté.

—Claro.

—¿Echabas de menos tu casa?

Crucita se pensó la respuesta.

—Al principio… sí, creo que al principio sí.

—Si te parece, podrías empezar por contarme lo que recuerdes de la noche que te secuestraron.

—Era la noche de la verbena.

Asentí.

—Salí con Dulce. Siempre salíamos juntas.

—Por cierto, ¿ya os habéis visto?

—¿Dulce y yo? No. Mi padre me contó que su familia se trasladó a Oporto hace un par de años.

—¿Y no te ha llamado? Debe de haberse enterado de que has vuelto por la prensa o por conocidos.

Noté que la pregunta la incomodaba.

—Eh… No. Bueno, llamó aquí, a casa, pero no quise hablar con ella.

—¿Estás disgustada con ella?

—No, pero no estoy orgullosa de mi pasado y ella… Ella solo me haría recordarlo.

«Vale, ya abundaré en ese tema luego», pensé.

—De acuerdo. Salisteis de fiesta esa noche. ¿Hicisteis algo diferente a lo que solíais hacer?

—¿Diferente? No. Siempre hacíamos lo mismo, bebíamos hasta emborracharnos y tonteábamos.

—¿Tonteabais? ¿O quieres decir que coqueteabais con chicos?

—Sí, eso y bailar, sobre todo… Durante las fiestas subíamos a las atracciones y dábamos paseos y buscábamos a alguien que nos invitara a copas.

—Pero esa noche os separasteis en algún momento, ¿no?

—Sí… Yo hacía eso. Cuando me emborrachaba, a veces me iba por ahí por mi cuenta.

—Pero ¿te fuiste con alguien?

—No, te juro que no...

Me sorprendió ese «te juro que no». Crucita era muy consciente de su fama anterior y quería evitar confusiones.

—Había un chico que me gustaba. Nos gustaba a las dos, a Dulce y a mí. Así que fui a dar una vuelta yo sola para ver si me lo encontraba.

—¿Un chico mayor?

—Sí. Bueno, solo un año. Iba a nuestro instituto.

Asentí para animarla a seguir.

—La cuestión es que… ¿Conoces la zona de Santa María, el camino de tierra?

—Sí. Más o menos.

—Acorté por ahí para ir a un bar al que ese chico solía ir porque es de su primo. O era. No sé ahora…

—No importa. Volviendo a esa noche…

—Sí. Santa María es un barrio con varias casas viejas y abandonadas. De noche está bastante oscuro… Lo último que recuerdo es pasar por ahí y escuchar unos pasos a mi espalda. Pensé que sería Dulce, pero al darme la vuelta alguien me agarró y me durmió.

—¿Te durmió? ¿Quieres decir con cloroformo? ¿Como en las películas?

—¿Y qué sé yo?

—¿Notaste algún pinchazo?

—No sé.

—Vale. Te durmió y ¿dónde apareciste?

—En una habitación.

—¿Bajo tierra?

—Sí. No tenía ventanas.

—Pero ¿era excavada en la tierra como una cueva, como un sótano, o más parecida a un garaje?

—Era una habitación normal. Incluso bonita.

—¿Te pareció que estaba decorada para ser la habitación de una chica?

—Sí, sí… A ver, no había sábanas rosas con corazones, pero

estaba limpia y olía bien. Había una cama con un oso de peluche, una mesa y una silla. Y baño con ducha.

—¿Como una habitación de hotel?

—Sí, supongo.

—Pero con la puerta cerrada.

—Sí.

—¿Cómo era la puerta?

—De metal. Y tenía una mirilla al revés.

—¿Hacia el interior, quieres decir?

—Sí.

—Es decir, te podían ver desde fuera.

—Sí.

—Y tú, ¿viste a quien te secuestró?

—Nunca les vi la cara.

—¿Eran más de uno?

Dudó unos segundos antes de contestar.

—Sí.

—¿Cuántos?

Se encogió de hombros.

—¿Dos o más?

—Dos seguro.

—En la rueda de prensa dijiste que eran *mouros.*

—Sí.

—Pero tú sabes que, aunque por estas tierras corren muchas leyendas sobre ellos, la gran mayoría de la gente no cree en los *mouros*.

—Ese es su problema, no el mío.

—¿No te da miedo de que no te tomen en serio?

—Me trae sin cuidado.

—Pero si no te toman en serio, no creerán tu historia.

Eso la hizo dudar unos segundos. Finalmente, añadió:

—Habrá gente que no, pero otros sí.

—Vale. ¿Cómo sabes que eran *mouros* si no los pudiste ver bien? ¿Te lo dijeron ellos?

Crucita negó con la cabeza. Entrecruzó los dedos de ambas manos como si fuera a ponerse a rezar en cualquier momento.

—No. Pero vivían bajo tierra.

—¿Vivían bajo tierra contigo todo el tiempo?

—Sí.

—Entonces, ¿los veías? ¿Compartías espacio con ellos?

—No. Bueno, los veía cuando me traían comida y cosas de aseo.

—¿Qué tipo de comida te traían?

—De todo. Comida saludable, cosas de la tierra. Pollo, verduras, legumbres, leche, todo fresco y eso.

—¿Platos cocinados?

—Sí, claro.

—¿Y cómo eran? ¿Cómo son los *mouros* físicamente?

—Nunca les vi la cara. Iban con un hábito, como los monjes. Con la capucha puesta.

—¿Nunca les viste la cara?

—Nunca.

—¿Y las manos?

—No me fijé. Supongo que eran normales.

—Y en cuanto al físico. ¿Son como nosotros, más altos, más anchos?

—Como nosotros. Uno era más alto que el otro.

—Es decir, que eran dos.

—No lo sé. Ya te he dicho que no les vi las caras. A lo mejor eran más.

—¿Y sus voces? Entiendo que hablaban contigo, ¿no?

—Sí.

—¿En qué idioma hablan los *mouros*?

—A mí me hablaban en español.

—¿Qué te decían? ¿Te dieron alguna explicación de por qué te habían secuestrado?

—Sí. Bueno, al principio no. Me dijeron que iba a ser su invitada por un tiempo.

—¿Su invitada?

—Sí.

—Tuviste miedo, claro.

—Sí. Pero no sonaban… no sonaban enfadados. No gritaban ni nada. No parecía que fueran a hacerme daño. Eran amables.

—Amables, pero te habían llevado allí en contra de tu voluntad.

—Sí, pero lo habían hecho por mi bien.

—Pero eso tú no lo sabías entonces.

—No... Yo al principio pensé que era una broma, una fiesta sorpresa o algo así.

—Imagino que protestaste, que gritaste, que intentarías salir de allí.

—Sí, creo que sí. Pero estaba muy cansada.

—¿Muy cansada? ¿Crees que te drogaron?

Crucita miró hacia arriba como intentando recordar.

—No sé. Puede ser. Puede que me drogaran para que estuviera tranquila.

—Has dicho que fueron amables contigo. ¿A qué te refieres con eso? ¿Qué hicieron?

—Eh, hablaban con amabilidad, educadamente. Me trajeron comida y me dijeron que no me preocupara por nada.

—¿Y ya está?

—No... No me acuerdo bien. Fue hace cuatro años.

—Es cierto, cuatro años. ¿Por qué te retuvieron tanto tiempo?

Crucita se encogió de hombros.

Tuve miedo a que se quedara callada, a que se bloqueara. Tenía que darle cuerda a su discurso. Con el tono más dulce y suave que supe, le dije:

—Volvamos a los motivos del secuestro. Dices que lo hicieron por tu bien. ¿Puedes explicarme eso, por favor?

—Ya lo conté el otro día. Yo estaba muy perdida. Como todas o, bueno, como casi todas las chicas de mi generación. Y de la tuya también.

—Muy perdida según el criterio de los *mouros*. Según sus reglas, entiendo.

—Sí.

—Pero de entre todas las chicas, ellos te escogieron a ti.

—Sí.

—¿Por qué?

Crucita se encogió de hombros de nuevo.

—¿Qué crees que vieron en ti?

—Quizá porque soy especial. No sé. Porque vieron que podría cambiar. O porque vieron que estaba muy perdida y necesitaba ayuda con urgencia.

—Vale. Entiendo que te habían estado observando.

—Supongo.

—Y si te estuvieron observando es porque viven por la zona, ¿no? Deben de vivir por aquí cerca.

—Claro. Viven con nosotros desde siempre.

—¿Dónde exactamente? ¿Dónde están sus viviendas o guaridas, como se llamen?

—En el bosque.

—¿Sabrías llevarme hasta ellos? ¿Podría verlos y entrevistarlos?

Por primera vez, Crucita rio. Soltó una carcajada seca y luego me miró como si yo hubiera dicho una locura.

—¿Por qué crees que se iban a fiar de ti? —me preguntó.

—Tú te estás fiando de mí.

—Ellos no quieren perder su modo de vida. Si la gente supiera dónde viven, perderían su libertad.

—Bueno, sería una noticia increíble. Si se demostrara su existencia, la noticia daría la vuelta al mundo. Y podrían contar su mensaje.

—¿Te has creído que son estúpidos? No caerán en esa trampa.

—Vale. Pero hay algo que no acabo de entender: ¿por qué quieren..., cómo decirlo? ¿Por qué quieren encarrilar a las chicas? ¿Qué ganan ellos con eso?

—Son muy nobles. Muy... rectos. Les duele ver cómo desaprovechamos la vida. Para ellos, nosotros somos como sus hijos.

—¿A ti te trataron como a una hija?

—Sí. Sí que lo hicieron.

—¿En qué sentido? Era como tenerte castigada, ¿no?

—No, no. No es un castigo cuando lo entiendes. Me habían

elegido… Era más que su hija. A un hijo no lo escoges. A mí me escogieron.

Me pareció que por un momento se emocionaba un poco, que se le había alterado la respiración en la última respuesta.

—¿Quieres decir que les cogiste cariño?

Crucita asintió.

—Y supongo que su intención siempre fue dejarte marchar al cabo de un tiempo.

—Claro.

—De acuerdo. Perdóname, pero entiende que a la mayoría de la gente tu historia, lo que me estás contando, les suena muy raro. Por eso debo insistir en los detalles. Para poder contarla bien. ¿Vale?

Crucita frunció el ceño, pero no dijo nada.

—Me estás diciendo que los *mouros* te secuestraron porque se preocupaban por ti, porque te querían como a una hija, y que te han tenido retenida durante todo este tiempo para ayudarte a cambiar de rumbo, ¿no?

—Eso es.

—Perdona, pero eso se parece mucho a lo que hacen las sectas.

—¡No son una secta! Ellos están cansados de ver cómo hemos perdido el rumbo. Quieren ayudarnos.

—¿Y por qué no dan la cara?

—Por miedo.

—¿Miedo a qué?

—Pues a que no les entiendan. A que los encierren en la cárcel.

Cuando Crucita dijo esa palabra, «cárcel», me quedé en silencio unos segundos, casi saboreando el momento.

—Entonces, ellos saben que lo que hicieron contigo es un delito.

—Claro que saben que es un delito. Ya te he dicho que no son estúpidos. Pero que sea un delito no significa que esté mal.

—¿Crees que retener a una persona contra su voluntad durante cuatro años no está mal?

—No... No está mal si es por hacer un bien mayor.

—¿Crees que ha valido la pena?

—Por supuesto.

—¿Por qué?

—Porque yo ahora puedo dar su mensaje.

—¿Y cuál es ese mensaje?

Crucita respiró profundamente, como si estuviera agotada. Agachó la cabeza. Tuve miedo de perderla en ese momento.

—Cruz, tómate tu tiempo. No tengo prisa.

Me miró y preguntó:

—¿Puedo ir al lavabo?

Me sorprendió que me pidiera permiso y me sentí mal por ella. ¿Eso era lo que había estado haciendo los últimos cuatro años, pedir permiso para ir al baño?

—Claro, por favor. Por supuesto.

La seguí con la vista mientras pasaba por al lado de su padre y de la Duquesa, sin mirarlos, y salía de la habitación.

La Duquesa me hizo un leve gesto con la cabeza, «lo estás haciendo bien». Y enseguida le dijo a Antonio:

—Salgo a fumarme un pitillo, ¿me acompaña?

21

28 DE JUNIO DE 2019

Matías

—Yo creo que ha sido el padre —dice Manuela.

Matías está desayunando en el porche con Birollo en su regazo y leyendo las noticias del día en su móvil. Son las once de la mañana. Hace casi cuatro horas que está despierto y se está tomando su segundo café del día y el sexto o séptimo cigarrillo.

—¿Cómo? ¿El padre de quién? —pregunta.

—De esa chica, de Crucita Castro —responde su sobrina.

Hace una mañana fresca y soleada. Las favoritas de Matías. Un abejorro zumba alrededor del zumo de naranja de Manuela y ella lo espanta de un manotazo sin el menor miramiento. A Matías le fascina lo despreocupada que es, actúa como si fuera intocable. ¿También de joven se sentía él igual de indestructible? No lo recuerda.

—No entiendo. ¿Qué es lo que ha hecho el padre de la chica?

—Yo creo que ha sido él el que la ha tenido secuestrada todos estos años.

A Matías no le sorprende que su sobrina esté fascinada por la historia de Crucita. Como buena estudiante de Psicología, se siente atraída por los comportamientos difíciles de explicar. Al principio, Manuela no se creía el testimonio de Crucita, pero al poco admitió que estaba equivocada: ahora está convencida de que ha estado secuestrada o recluida en una secta.

—¿Y en qué te basas para afirmar eso del padre, en su absurdo bigotito de malvado de cine mudo?

Manuela suelta una carcajada.

Cada vez que su sobrina ríe, Matías lo anota como un triunfo.

—En su comportamiento. ¿No te fijaste en lo nervioso que estaba durante la rueda de prensa?

—Es normal que estuviera nervioso, Manuela. Su hija desaparece y al cabo de cuatro años sin tener noticias de ella, cuando ya debía de darla por muerta, aparece por su propio pie y cuenta esa ridícula historia de los *mouros*.

—Exacto. ¿Por qué recurrir a esa historia? Piénsalo. Ha recurrido a esa fantasía para poder aceptar la idea de que alguien a quien conoce le haya hecho semejante barbaridad. Es un mecanismo de defensa de su cerebro.

Matías le da una calada a su cigarrillo antes de aplastarlo en el cenicero.

—Manuela, ¿de veras crees que ese tipo ha tenido secuestrada a su hija cuatro años?

La chica se encoge de hombros.

—¿Dónde? ¿En su sótano?

—¿Por qué no? Acuérdate de aquel tipo en Bélgica. Mantuvo a su hija encerrada un montón de años. Incluso tuvo hijos con ella.

—Demasiado retorcido, ¿no te parece?

—Es que la gente es retorcida.

—Supongamos que sí, que lo hizo. ¿Por qué razón?

—Bueno, ya has leído las noticias. En varios periódicos dicen que la chica era muy alocada y que se liaba con todo el mundo. Quizás eso fue demasiado para él.

—¿Cuál es tu teoría? ¿Que como no tenía dinero para mandarla a un internado la encerró en el sótano?

—Cosas más raras se han visto.

—Tienes mucha imaginación, Manuela.

—No lo digas como si fuera algo malo. —Se ríe.

—Vale, supongamos que tu teoría es cierta. Eso querría decir que la madre de la chica estaba en el ajo, ¿no? Pero ya leíste que murió despeñada seis meses después buscándola.

—Tal vez se suicidó. O la mató él para que no se fuera de la lengua.

—Sufres exceso de imaginación o ves demasiadas series de crímenes.

—Yo te digo que ese tío oculta algo.

—Manuela, has estudiado un año de Psicología. Eso no te convierte en una experta en comportamientos del FBI.

Manuela ríe y casi se ahoga con el zumo de naranja.

—Qué poca confianza en tu sobrina. Debería darte vergüenza —se burla.

Él se acaba el café.

—Bueno, ¿qué piensas hacer hoy? Hace una mañana estupenda y no hace falta que te quedes conmigo todo el día.

—Lo sé, lo sé. He pensado en salir a dar un paseo. He visto en internet que hay una ermita no muy lejos.

—Ten cuidado y lleva el móvil siempre contigo.

—Descuida.

—Y cuando vuelvas, te invito a comer fuera, ¿te parece? Hay un sitio en el que hacen una sopa de pescado que te devolverá la fe en la humanidad.

—Perfecto. Me encanta el plan.

Manuela le planta un beso en la mejilla y entra con el vaso y el plato vacíos.

Matías apaga el pitillo. A lo lejos, las nubes parecen quietas en el cielo, como pintadas en un decorado.

Birollo mira hacia el interior de la casa y suelta un lastimero maullido.

—Tú también la vas a echar de menos cuando se vaya, ¿eh?

22

28 DE JUNIO DE 2019

Asunta

—¿Has oído alguna vez ese refrán que dice que uno siembra lo que recoge?

—Sí —respondí—. Pero es al revés: uno recoge lo que siembra.

Crucita sonrió y se sonrojó, avergonzada por su equivocación.

Había vuelto del lavabo con el cabello mojado, como si hubiera metido la cabeza bajo el grifo un par de segundos. ¿Una táctica para calmarse? ¿Le estaba apretando las tuercas demasiado? La Duquesa y Antonio aún estaban fuera, esperaba que eso ayudara a rebajar la tensión.

Crucita recuperó su semblante serio y dijo:

—Bueno, pues yo era una mala semilla, ¿sabes?

No pude dejar de pensar que ya tenía titular para la entrevista: «Yo era una mala semilla».

—Y de una mala semilla no puede crecer nada bueno. No puedes recoger nada bueno. Por eso los *mouros* me secuestraron. Porque estaban cansados de ver cómo nuestra sociedad se llena de malas semillas y decidieron tomar cartas sobre el asunto y dar ejemplo.

Dijo eso y se quedó callada mirándome fijamente, tal vez esperando que sus palabras calaran en mí.

—Entiendo —dije—. Pero su mensaje, ¿no te parece un poco simple? Por no hablar de machista.

—¿Simple?

—¿Que las mujeres se queden en casa cuidando del hogar y teniendo hijos? Yo creo que alguna gente podría tacharlo de simple, Cruz.

—Pero es que el mensaje no es así.

—¿No?

—El mensaje es que no debemos traicionar nuestra naturaleza. Debemos estar en armonía con la naturaleza. Y nuestra naturaleza, tanto la de los hombres como la de las mujeres, es formar una familia. Eso es lo más importante. La familia es el camino de la naturaleza.

Asentí. Crucita parecía haber vuelto del lavabo con las ideas más claras. ¿Habría hablado por teléfono con alguien? Y si era así, ¿con quién? No con su padre, que seguía fuera con la Duquesa.

—Ese mensaje de los *mouros* suena... No sé si antes eras una chica religiosa. ¿Ibas a misa?

Crucita me miró con desconfianza, como si temiera una trampa.

—No. Mis padres no son religiosos. Estoy bautizada y he hecho la primera comunión, pero no íbamos a misa. ¿Por qué me lo preguntas?

—Lo siento, pero es que el mensaje de los *mouros* me suena a catolicismo radical.

Crucita soltó una risa forzada, dejando claro que mis palabras le resultaban absurdas.

—No tienen nada que ver con la religión católica ni con ninguna otra.

—Si tú lo dices...

—No, lo decían ellos.

—¿Sí?

—Pues claro. Ellos dicen que las religiones son lo contrario de la naturaleza.

Me sorprendió esa frase. Parecía la de alguien educado, alguien con un discurso pensado. La sombra de una secta cada vez tomaba más fuerza. ¿Habría alguna operando en Galicia de la que yo no tuviera noticia?

—Vale, entiendo que no tienen un sentimiento religioso, pero ¿tienen algo así como unos mandamientos, unas reglas?

Crucita me lanzó una mirada que me hizo temer que estuviera perdiendo la paciencia.

Por algún eco extraño del cerebro, recordé una de las preguntas que había preparado la noche anterior. La solté tal cual para ver su reacción:

—Crucita, ¿en algún momento mantuviste relaciones sexuales con ellos?

Crucita se levantó como impulsada por un resorte y por un momento creí que sería capaz de abofetearme.

O peor: que me echaría de su casa dando la entrevista por terminada.

—Disculpa, pero estoy segura de que mucha gente se lo preguntará. Al pasar tanto tiempo con ellos… —traté de calmarla.

—¡No! ¡Claro que no! Ellos… Me trataron como a una hija, ya te lo he dicho. Nunca me habrían hecho algo así.

—Perdona, pero tenía que preguntarlo. Queda grabado y así lo haré constar en el artículo. Te doy mi palabra.

Crucita asintió con el ceño fruncido, su expresión era una mezcla de enfado y recelo. Volvió a sentarse.

Traté de cambiar de tema.

—Antes, al principio de la entrevista, has dicho que no estabas orgullosa de tu pasado. ¿Cómo ves el futuro? ¿Vas a volver a estudiar?

—¿Estudiar? No me hace falta. Ya sé todo lo que necesito saber para mantener una casa.

—¿Te enseñaron ellos, los *mouros*?

—Sí… He pensado que podría abrir un pequeño taller de confección aquí en casa. Arreglar ropa y cosas así. Le he pedido a mi padre que me compre una máquina de coser, aunque sea de segunda mano.

—¿No tenéis aquí?

—No.

—¿Los *mouros* te enseñaron a coser con máquina?

Pese a mi tono neutro, Crucita se puso en alerta.

Asintió en silencio.

—¿Los *mouros* tienen máquinas de coser bajo tierra?

—Pues algo así. No pensarás que van desnudos, ¿verdad?

—Imagino que no. ¿Y qué sabes coser?

—De todo, pero sobre todo me gusta confeccionar vestidos.

—Vaya, eso tiene mérito.

Me fijé de nuevo en el vestido verde claro que llevaba.

—¿Ese vestido lo cosiste tú? —le pregunté.

—Sí, yo ayudaba con los vestidos…

Dejó la frase a medias.

Se sonrojó al instante.

Apartó la mirada.

Una idea, tal vez una intuición me pasó por la cabeza. ¿Cómo no se me había ocurrido antes? Me puse tan nerviosa que casi tartamudeé:

—¿Vestidos? ¿En plural? Crucita, eh, ¿había más chicas contigo?

Negó con la cabeza, la vista fija en el suelo.

Mentía.

Estaba segura de que mentía. Insistí:

—Crucita, por favor. Es muy importante que me digas la verdad: ¿hay más chicas secuestradas por los *mouros*?

Me miró, esta vez desafiante, y dijo:

—No lo sé.

Mentía.

Hice memoria: ¿había desaparecido en los últimos años alguna otra adolescente de la zona? No lo recordaba, pero no era improbable.

—Crucita, si hay otras chicas retenidas contra su voluntad y no dices nada, estás incurriendo en un delito muy grave. Un delito de encubrimiento, y podrías ir a la cárcel.

—Yo no vi a ninguna otra chica.

Mentía de nuevo.

—Cruz, por favor, piensa en las familias de esas chicas. Piensa en cómo deben de estar sufriendo.

—Te he dicho que no vi a ninguna otra chica. Y si mientes en tu artículo, te denunciaré —dijo al tiempo que se ponía en pie.

Intenté calmarme, reconducir la entrevista.

—Creo que ya tiene material suficiente —dijo Antonio detrás de mí.

Supuse que él y la Duquesa habían oído las últimas preguntas.

Asentí y recogí mi grabadora.

—Crucita, si quieres hablar, a cualquier hora del día o de la noche, tienes mi número —le dije.

Ella asintió con el semblante serio. No creí que fuera a volver a llamar.

—De verdad. Llámame para lo que necesites, por favor —insistí.

—Muchas gracias por su tiempo —dijo la Duquesa detrás de mí.

La entrevista había terminado.

23

28 DE JUNIO DE 2019

Aurelio

Aurelio Pontes no cree que la vida sea justa. Esa idea generalizada de que el tiempo le da a cada uno lo que se merece le parece tan absurda como cruel y sin el menor fundamento.

La película favorita de María, su mujer, era *Vacaciones en Roma*. Habían planeado que, cuando él estuviera retirado, cogerían el coche y harían un *tour* por toda Italia, acabando en la capital. No habían tenido hijos. Podrían haberse quedado allí un mes o dos, hasta que se cansaran de comer pasta y de ver monumentos, o hasta que les entrara morriña.

Después de casi cuatro décadas en la Guardia Civil, cuatro décadas en las que había sido testigo de la maldad y la miseria que pueden alcanzar los seres humanos, y cuando le faltaban solo tres días para pasar a la reserva, a su mujer le detectaron un cáncer de colon en fase terminal. Aurelio tenía cincuenta y ocho años, a ella le faltaban cuatro meses para los sesenta y cuatro. No llegó a cumplirlos.

Al enterarse de la enfermedad de María, Aurelio decidió dejarse crecer la barba. No era religioso, pero era una especie de promesa a un poder superior, al universo, a lo que fuese. No se la cortaría hasta que ella sanase. Cuando murió, no tuvo fuerzas para afeitarse. Le parecía que, de alguna manera, no se había esforzado suficiente, que su promesa había sido muy pobre, casi ridícula. Esa barba, cada vez más grande y frondosa, se convirtió en una especie de escudo, en una máscara detrás de la que esconder su dolor. En el pueblo empezó a correr el rumor de que se la había dejado para no olvidarse nunca de María; ¡como si necesitara algún recordatorio para pensar en ella!

No. Aurelio Pontes no creía que la vida fuera justa.

Pero el ajedrez sí lo era. En ese terreno de sesenta y cuatro casillas, siempre ganaba quien lo merecía.

Había empezado a jugar a los cuarenta y nueve años, cuando a su madre le diagnosticaron demencia senil (otra prueba de que la vida no era justa). Pensó entonces que necesitaba ejercer su mente más allá de su trabajo, por si aquello que sufría su madre era hereditario. El ajedrez le vendría bien para eso. Se forzaba a echar una partida casi todos los días, por las mañanas, antes de desayunar. Al morir María, el ajedrez se volvió una afición absorbente. Ese juego era algo que podía controlar, algo en lo que podía mejorar muy lentamente, un camino de perfección que ocupaba la mayor parte de las horas del día.

Sentado a su mesa de costumbre del bar El Instituto, Aurelio repasa en el tablero una partida *online* que perdió ayer con un tipo ruso. Que fuera ruso no le supone ningún consuelo, porque, por la foto de perfil, era apenas un chaval.

—Señor Pontes —dice una voz femenina que se acerca.

Aurelio levanta la vista y descubre a la periodista del otro día, Asunta Loureiro. Viene acompañada de una mujer alta mayor que ella. Aurelio las observa a las dos con atención, deformación profesional. Al igual que la anterior vez que la vio, Asunta tiene la expresión concentrada de alguien que ha perdido algo no sabe dónde. Le parece que es de esas chicas que es guapa a su propio pesar. Mientras muchas mujeres tratan de sacarle partido a su atractivo, ella se diría que intenta todo lo contrario. Lleva unos vaqueros viejos, unas zapatillas deportivas sucias y una chaqueta ancha mal abrochada, como si hubiera salido corriendo de casa. Tiene unos bonitos ojos claros, pero casi se los tapa con un flequillo demasiado largo que probablemente se corta ella misma. La otra mujer, sin embargo, parece salida de una revista de moda, con un estilo estudiosamente descuidado y la seguridad de alguien capaz de encontrarse cómoda en cualquier sitio. Esta le mira con curiosidad; Asunta con azoramiento.

—Señorita —la saluda él.

—Mi nombre es Carmela Corredoira y soy la directora de *El Eco Norteño* —se presenta la mujer alta estirando la mano.

Aurelio se pone en pie y se la estrecha.

—¿Podemos sentarnos?

Aurelio accede con un gesto.

—Ha entrevistado a Crucita, supongo —le dice a Asunta.

—Sí, por eso hemos venido a verle. Tenemos información delicada: aunque Crucita lo ha negado, tengo la impresión de que puede haber otras chicas secuestradas. Retenidas por los mismos que la retuvieron a ella.

Tras escuchar esas palabras de boca de Asunta, Aurelio mira inconscientemente a la mujer alta, como si necesitara su confirmación. Esta asiente en silencio.

—¿Qué ha dicho exactamente que le haga pensar eso? —pregunta Aurelio.

—Escúchelo usted mismo.

Asunta saca su grabadora, rebobina y, cuando está a punto de apretar la tecla del *play*, la Duquesa la detiene y dice:

—Señor Pontes, lo que va a escuchar es confidencial. Si se lo permitimos es porque creemos que Cruz Castro oculta algo. La entrevista va a salir publicada en dos partes, la primera mañana sábado y la segunda el domingo, pero hoy no puede hablar con nadie de ella, por favor. ¿Promete guardar silencio hasta el domingo?

—En casa solo me esperan dos gallinas, señora Corredoira, y le aseguro que no me prestan mucha atención cuando les hablo. Pero quédese tranquila, le doy mi palabra de no comentar lo que oiga, siempre y cuando no apunte a un delito evidente.

Asunta aprieta la tecla del *play* y le deja escuchar la entrevista.

Los tres guardan silencio durante varios minutos. Pontes bebe a sorbos su café con leche.

Al terminar la grabación, Asunta dispara:

—¿Qué le parece?

—Creo que ha sido usted muy hábil en su interrogatorio, señorita. Y, a falta de más información, sin haber visto la cara de Crucita al hablar con usted, diría que sí, que puede que oculte algo… O puede que no. Tal vez simplemente necesite ayuda psicológica o esté tratando de llamar la atención aún más.

Asunta parece decepcionada.

—¿Recuerda usted en esta zona algún caso de chica desaparecida en los últimos años? —pregunta la Duquesa—. Antes o después de la desaparición de Crucita.

A Aurelio le gusta cómo esa mujer toma las riendas, no pierde el tiempo y va directo a lo que quiere saber.

Hace memoria antes de contestar.

—Sí, desapareció una chica poco después, a finales del año en que desapareció Crucita. Lo recuerdo porque temí que ambos casos pudieran estar conectados. Era una muchacha de una aldea cercana. Pero al cabo de dos o tres días le mandó una carta a su familia diciendo que se iba de viaje con unos amigos y que no la buscaran. Aparte de ese caso, no recuerdo ningún otro, pero no me sorprendería que lo hubiera.

Llega la camarera para tomar nota. La Duquesa pide un café de pota. Asunta una Coca-Cola. Esperan a que la chica se aleje antes de continuar la conversación, como si estuvieran compartiendo un secreto.

—Esa chica… ¿La carta estaba escrita a mano, comprobaron que era su letra? —pregunta la Duquesa.

—Sí, tanto su madre como su hermano lo confirmaron.

—¿Y se fue de casa sin llevarse nada? Porque quizá… —dice la Duquesa dejando una idea en el aire.

Aurelio se permite una leve sonrisa. La mujer alta tiene mente de detective.

—Sí. Y ya sé lo que está pensando, yo también barajé esa posibilidad.

—¿Perdón? Creo que me he perdido —dice Asunta.

—Si esa muchacha no se llevó nada, tal vez fue secuestrada y la obligaron a escribir la carta a su familia —le explica la Duquesa.

Asunta asiente, de pronto parece entusiasmada con esa posibilidad.

—No sería descabellado —admite Aurelio.

—Eso creo yo. Supongamos que soy el tipo que secuestró a Crucita —dice la Duquesa—. Después de ver el revuelo que causa su desaparición, saliendo en los medios y movilizando a la policía, a la siguiente chica que secuestro la obligo a escribir una carta bajo amenaza. De esa forma no hay noticia, desaparece del radar.

—No cerramos el caso teniendo en cuenta esa posibilidad. Sin embargo…

La camarera llega con los pedidos. Los deja en la mesa con prisas, como si le incomodara el silencio que provoca su presencia. En cuanto se aleja un par de metros, Aurelio prosigue.

—Como les decía, sin embargo, la chica apareció tres o cuatro meses después. Llamó a su casa. Creo que ahora vive en A Coruña. Así que el caso se cerró definitivamente.

Las dos mujeres parecen abatidas por un instante.

—No es una gran noticia, pero es una buena noticia —casi las regaña Aurelio.

Asunta asiente. Le da un trago a su bebida.

—¿Llegó usted a hablar con ella cuando volvió? —pregunta la Duquesa.

—No. Yo estaba a punto de pasar a la reserva.

Asunta lo mira interrogativa.

—De jubilarme, vaya —le aclara Aurelio.

—Y supongo que esa chica no volvió hablando de *mouros* ni nada por el estilo —insiste la directora de *El Eco Norteño*.

—No que yo sepa.

—¿Podría darnos su nombre?

—Estoy seguro de que podrían averiguarlo haciendo una búsqueda en internet.

—Seguramente hallaremos su nombre, pero no su contacto. Por favor, ¿podría ayudarnos con eso?

—Podría hacer un par de llamadas.

—Puestas a pedirle, ¿sería posible que comprobara si desapareció alguna otra chica por la zona un poco antes que Crucita? —le pregunta Asunta.

—Piden ustedes mucho, ¿no?

—Por favor.

—De acuerdo, miraré a ver qué puedo hacer, pero con una condición.

—Usted dirá.

—En la entrevista que le ha hecho a Crucita, resulta evidente que usted desconfía de ella cuando le pregunta más de una vez si había otras chicas con ella. ¿Piensa transcribirla tal cual?

—Cuando la entrevista es interesante, como en este caso, normalmente lo hago. Procuro cortar y editar lo mínimo.

—Le pediría que no lo hiciera esta vez.

Las dos mujeres resoplan al mismo tiempo. Antes de que digan nada, Aurelio se adelanta y añade:

—Puede dejar la pregunta, pero una vez. Si deja entrever que usted cree que hay más chicas, estará poniendo en peligro a Crucita. Por un lado, porque las familias de todos los adolescentes, chicos y chicas, desaparecidos en la última década en Galicia se plantarán en su casa, y a saber cómo reaccionarán a su negativa a no decir nada.

Las dos periodistas asienten en silencio.

—Por otro lado —continúa Aurelio—, si quienes la tuvieron retenida temen que Crucita pueda contar algo, podrían silenciarla definitivamente. No sabemos con quién estamos tratando, pero podemos presumir que no son los tipos más comprensivos del mundo.

Esas dos palabras, «silenciarla definitivamente», calan visiblemente en el ánimo de ambas mujeres.

—Le doy mi palabra de que no transcribiré esa pregunta. —dice Asunta.

—Prometido —rubrica la Duquesa.

—Tenemos un trato. Denme unos días. La semana que viene les digo algo. Descuide, conservo su tarjeta.

Se estrechan las manos. Ellas terminan sus bebidas con premura y se despiden.

Cuando ya han salido por la puerta, Asunta parece recordar algo, vuelve a la mesa y se planta frente a Aurelio.

—Ya sé que le he pedido mucho, señor Pontes. Pero si pudiera darme el nombre del sospechoso que tenían, sería estupendo.

Aurelio niega suavemente con la cabeza, más sorprendido que molesto por la insistencia de la periodista.

—Le prometo no publicarlo. Solo quiero investigarlo, palabra.

—¿Por qué? No es usted policía. ¿De qué le serviría investigarlo?

Asunta duda, como si no se hubiera planteado nunca esa pregunta.

—No lo sé. Pero necesito entender todo esto.

—Esta noticia la tiene atrapada, ¿verdad? —dice él.

—Si a mí me hubieran tenido retenida cuatro años durante mi adolescencia, me habría vuelto loca. Retener a alguien contra su voluntad hasta hacer que se convierta en alguien que no es… Se me ocurren pocas cosas más malvadas que eso.

Aurelio asiente dándole la razón.

—No recuerdo el nombre del sospechoso —le miente.

—Si en algún momento lo recuerda, por favor, llámeme —dice Asunta y se va.

Aurelio trata de concentrarse de nuevo en su partida. No lo consigue. Un enjambre de nombres, fechas, lugares y otros datos zumba en su cabeza.

—La pregunta de siempre —se dice a sí mismo en voz baja—. ¿Pude haber hecho más?

24

1 DE JULIO DE 2019

Asunta

La entrevista con Crucita creó un gran revuelo, especialmente en Galicia. Por todas partes se oía hablar de «la mala semilla». Incluso algunos medios nacionales me llamaron para entrevistarme, pero rehusé. Nunca he querido estar al otro lado de la noticia.

La publiqué en dos partes, la primera el sábado 29, la segunda el domingo 30. Ese mismo día, cogí un tren a media mañana en dirección a Vigo, donde vivía mi madre con Lola, la que fue amante de mi padre durante tres décadas.

El plan era comer con ellas, como solía hacer una vez al mes, cumpleaños y Navidades aparte. Pero esa vez iba a pasar la noche allí, en su casa. El lunes cogería un tren hasta Oporto, donde vivía Dulce Gómez, la antigua amiga y compañera de farras de Crucita. Quería que me dijera el nombre del chico que les gustaba a ambas y todo lo que recordara de esa época. Podría haberla hecho por teléfono, pero las entrevistas siempre funcionan mejor cara a cara; hay expresiones y gestos que pueden decir más que las palabras.

Además, hacía mucho tiempo que no visitaba Oporto y me apetecía cambiar de aires por unos días. Lo necesitaba.

Mientras hacía el bonito trayecto en tren hacia el sur, no pude evitar pensar en mi padre, como me ocurría siempre que viajaba a Vigo a visitar a las dos mujeres que lo habían amado durante tanto tiempo. Las dos Lolas, como las denominaba con burla mi prima Agripina.

Mientras fui niña, la relación con mi padre fue de adoración por ambas partes. Eso se lo concedo: tuve una infancia muy feliz. Pero al llegar la adolescencia, la cosa cambió. Mi madre solía decir que mi padre tenía «mucho carácter», que para mí no era más que un eufemismo para «mal carácter». Tener mucho carácter no es sufrir rabietas como un niño y marcharse al bar de la esquina dando un portazo si la comida no se sirve exactamente a la hora que uno espera o insultar a tu hija adolescente porque sale a la calle con minifalda. Desde mis trece años hasta los dieciséis, mi padre y yo alternábamos temporadas en las que no nos dirigíamos la palabra y ni siquiera nos mirábamos cuando nos cruzábamos por casa, con breves etapas en las que, después de haberle rogado que dejara de estar enfadado conmigo, me llevaba de compras, a comer y a restaurantes de amigos suyos donde presumía de mí, su única hija. Una pantomima que duraba apenas unos días.

Una tarde, cuando tenía dieciséis años, desde la calle vi a mi padre con otra mujer en el interior de una cafetería, no lejos de casa. No estaban hablando, no era una cita de trabajo: se cogían de la mano, reían, se besaban. Mi primer instinto fue entrar y plantarme delante de su mesa, hacerle saber que lo había pillado in fraganti. El problema es que yo estaba haciendo novillos, y supe que a mi padre no se le escaparía ese detalle y que, de alguna forma, acabaría por volverse en mi contra. En lugar de eso, corrí hasta casa para contárselo a mi madre. Desde hacía años fantaseaba con la idea de que mis padres se divorciaran y mamá y yo nos fuéramos a vivir lejos de él. Cuando entré en casa y le conté lo que había visto, la expresión de mi madre no fue de incredulidad o de enfado, como yo había previsto; su cara reflejó algo a medio camino entre la vergüenza y la pereza. Me dijo que lo sabía desde siempre. Esa mujer formaba parte de la vida de mi padre desde antes de que yo naciera, y que a ella ya le parecía bien. No es que lo tolerara, sino que le convenía, me vino a decir a su manera. Y me recomendó que lo olvidara, que lo dejara pasar, aquello no tenía nada que ver conmigo.

Una vez escuché a alguien decir que llega un día en que todas las chicas deciden ser igual que sus madres o bien ser completamente lo contrario a ellas. Esa tarde, yo escogí la segunda opción. Desde ese momento, mi relación con mi padre entró en una época glaciar que ya nunca abandonaría.

Después de que Xenaro me violara, me negué a ir a la boda de mi prima, y mi padre lo tomó como un insulto personal. Lo peor de todo no es que yo no me atreviera a contarle lo que me había pasado, no; lo peor de todo es que no me atreví a contárselo por temor a que se pusiera de parte de Xenaro por haber salido de casa «desvestida como una fulana» y haberme emborrachado. Si eso hubiera ocurrido, me habría destrozado, no creo que lo hubiera soportado. Opté por callar y darle una oportunidad al futuro, dejando una puerta abierta a una improbable reconciliación que nunca se produjo.

Con la ayuda económica de mi madre, me fui a estudiar a Madrid. Allí encontré pronto un trabajo a tiempo parcial de camarera con el que pagaba el alquiler de un piso compartido y aún me daba para un par de caprichos.

El último año de carrera, entré como becaria en una revista de las llamadas femeninas, donde al terminar los estudios me hicieron un contrato de auxiliar de redacción. Básicamente, me dedicaba a hacer lo que los redactores no querían hacer, como buscar estudios, comprobar datos y hacer las llamadas engorrosas. Un par de años después me ascendieron a redactora. Era 2008, la crisis había estallado y algunos medios aprovecharon para librarse de los periodistas más antiguos y con más sueldo, y sustituirlos por otros baratos y sin demasiados escrúpulos, como yo misma. Aunque el sueldo seguía sin ser ninguna maravilla, en ese momento me sentí liberada, pensé que no tendría que volver nunca a Galicia, que ya no dependería más de la limosna que mi madre conseguía arañar a su presupuesto para mandármelo a escondidas.

A ella la veía un par de veces al año, cuando venía en tren a la capital, sola. Esas visitas y la llamada que le hacía todos los domingos eran mi único vínculo con el pasado. Mi presente estaba en Madrid: tenía una pareja, Arturo, y un trabajo sin demasiadas complicaciones. No necesitaba nada más.

A principios del verano de 2010 recibí una llamada de mi madre a medianoche. En cuanto vi su nombre en la pantalla del móvil, supe que era una mala noticia. Ella, siempre tan discreta, jamás llamaría a esas horas si no era porque había ocurrido algo grave. Llorando, me contó que a mi padre le habían detectado un enfisema pulmonar muy avanzado y que le quedaban apenas unas horas de vida. Al parecer, él lo sabía desde hacía meses, pero no le había contado la noticia a nadie y había seguido fumando como si nada, hasta que un día se desmayó al subir las escaleras de casa.

A la mañana siguiente cogí el primer avión a Santiago. Al llegar junto a su lecho en el hospital, apenas lo reconocí. Estaba amarillento y encogido y débil. Él, que había sido un hombre grande e imponente, en los siete años que hacía que no lo veía parecía haber envejecido dos décadas. Después de abrazar a mi madre, a mi tía Visitación y a Lola, me senté junto a mi padre y le cogí la mano. Fue lo único que se me ocurrió hacer. No tenía ganas de llorar. Me pregunté si era normal que no sintiera tristeza, solo culpa. Al poco rato, él abrió los ojos y me miró directamente. Llevaba puesta una mascarilla que le suministraba el oxígeno que lo mantenía con vida.

—Hola, papá —dije.

Con una fuerza imprevista dado su aspecto, mi padre me agarró de los brazos, se incorporó unos centímetros y en castellano, idioma que nunca había empleado conmigo, me preguntó:

—¿Y tú quién eres?

No supe qué contestar.

¿Era esa su manera de decirme que me había olvidado, su insulto final, o realmente no me reconocía?

Enseguida se volvió a quedar dormido.

No lo volví a ver despierto, murió esa noche.

El mismo día del entierro, mi madre me comunicó que se iba a Vigo a vivir con Lola. Pensé que era una rara broma que yo no acababa de entender. Pero no lo era. Me dijo que ambas se entendían bien y que, muerto mi padre, se necesitaban la una a la otra. Me lo soltó como si fuera lo más normal del mundo. Y añadió que me dejaba el piso de Santiago, que hiciera lo que quisiera con él. Estaba tan confundida que solo acerté a darle las gracias. Pensé que aquello era una locura transitoria, que al cabo de unos días las dos volverían a sus cabales. No fue así. De repente era propietaria de un apartamento en una ciudad en la que no vivía, el piso de mi niñez, con vistas a la Praza Roxa y muy cerca de Follas Novas. Lo alquilé y me olvidé de él durante unos años.

A finales de 2015, después de siete años de relación y seis de convivencia, Arturo me dejó. Él acababa de cumplir los cuarenta y cinco y quería tener hijos. Yo no. Arturo sabía perfectamente que yo no quería ser madre, se lo había dejado claro antes de irnos a vivir juntos, pero pensó que con el tiempo yo cambiaría de opinión y, al no hacerlo, su amor por mí se evaporó. No intenté retenerlo, tal vez porque soy demasiado orgullosa, o quizá porque tampoco estaba enamorada de él. La verdad, cuando me dijo que se iba, lo primero que pensé fue en cómo iba a pagar el alquiler yo sola, dado que vivíamos en el centro de la ciudad. No fue necesario. Un par de semanas después tuve una discusión con mi jefa, a la que cada vez soportaba menos, y en un alarde de gloriosa falta de juicio la mandé a la mierda.

Para Navidad ya estaba de vuelta en Santiago, agradecida porque mi piso llevaba dos meses sin inquilinos y no tendría que irme a vivir con mi madre y la examante de mi padre. Tuvieran la relación que tuviesen entre ellas, siempre he creído firmemente en ese dicho que afirma que dos son compañía y tres son multitud.

25

1 DE JULIO DE 2019

Silvina

Se lo ha dicho.

Esta mañana ha llamado a Xenaro. En principio quería quedar con él para contárselo en persona, para ver su reacción, pero no le ha cogido el teléfono.

Impaciente, le ha mandado un mensaje: «Estoy embarazada».

Él ha llamado a los pocos minutos.

Susurrando, la voz seria, casi sonaba enfadado. Le ha preguntado si se trataba de una broma estúpida. No era la reacción que Silvina había esperado.

Al decirle que no era una broma, que estaba embarazada de él y que quería tener al bebé, Xenaro le ha gritado, que si estaba loca, que por qué quería arruinarles la vida a los dos, a ella y a él, que si no entendía las consecuencias de su imprudencia. Como si quedarse embarazada hubiera sido un capricho suyo.

Al poco ha parecido calmarse y le ha dicho que él podía pagar el aborto, que nadie tendría por qué enterarse.

—Tienes diecinueve años —le ha dicho—, no es necesario que nadie lo sepa.

Silvina se ha negado, más por enfado y decepción que por convicción.

—Habla con tu mujer. Cuéntaselo. Es nuestra oportunidad de estar juntos.

Durante un segundo, le ha parecido que Xenaro sollozaba al otro lado de la línea.

—Pero ¿tú te has vuelto loca?

—¿Y tú?

—¿Qué dices?

—Tú sí que estás loco si prefieres seguir con la gorda a estar conmigo.

Los dos han callado durante unos segundos.

—¿Se lo has dicho a alguien? —le ha preguntado.

—Todavía no.

—No lo hagas. Dame un tiempo, Silvina. Dame un par de días para pensar la mejor manera de decírselo.

Ella ha aceptado.

Ahora, de noche, mientras en su cama Silvina fantasea con la cara del bebé, suena la alerta de mensaje entrante de su móvil.

Es Xenaro.

Siente un vuelco de emoción en el estómago.

Xenaro dice que necesita verla enseguida.

Es urgente. Es importante.

Dice que pasará a recogerla dentro de veinte minutos en el cruce de la carretera vieja, que no está lejos de su casa.

Silvina mira el reloj, faltan cuatro minutos para la medianoche. Sus padres duermen, su hermana también.

Sin encender la luz, se viste en silencio y se escabulle por la ventana que da al jardín trasero.

El corazón le late con fuerza en el pecho. Como muchas otras veces, piensa que su relación con Xenaro es lo más excitante que le ha pasado en la vida.

26

2 DE JULIO DE 2019

Asunta

Llegué a Oporto a media mañana.

Me había citado con Dulce Gómez a mediodía, en la salida de la bonita estación de tren de São Bento. El día era soleado y fresco, el viento que llegaba del Atlántico me pegaba la ropa al cuerpo.

En las fotos que habían salido en la prensa cuatro años atrás con motivo de la desaparición de Crucita, Dulce tenía aspecto bobalicón, como si todo le hiciera gracia y estuviera constantemente al borde de la carcajada. No había cambiado mucho. Cuando le estreché la mano, sonrió y soltó una risita como si mi presencia allí le pareciera hilarante. Me pregunté si se debía a los nervios o es que realmente era así.

Estaba delgada, pero había que mirarla de arriba abajo para darte cuenta de ello porque tenía una cara mofletuda de bebé y el cuello breve y ancho. Toda ella tenía un aire infantil. Llevaba un pequeño bolso plateado, una camiseta azul claro, una chaqueta vaquera y un pantalón blanco muy ceñido y cortado a la altura de la entrepierna, con lo cual parecía una especie de pañal.

—Menudo jaleo, ¿verdad? —Fue lo primero que me dijo.

—Sí. No es normal que una chica vuelva después de cuatro años desaparecida.

—Ya te digo, vaya locura.

—¿Qué te parece si nos sentamos en esa cafetería de ahí, te invito a un café o a lo que te apetezca y charlamos? —le propuse.

—Por mí perfecto. —Y soltó una risita sofocada.

Yo quería entrar dentro de la cafetería, pero Dulce se sentó en la terraza y sacó un paquete de tabaco. Me senté frente a ella. Se encendió un cigarrillo sin ofrecerme y sin dejar de sonreír. Mientras el camarero nos tomaba nota, saqué mi grabadora y la puse delante de ella. A su vez, Dulce dejó su pequeño bolso también sobre la mesa.

Antes de que empezara, se me adelantó:

—¿Ha preguntado por mí?

—¿Crucita? A mí no. ¿Esperabas que lo hiciera?

—No sé. La llamé cuando me enteré de que había vuelto, pero no se quiso poner al teléfono.

—¿Te sorprendió eso?

Se encogió de hombros y dio una calada antes de contestar.

—Sí, un poco. Antes hablábamos todo el tiempo, siempre. Nos sentábamos juntas en clase. Lo hacíamos todo juntas.

—Y os gustaban los mismos chicos, según tengo entendido.

Rio de nuevo, pero no contestó.

¿Estaría avergonzada por algo?

—¿Qué recuerdas de la noche en que desapareció?

Otro encogimiento de hombros. Otra calada.

Empecé a preguntarme si habría valido la pena el viaje a Oporto.

—Creo que os emborrachasteis —la animé a hablar.

—Pero eso lo hacíamos siempre que salíamos de fiesta. Mi hermana mayor era cajera de un supermercado, el que está en el cruce, ¿no sabes?

Asentí.

Según me había informado, Dulce llevaba tres años viviendo en Oporto, pero mantenía un fuerte acento y un deje típico de la Galicia central.

—Comprábamos alcohol cuando ella estaba en la caja y luego nos lo bebíamos a escondidas —rematό.

—¿Recuerdas algo que te dijera Crucita esa noche? ¿Algo fuera de lo normal?

Sonrió.

—¿Algo como qué?

—No sé. Que hubiera quedado con alguien, por ejemplo. Con otra persona aparte de ti.

—No recuerdo.

Encogía tanto los hombros que empecé a pensar que era un tic.

El camarero trajo mi refresco y un zumo de piña para ella.

—Crucita me dijo que a las dos os gustaba un chico un año mayor que vosotras, uno que iba a vuestro instituto —insistí.

—¿Eso te dijo?

—Sí. Y que esa noche se escabulló para ver si lo veía.

—Ya me lo imaginaba.

—¿Y se lo dijiste a la policía?

Se puso tensa.

—No sé… Sí, supongo que sí.

—¿Recuerdas cómo se llama?

—¿El chico? Claro que me acuerdo.

Y se quedó callada, mirándome con una sonrisa entre pícara e infantil. Si aquello era un juego, yo no tenía ni idea de cuáles eran las reglas.

—Bien, ¿cómo se llama el chico?

Dulce le echó un vistazo a su bolso y lo acercó un poco más a mí.

—¿Te crees que te lo voy a decir así, sin más? ¿Tú te pensaste que yo me chupo el dedo?

Me quedé estupefacta.

¿Estaba insinuando que debía pagarle? En toda mi carrera nunca ningún entrevistado me había pedido dinero por su testimonio.

Intenté reconducir la conversación insinuando la posibilidad de un delito.

—Dulce, tu amiga ha estado secuestrada durante cuatro años. Cuatro años que le han pasado factura...

—¿Y eso, cómo, qué quieres decir? —me interrumpió.

—Bueno, quiero decir que ha vuelto diciendo que ha estado bajo tierra secuestrada por unos seres de leyenda.

—¿Lo de los *mouros*? Oye, vete a saber, ¿eh? Cosas más raras se han visto.

Esa era la primera frase que decía sin sonreír.

Empecé a desesperarme.

—¿De verdad tú crees...? Mira, no importa. Tu amiga fue secuestrada, eso ella misma lo ha admitido. ¿Has leído la entrevista que le hice?

—Sí, claro. Dos veces.

—Bien. Pues tanto yo como mi jefa, que estuvo presente en la entrevista, tenemos la impresión de que Crucita sabe quién la secuestró y de que quizá haya otras chicas secuestradas.

Eso pareció fascinarla.

Volvió a echarle una mirada a su bolso y le dio un toquecito de modo que lo acercó un poquito más hacia mí.

—¿De verdad crees que hay más chicas secuestradas? —preguntó.

Pero yo ya no le prestaba atención.

Miré a su bolso abierto.

Su bolso abierto del que asomaba una esquina de su móvil.

No me lo podía creer.

—Dulce... ¿Estás... estás grabando esta conversación?

Se echó a reír. Una carcajada nerviosa.

—¿Y qué? Tú también la estás grabando, ¿no?

Mi primer instinto fue agarrar su móvil y tratar de borrar el audio, o tirarlo a un charco o arrojarlo bien lejos. No lo hice, claro. Hubiera sido un delito.

Además, mi cabeza iba disparada en diferentes direcciones. ¿Por qué estaba Dulce grabando nuestra conversación? ¿Habría contactado con ella algún otro periodista?

¿Qué había dicho yo?, me pregunté. ¿Había dicho algo comprometido?

Sí, había dicho que la Duquesa y yo sospechábamos que había más chicas secuestradas, algo que no aparecía en ninguna de las dos partes de la entrevista.

—Dulce, por favor… —empecé a decir.

—¿Y por qué *carallo* tendría que fiarme de ti, eh? —me interrumpió.

¿Sería solo por eso por lo que nos estaba grabando, porque no se fiaba?

En cualquier caso, no podía seguir contándole mis sospechas sobre otras posibles chicas secuestradas. Tenía que cambiar de tema.

—Dulce, la entrevista a Crucita la ha leído muchísima gente. Si me cuentas algo interesante, la tuya también podría leerla mucha gente. ¿Te interesaría eso? Porque, si te interesa, necesito poder confiar en ti. Necesito que hables conmigo con sinceridad.

Le dio otra calada al cigarrillo y soltó el humo enseguida. Me pregunté si hacía mucho que fumaba.

—De acuerdo. Si quieres grabar la entrevista, me parece bien. Confío en ti, Dulce —continué.

Ella recuperó su sonrisita, pero no dijo nada.

—Crucita no me dijo el nombre del chico que os gustaba. Si tú me lo dijeras, podría ir a verle y hablar con él. Me gustaría reconstruir todo lo que pasó esa noche. De esa manera, quizá, solo quizá, consigamos saber qué le pasó a Crucita.

—¿Qué le pasó? Pues que la secuestraron.

—Sí, tienes razón. La secuestraron. Pero quién lo hizo y por qué. ¿No te intriga eso? ¿No te gustaría saber por qué le hicieron eso a tu amiga?

Nuevo encogimiento de hombros. Nueva calada.

—Examiga —dijo.

Decidí forzar otro enfoque.

—Mira, Dulce, si sabes algo y no lo dices, puedes estar incurriendo en un delito.

No pareció asustarse.

—Mira, yo no sé quién secuestró a Cruz, ¿te enteras? No

tengo ni idea. Y además me tiene sin cuidado, ¿vale? Pero conozco un secreto de ella.

—¿Un secreto?

—Sí, un secreto. Un secreto de los grandes, ¿vale? Algo que no te ha contado y que solo sabemos ella y yo.

—¿Y crees que podría estar relacionado con su secuestro? Cualquier información puede ser interesante, Dulce.

—Claro que es interesante. ¿Y quieres saberlo? ¿Quieres saber su secreto? Pues son mil euros. Aquí y ahora, en billetes.

Su sonrisa me pareció que tenía algo de reto, del insultante descaro que proporciona la estupidez.

Suspiré profundamente.

De pronto me sentí agotada.

Le hice un gesto al camarero para que me trajera la cuenta.

—¿No dices nada?

—Dulce, no voy a pagarte mil euros por un cotilleo.

—Vale, pues ochocientos euros. ¿Hay trato?

—Si tienes ganas de hablar, gratis, ya tienes mi número. Puedes llamarme cuando quieras. Pero que sepas que, de momento, no voy a sacarte en el periódico. Hoy no me has dado nada que valga la pena.

Eso no pareció desilusionarla como yo había esperado.

Pagué la cuenta y me levanté.

Dulce se acabó el zumo y tiró el cigarrillo sin apagar al suelo.

—Tú te lo pierdes —me dijo.

—Gracias por tu tiempo, Dulce. —Una idea me cruzó por la cabeza—. ¿Quieres que le dé algún mensaje a Crucita?

Se lo pensó unos segundos, la expresión seria por fin.

—No. No tengo nada que decirle.

Ya no me quedaban más cartas que jugar.

Me despedí de ella y eché a caminar hacia la zona del puente de Don Luis I. De mi última visita, recordaba un restaurante donde hacían un *bacalhau à brás* espectacular.

Estaba sentada en una mesa al aire libre esperando mi comida cuando sonó mi móvil. Era la Duquesa. Supuse que me llamaba para preguntar cómo me había ido la entrevista. Descolgué y antes de poder hablar, ella se adelantó.

—Asunta, cielo, necesito que vuelvas en cuanto puedas. Han asesinado a una chica en Calixe.

SEGUNDA PARTE

Cuentas pendientes

27

2 DE JULIO DE 2019

Agripina

No ha podido dormir en toda la noche.

Ha llorado, ha dado vueltas en la cama. La misma cama que desde hace unos días ya no comparte con Xenaro.

¿Cómo ha podido?

Se ha vuelto loca. Eso es. Ha perdido la cabeza definitivamente.

A primera hora de la mañana ha llamado a la comisaría y ha dicho que no podía ir, no se encontraba bien, ha pedido cambiar de turno. Un virus del estómago, ha dicho, dentro de un par de días estará bien.

Pero qué sabe ella cómo estará dentro de un par de días. Es demasiado tiempo para estar loca.

Aunque la culpa no es suya.

La culpa es de Xenaro. Merecía un escarmiento. Y vaya si lo ha tenido.

¿Seguro que pasó? ¿Realmente hizo eso anoche?

¿Se ha vuelto loca de verdad?

¿Y quién podría juzgarla? La culpa es de él, humillarla de esa manera, dejar embarazada a una cría. ¿Cómo la habrían mirado en el pueblo?

Todos esos años de engaños.

Está tan cansada…

Se toca la frente. Está fría; no tiene fiebre, pero siente como si la tuviera. Quisiera tenerla, que fuera todo una pesadilla provocada por una mala fiebre.

Querría poder quedarse todo el día en la cama. No salir de su cuarto en una semana.

Los niños están jugando detrás de casa, en la huerta. Los oye reír, los oye insultarse, correr, golpes de balón, inagotables.

¿Qué será de ellos?

Quizá podría llevárselos. Abandonar a su padre, dejar que se pudra en la cárcel, que cargue él con la culpa. Ella y los niños podrían empezar una nueva vida en otra parte, sin la abuela, que se quede ella sola en la casa, es lo que siempre ha querido.

Mira el móvil. No ha recibido ninguna llamada.

Aún no la han encontrado.

¿Por qué iban a encontrarla tan pronto? Apenas han pasado unas horas. Y además en el bosque. No, claro que no la han encontrado.

Con suerte no la encontrarán nunca. Eso sería perfecto. Que parezca otra chica idiota que se ha fugado.

O, mejor, otra chica a la que han secuestrado los *mouros*.

Se le escapa una carcajada.

Se tapa la boca con ambas manos.

Si no la encontraran nunca, quizá tendrían una oportunidad.

Pero no. Están los mensajes del móvil. Tendría que haberlo roto. Haberle sacado la tarjeta y haberlo enterrado. No se le ocurrió. Le pudo la rabia.

La rabia es un tipo de fiebre.

Sí, se volvió loca. Demente.

Vuelve a mirar el móvil. Es casi mediodía.

No ha desayunado. ¿Cómo podría comer después de lo que ha hecho?

Claro que dejar de comer no va a arreglar nada.

Aún en pijama, sale de su dormitorio. Baja a la cocina. Su

madre no está. Muchas mañanas queda para jugar a las cartas con otras viejas del pueblo. Viejas tacañas que apuestan con botones en lugar de hacerlo con dinero.

Abre la nevera. Coge el plato con el queso. Saca el pan y un cuchillo y se sienta a la mesa.

Comienza a comer con ansia.

Acaba con el queso en pocos minutos.

Vuelve a la nevera y coge el chorizo y la botella de refresco de naranja de la marca del supermercado.

Se sirve un gran vaso. Se lo bebe. Se sirve otro.

Acaba el pan y el chorizo.

Abre el paquete de galletas de chocolate y comienza a comer, sentada frente a la ventana pero con la mirada perdida en ninguna parte.

Cuando está terminando las galletas, oye la furgoneta de Xenaro entrando en el patio.

Mira el reloj de la cocina. Pasan unos minutos de las doce. Xenaro ha vuelto antes de tiempo.

Lo sabe. Sabe lo que ella ha hecho.

Seguro que ha visto los mensajes en su móvil, la ha llamado y, al no contestar, se ha imaginado lo ocurrido.

Le da igual. Es culpa suya. Que se joda. Jódete, Xenaro. Mal padre, mal marido, mal hombre. Paga por ello. Puto Xenaro.

Escucha la puerta de atrás y los pasos de él en el recibidor.

Agripina se pone en pie y agarra el cuchillo con fuerza.

Xenaro no entra en la cocina dando un portazo, no entra dando una patada. Abre la puerta despacio y la mira desde el umbral.

—¿Qué le has hecho? —le pregunta. Sin alzar la voz.

—La culpa es tuya. Tú se lo has hecho, Xenaro. Tú.

—Por favor, dime qué le has hecho.

—Yo no he hecho nada. Lo has hecho tú.

—Dime qué le has hecho.

Xenaro entra por fin en la cocina. Despacio. Primero un paso, luego otro y después un tercero.

—No te acerques más, Xenaro.

—Dime dónde está, Agripina. Agripina, por favor te lo pido.

—Xenaro, como te acerques te mato y luego me corto el cuello. Que tus hijos nos encuentren así.

Agripina lo ha dicho sin pensar, las palabras han brotado de su boca sin esfuerzo ni intención, pero le parece una buena idea. Matarlo a él y luego cortarse el cuello.

De pronto se siente bien consigo misma.

Pobre mujer, pensarán. El muy canalla la volvió loca.

Sí, eso pensarán.

Xenaro mira el cuchillo. Luego la mira a ella.

Agripina le enseña la mano izquierda y, sin dejar de mirarlo, se corta la palma de la mano.

—¡Joder! —grita.

Xenaro da un paso atrás, asustado por fin.

—Pero ¿te has vuelto loca, mujer? ¡Tú has perdido la cabeza!

—¿Y de quién es la culpa, eh? ¿De quién es la culpa de que esté loca? Ya te lo digo yo. Tuya. La culpa es toda tuya, Xenaro.

—Por favor, Agripina. ¿Dónde está? Tienes que soltarla, Agripina.

—¿Soltarla?

Agripina ríe. Una carcajada que la sacude entera.

—¿Soltarla? ¿Crees que la tengo encerrada?

Silencio total. Se aguantan las miradas como en un juego infantil.

—¿Qué…? ¿Qué has hecho, Agripina? —dice él por fin.

—¿Yo? Yo no he hecho nada. Tú. Has sido tú.

—Agripina…

—La dejaste preñada, hijo de puta. ¡Preñada! Pero ¿qué estabas pensando, Xenaro, en qué coño estabas pensando? ¿Me lo quieres decir? Ya te lo digo yo: pensabas en ti y solo en ti. No pensabas ni en mí ni en tus hijos. Pues ahora vas a pagar por tu egoísmo. Vas a pagar. Tú eres el culpable de lo que ha pasado.

Agripina lo ve en la cara de Xenaro. Ve que por fin él lo ha entendido.

Xenaro se lleva las manos a la cara. Se deja caer de lado sobre una silla que casi vuelca. Se cubre el rostro.

—Créetelo, cabrón. Créetelo.

Xenaro emite algo que parece un lamento. Un sonido de ahogo, suave, apenas perceptible.

Sin soltar el cuchillo, Agripina se sienta.

—Tú me has convertido en una asesina. La hemos matado los dos. La hemos matado tú y yo.

Se abre la puerta de la cocina y entra Visitación con la chaqueta sobre los hombros como unas alas negras plegadas.

Agripina da un pequeño respingo al ver a su madre.

Xenaro no mueve un músculo, la cara aún entre las manos.

—Ah, estáis aquí los dos. ¿Os habéis enterado ya? Virgen, qué desgracia. ¿Dónde vamos a ir a parar? ¿Qué le ha pasado a este pueblo?

Ni Agripina ni Xenaro abren la boca. Ella mira a Visitación con curiosidad: ¿sabe una madre de lo que es capaz su hija? ¿Sabe de lo que es capaz una mujer herida?

Visitación parece sorprendida por la poca reacción de sus palabras. Llena un vaso de agua del grifo y luego dice:

—¿Os habéis enterado de lo que le ha pasado a la hija mayor de Costas, a Silvina? La han encontrado muerta en el bosque. Dicen que la han marcado como si fuera ganado.

Xenaro mira a Agripina.

Agripina aprieta el cuchillo.

De su mano izquierda gotea la sangre.

—¿Y a ti qué te pasó? Estás sangrando, hija, ¿es que no lo ves?

Xenaro grita.

Un grito grave, primitivo, un grito que parece arrancar algo dentro de él.

Asustada, Visitación suelta el vaso, que se rompe sobre el suelo de piedra.

Agripina se pone de pie.

Xenaro sale de la cocina con prisa, sin mirar atrás.

Agripina se sienta y comienza a llorar.

—Pero ¿aquí qué pasó? —pregunta su madre—. ¿Os habéis vuelto todos locos o qué?

Agripina oye la furgoneta de Xenaro arrancar y salir a toda prisa.

—Sí, madre. Nos hemos vuelto todos locos por fin.

28

2 DE JULIO DE 2019

Asunta

Cuando volvía a Santiago en tren desde Oporto, me sonó el teléfono cuatro veces. La primera vez no lo cogí, era un número que desconocía y supuse que sería algún periodista de otro medio, interesándose por mi entrevista a Crucita.

Desde el momento en que me subí al tren, estuve buscando en internet información del crimen. Al parecer, la víctima era una muchacha de diecinueve años, Silvina Costas. El cadáver lo habían encontrado por casualidad su hermana pequeña y otro niño, esa misma mañana, en un bosque en las afueras de Calixe. Se decía que mostraba señales de brutalidad, las cuales no se especificaban. Según había declarado ya el padre de la chica, Silvina había cenado con su familia y luego se había acostado. Al parecer, en algún momento de la noche escapó de su cuarto por la ventana.

Calixe rara vez aparecía en las noticias si no era por sus fiestas patronales o por alguna anécdota relacionada con los peregrinos que hacían el Camino de Santiago y cruzaban la población. Y ahora, en poco más de una semana, todos los ojos de Galicia la observaban con recelo, como quien descubre que tiene un bulto sospechoso bajo la piel. La segunda vez que sonó mi móvil, en la pantalla apareció el nombre de Crucita. Sorprendida y sin saber qué pensar, descolgué enseguida.

—No han sido ellos, ¿de acuerdo? —me dijo de buenas a primeras.

—¿Qué?

—El asesinato de esa pelirroja, de Silvina Costas, no han sido los *mouros*.

Por raro que fuera, yo no había conectado esas dos noticias en mi cabeza. ¿Era eso lo que estaba pensando la gente?

—De acuerdo, Cruz. ¿Cómo lo sabes? ¿Has hablado con ellos? ¿Has hablado con los *mouros*?

—No, pero sé que no han sido ellos.

—¿Cómo puedes estar tan segura?

—Porque ellos no harían eso, te lo aseguro. Ellos tienen un camino marcado.

Aquello me desconcertó.

—¿Quieres decir que tienen un plan?

—No, no, no, no, no. No es eso. No entiendes nada. Ellos tienen una manera de ver las cosas, de cómo... De cómo debería funcionar la gente, la sociedad.

—Vale, vale, lo entiendo. Entonces, ¿me llamas porque la gente le está echando la culpa del asesinato a los *mouros*? ¿Alguien te ha preguntado por el crimen?

Hubo un breve silencio al otro lado de la línea.

—No, pero quería que lo supieras por si acaso. Y puedes citarme, ¿vale? En tu periódico.

Al telefonearme antes para informarme del crimen, la Duquesa me había pedido que fuera a Calixe y lo cubriera. Era lógico dada mi conexión con el pueblo y el éxito de las entrevistas. Pero, aunque me lo pidiera la propia Crucita, no tenía nada claro que colarla en otra noticia fuera buena idea, especialmente en una tan luctuosa.

—Lo tendré en cuenta, Cruz. No te preocupes. Si surge el tema, te llamaré, te doy mi palabra.

—Eso espero.

—Por cierto, Crucita, ¿cómo se llama el chico al que querías ver la noche que te secuestraron?

—Joder, todavía con eso. No tiene importancia, no era nadie.

—Si no tiene importancia, ¿por qué no me lo quieres decir?

—Porque no me da la gana, ¿vale?

Y me colgó.

Menudo carácter.

Al poco, Crucita me mandó un mensaje pidiéndome disculpas y dándome las gracias.

Pero del nombre del chico, ni palabra.

Me abrí una bolsa de patatas fritas y, para compensar, una botella de agua.

El teléfono sonó por tercera vez.

Era mi prima, Agripina.

Mi primer impulso fue no contestar.

Enseguida rectifiqué: probablemente Agripina, como policía municipal que era y cotilla casi profesional del pueblo, disponía de información sobre el asesinato que se había cometido esa noche en Calixe.

—Agripina, ¿qué tal va todo por ahí?

—¿Te has enterado?

—¿Del crimen? Sí, menuda desgracia. ¿Conocías a la chica?

—Asunta, yo sé quién la ha matado.

Tres preguntas se dispararon en mi cabeza en ese instante de forma consecutiva. La primera, claro, cuál era la identidad del asesino o asesinos. La segunda, cómo lo sabía Agripina; ella era policía municipal, no investigaba asesinatos. Y tercera, por qué me llamaba para contármelo.

—¿Lo sabes? —pregunté.

—Ha sido Xenaro.

«¿Cómo? —pensé—. ¿Cómo?»

No supe qué decir.

No podía tratarse de una broma. Por tosca que fuera en el trato, no creía que Agripina fuera tan insensible como para soltar algo así a la ligera.

—Me lo ha dicho él —continuó.

—¿Qué te ha dicho exactamente?

—La estranguló anoche.

—Cielo santo.

—Xenaro tenía un lío con esa cría, con Silvina. Y al decirle que se había quedado embarazada, se le fue la cabeza. Por el escándalo y eso.

La imagen de Xenaro encima de mí, violándome de noche en el bosque, me vino a la mente como un fogonazo.

—¿Es… estaba embarazada? —pregunté.

—De muy poco, no se le notaba aún.

—Agri, perdona, pero ¿estás segura de lo que estás diciendo?

—Tengo miedo de que haga alguna locura más.

—Agri, por favor, tienes que ir a la Guardia Civil cuanto antes.

Mi prima guardó silencio.

—¿Has ido a la Guardia Civil ya? ¿Está Xenaro en casa contigo?

—No, ha venido a casa este mediodía y me lo ha contado. Creo que quería hacerme daño. Por eso me lo ha explicado. Estaba como loco. Tenía los ojos de un loco peligroso. Luego se ha ido.

—Pero no se ha entregado, ¿no?

—No. No que yo sepa. No creo que lo haga. Seguro que trata de escurrir el bulto.

—Agripina, ya sé que es el padre de tus hijos, pero tienes que denunciarlo. Piensa en las consecuencias si no lo haces. Quizá te lo ha dicho para implicarte.

—Sí, sí, ya lo he pensado. Sí, tienes razón. Tengo que ir a comisaría. Ahora mismo voy.

—Claro, no pierdas tiempo.

—Pero quería que lo supieras. Le grabó algo en la espalda a esa chica.

—¿Cómo? ¿Qué quieres decir?

—Me dijo que después de estrangularla, le quitó la camiseta y la marcó con un cuchillo.

—Joder, Agri, ¿qué dices? Por favor, qué espanto. ¿Quieres que llame a las autoridades para que vayan a casa?

—Mala semilla.

—¿Qué?

—Le grabó eso en la espalda. Con el cuchillo. Mala semilla. Como en tu artículo. Mala semilla.

Sentí un mareo. Creo que si no hubiera estado sentada, me habría desplomado.

Por algún motivo, en ese instante me vino a la memoria la imagen de mi padre cogiéndome de los brazos en su lecho de muerte y preguntándome quién era yo. Solo duró un segundo.

Bebí un trago de agua.

—¿Estás segura, Agripina?

—Sí, él me lo ha contado con pelos y señales. Lo ha hecho para despistar a la policía.

Me pregunté si Xenaro era tan cruel como para hacer algo así. Sin embargo, ¿qué diferencia hay entre matar a una muchacha que además está embarazada y luego marcarla con un cuchillo? Una vez que se ha cruzado el límite de arrebatarle la vida a alguien, cualquier barbaridad entra dentro de lo posible, ¿no?

—Y me contó también lo vuestro —continuó Agripina.

—¿Que te contó qué?

—Que os acostabais.

Casi sentí un bofetón cruzándome la cara.

—¿Cómo? No es cierto, Agri, te ha mentido…

Noté que había subido la voz porque un pasajero varios asientos delante de mí se volvió para mirarme con expresión de reproche.

En ese momento no podía decirle a mi prima que su marido me había violado.

Nunca se lo había dicho a nadie.

—Te ha mentido, Agripina.

—Escríbelo.

—¿Qué?

—Cuenta que ha sido él. Que es un asesino y ha matado a su amante embarazada.

—Agri, tranquila, no te preocupes por eso ahora. Tienes que ir al cuartel de la Guardia Civil cuanto antes, por favor.

—Sí, sí. Ahora voy. Pero hazme caso tú a mí. Tienes que publicarlo.

Y colgó.

¿Qué podía hacer yo?

¿Debía llamar a la Duquesa y contarle lo ocurrido?

¿Debía telefonear a la Guardia Civil de Calixe?

Si lo que mi prima me había contado era cierto, y yo, que conocía el lado oscuro de Xenaro, no tenía motivos para dudar que fuera mentira, en ese caso no podía encargarme de cubrir la noticia. Me faltaba perspectiva. No sería profesional.

No podía creer que Xenaro le hubiera grabado «mala semilla» con un cuchillo, las dos palabras que destacaban en el titular de mi entrevista a Crucita.

Sentí ganas de vomitar.

Quería llegar a casa cuanto antes.

Quería sacar la botella de vodka del congelador y darle un buen trago.

Necesitaba tumbarme en mi cama y olvidarme del mundo. Al menos por esa noche.

El teléfono sonó por cuarta vez.

Era la Duquesa.

Descolgué con un breve:

—¿Sí?

—Asunta, querida, ¿cómo se llama el marido de tu prima Agripina?

Mi cabeza gritó: ¿¡qué!? Pero mi boca no articuló palabra.

¿Lo habían detenido?

—¿Se llama Xenaro Blanco? —preguntó la Duquesa.

—Sí.

—Asunta, lo siento, se ha suicidado. Acaban de encontrar su cadáver. Se ha ahorcado en el bosque.

29

7 DE JULIO DE 2019

María

A María Braña le encanta ir al cementerio antiguo de Calixe, especialmente las mañanas en que la niebla no cubre las casas con su manto húmedo.

Desde la colina donde está ubicado pueden verse los diferentes barrios, los bosques que se extienden hacia el norte, los que se extienden hacia el oeste y el sur y, de frente, al este, a lo lejos, otro bosque pero de gigantescas aspas metálicas, los molinos de viento girando sobre el horizonte verde.

El cementerio es cuadrado, formado por calles de nichos con apellidos que se repiten y que convergen en el centro, donde descansan un puñado de tumbas y un par de estatuas de ángeles mordidas por el tiempo. Frente a la puerta del cementerio hay una pequeña ermita y, a su alrededor, unos bancos de piedra en los que María puede sentarse al sol y contemplar el tiempo pasar. Incluso Clara, su bebé, parece más relajada allí, donde el silencio solo es interrumpido por el zumbido de los insectos.

Este verano está haciendo muy buen tiempo. Solo ha llovido un día. Ayer en la radio, unos locutores, en broma, dijeron que le van a cambiar el nombre a Galicia, que después de este verano tan seco pasará a llamarse Galifornia.

Con una mano en el cochecito de la niña, meciéndola despacio, María cierra los ojos.

No los abre cuando le parece escuchar pasos por la gravilla, alguien que sube la colina.

Será un peregrino curioso. O alguna vieja que viene a arreglar la tumba de un antepasado.

Entonces siente el golpe en el costado izquierdo.

Suelta dos gritos.

El primero por el susto.

El segundo por el dolor.

Se lleva la mano a las costillas esperando encontrar sangre. Hay una piedra sobre el banco.

Alguien le ha lanzado una piedra.

Sus gritos han hecho llorar a la niña.

Escucha pasos que se alejan, gravilla que salta.

Se pone en pie y le parece verla, su cabello rubio al viento.

Sí, seguro que es ella.

Crucita Castro le acaba de arrojar una piedra.

Esa maldita loca.

30

9 DE JULIO DE 2019

Asunta

Había pasado una semana desde mi viaje a Oporto.

Siete días en los que había habido dos entierros en Calixe.

Al primero, el de Xenaro, solo acudieron su madre y uno de sus hermanos. Al parecer, Agripina y sus hijos apenas salían de casa, escondidos de miradas de reproche y cuchicheos.

Al segundo, el de Silvina Costas, compareció casi todo el pueblo. Un drama cubierto por un buen número de medios. Incluido *El Eco Norteño*, en la figura de la Duquesa. Mi jefa estaba atrapada por la historia de Silvina y Xenaro.

—Hay algo más ahí —me dijo esa mañana, mientras conducía su coche con destino a Calixe.

Yo la acompañé al pueblo, pero no quise asistir al funeral. No me llevo bien con las multitudes. Además, dado mi parentesco con la viuda del asesino, no me parecía oportuno.

Decidí probar suerte en El Instituto, el bar favorito de Aurelio Pontes, el barbudo guardia civil retirado. La intuición me decía que tampoco debía de ser amigo del jaleo y las aglomeraciones.

Acerté. Allí estaba, a su mesa habitual, concentrado ante el tablero de ajedrez. Una imagen idéntica a las dos anteriores veces que lo había visto, con una dulce variación: en lugar de café, estaba mojando media docena de churros en una gran taza de chocolate. Me dio envidia al instante.

—Señor Pontes, ¿puedo sentarme?

Levantó la vista y, quién lo hubiera imaginado, me dedicó una amplia sonrisa.

—Por favor, siéntese. Sospechaba que la vería hoy por aquí.

Le pedí un chocolate con churros a la camarera y me senté frente a él.

—¿Leyó la entrevista? —le pregunté.

—Por supuesto que la leí. Y ya sé lo que ha venido a decirme, que usted cumplió con su palabra. Al redactar la entrevista no insinuó que Crucita supiera que había otras chicas secuestradas con ella. Y se lo agradezco.

—No hay de qué. Era lo más sensato, la verdad —admití.

—¿Sabe qué, señorita? Me cae usted bien. Ya sé que los periodistas suelen tener mala reputación, pero usted parece tener sentido común.

—Me lo tomaré como un cumplido.

—Hágalo. No es muy frecuente.

—¿Tener sentido común o sus cumplidos?

—Ambas cosas —dijo casi riendo.

Por un instante me pregunté por qué Pontes estaba de tan buen humor. ¿Qué importaba? Fuera cual fuese la razón, debía aprovecharlo.

—Vengo a pedirle ayuda, para variar —dije.

—Si está en mi mano.

—Me gustaría insistir en que me diera el nombre del principal sospechoso del caso de Crucita. Por favor.

Aurelio Pontes empezó a negar con la cabeza.

—Usted dijo que no se acordaba del nombre —insistí—. Pero algo me dice que usted se olvida de muy pocas cosas.

—Ah, señorita, qué lista es usted al halagarme.

—¿Verdad? Soy una manipuladora nata. Pero lo cierto es que me parece que lo encuentro hoy de muy buen humor, ¿puede ser?

—Lo disimulo mal, ¿no es cierto? Lo admito, soy tan simple como vanidoso: esta mañana he superado por primera vez los 1700 puntos de ELO.

Me encogí de hombros.

—Es un sistema de puntuación de ajedrez —me explicó—. Pequeñas alegrías que se lleva uno. Pero bueno, usted ha venido a preguntarme nombres, y yo no le puedo decir el del sospechoso, aunque me gustaría.

—Venga, dese el gustazo...

Apareció la camarera con mi chocolate con churros. De repente el mundo parecía un lugar mejor.

—No le voy a engañar. En un principio sopesé la posibilidad de contarle quién era mi principal sospechoso —me dijo—. ¿Sabe por qué?

—Imagino que no lo llegó a descartar del todo, ¿verdad? —apunté.

—Eso es. Usted ha insinuado que cree que tengo buena memoria. No es así. No del todo. Soy incapaz de recordar los nombres implicados en los casos que resolví satisfactoriamente. Pero ¡ay de los que no resolví! Esos se quedan agarrados a la conciencia y no se olvidan. Por eso, por eso estuve a punto de darle el nombre del sospechoso. Para que usted lo investigara con ojos nuevos.

—Hágalo. Deme una oportunidad —le rogué.

—No puedo. Si le ocurriera a usted algo, sería culpa mía. Es demasiada responsabilidad.

Asentí, comprensiva pero decepcionada.

—Pero lo que sí puedo es darle una noticia que quizá le interese —añadió.

—Soy toda oídos.

—Ayer, María Braña, una *rapaza* de aquí, puso una denuncia contra Cruz Castro.

—¿Contra Crucita? ¿Por qué?

—Al parecer, Crucita le lanzó una piedra que le alcanzó en el costado.

—¿Cómo? ¿Por qué? ¿Discutieron?

—En absoluto. Al parecer, no llegaron a cruzar palabra. Según su propia declaración, María estaba tomando el sol con su bebé en los bancos que hay en la ermita junto al cementerio viejo.

Asentí. Conocía el lugar.

—¿Fue un ataque gratuito? Quiero decir, ¿sin provocación? —pregunté.

—A ver, la denuncia no ha prosperado porque nadie la vio arrojar la piedra. Aunque María luce un buen cardenal en las costillas.

Sopesé esa información. Era un suceso raro, pero realmente no era material noticiable. ¿Estaba Crucita frustrada por algo? ¿Era un intento de volver a aparecer en los medios?

Aurelio Pontes debió de leer el desconcierto en mi cara porque añadió:

—María Braña es una chica muy guapa. Igual que lo es su hermano mellizo Braulio.

—¿Braulio Braña? Con ese nombre no me extrañaría que odiara a sus padres.

—Braulio iba al mismo instituto que Crucita. Pero un curso por encima.

Por fin se me encendió la bombilla.

—¿Quiere decir que Braulio era el chico al que buscaba Crucita la noche que la secuestraron? —pregunté.

—Eso lo ha dicho usted, yo no he dicho nada.

Sonreí agradecida y apunté ambos nombres en mi libreta.

—¿Y por casualidad no sabrá dónde vive el tal Braulio? —pregunté.

—Tienen una granja cerca de la carretera de A Coruña.

—¿La llegó a registrar?

—¿La granja de los Braña? No tuvimos motivos. Pero déjeme decirle algo para que entienda lo complicada que fue esa investigación. ¿Tiene usted idea de la cantidad de granjas y casas casi aisladas que hay en treinta kilómetros a la redonda?

—Imagino que muchas —contesté.

—Muchísimas. Pero lo peor no es eso. Lo peor es que, hasta hace relativamente pocos años, en sus terrenos la gente construía lo que le daba la gana y no dejaba constancia en ningún registro municipal. De hecho, estoy seguro de que aún mucha gente mantiene esa práctica. Cualquiera podría tener un búnker bajo tierra del tamaño de un campo de fútbol y nadie lo sabría.

—La fantasía de cualquier secuestrador: terreno para construir y bosques para esconderse de miradas ajenas.

—Así es.

Durante un par de minutos, ambos nos quedamos callados. Tiempo que aproveché para dar buena cuenta de la media docena de churros y el chocolate.

—¿Le puedo ayudar en algo más? —me preguntó.

—Sí. De hecho, sí. Casi se me olvida —contesté.

—Adelante, hoy me pilla usted de buenas.

—¿Recuerda que nos dijo que otra chica desapareció poco después que Crucita? La chica que mandó una carta manuscrita un par de días después de su desaparición diciendo que no la buscaran.

—Por supuesto.

—Bien, nos dijo que apareció pocos meses después, ¿verdad?

—Eso es.

—Busqué su nombre en la prensa de la época, y quería contrastarlo con usted. Se trataba de Raquel Vázquez Trova, ¿verdad?

Pontes asintió en silencio.

Sonreí.

—No se preocupe —le dije—. Le doy mi palabra de que no le estoy grabando.

Y saqué mi grabadora del bolso. Estaba apagada.

Se encogió de hombros.

—Si averiguo algo, prometo avisarle —le dije.

—Y yo se lo agradeceré. Vaya con cuidado.

Nos despedimos. Pagué mi consumición y la suya y regresé hasta la calle donde estaba aparcado el coche de la Duquesa. Ella estaba llegando al mismo tiempo que yo. O el funeral de Silvina había sido muy breve o ella se había largado del cementerio antes de que acabara.

La expresión de su cara era una rara mezcla de concentración y distracción.

—¿Todo bien? —le pregunté.

—Niña, ¿crees que podrías llamar a tu prima Agripina y decirle que quiero entrevistarla?

—Ah, claro. No sé si querrá, pero no se pierde nada por intentarlo.

—Si te dice que acepta la entrevista sin tener que insistirle, será un primer paso para confirmar mis sospechas.

—¿Tus sospechas? ¿Qué sospechas? —pregunté.

—Creo que tu prima mató a Silvina Costas.

31

11 DE JULIO DE 2019

La Duquesa

Carmela Corredoira es muy consciente de que la gente la llama la Duquesa.

No es un mote que le moleste. Al contrario, fue ella quien lo inventó, quien lo propagó y quien lo cultivó con una imagen sofisticada y un estudiado aire de excentricidad.

En una ciudad pequeña como Santiago, donde casi todo el mundo se conoce o conoce a alguien de tu entorno, la reputación de cada uno es una carta de presentación ineludible. Y si te apodan la Duquesa, inconscientemente la gente tiende a tratarte con mayor respeto y cierta distancia. Ahí, en esa distancia, es donde Carmela Corredoira, la Duquesa, se siente más cómoda.

Para entrevistar a Agripina, la prima de Asunta, la Duquesa se ha puesto un vestido largo beis, de falda plisada y mangas largas. Quiere ofrecer una imagen maternal pero algo chapada a la antigua. Que Agripina vea en ella a una aliada, no a una periodista que le puede acarrear problemas.

Es la propia Agripina la que le abre la puerta de su casa.

La Duquesa le ofrece una suave sonrisa, como lamentando molestar, y enseguida le entrega un ramo de flores, petunias.

—La acompaño en el sentimiento —dice.

—Gracias —responde Agripina, cogiendo el ramo como si fuera un bebé.

—Da igual lo que haya hecho Xenaro. Seguía siendo su marido —dice la Duquesa dándole unos golpecitos en el hombro a modo de consuelo.

—Gracias —repite Agripina—. ¿No viene Asunta?

—He pensado que sería mejor que estuviéramos solas usted y yo, si le parece bien.

—Ah, bueno. Nunca le gustó mucho venir por aquí, de todos modos. Pasa, pasa, no te quedes ahí.

Agripina lleva unos viejos vaqueros demasiado apretados, una camiseta de llamativo estampado y zapatillas blancas sin cordones.

Reina el silencio en la casa.

—¿No están los niños? —pregunta la Duquesa.

—No. Los he mandado a pasar unos días a Pontevedra, a la casa de uno de sus tíos, el hermano pequeño de Xenaro. Él y su mujer no tienen hijos. Mi madre tampoco está. Ahora se pasa el día en misa.

Cruzan el largo pasillo que vertebra la casa.

—Ha hecho bien en mandar a los niños fuera —la adula la Duquesa—. Así los aleja de aquí. La vida en un pueblo pequeño en las actuales circunstancias puede ser dura.

—No te imaginas. ¿Prefieres que hagamos la entrevista aquí en la cocina o en el jardín?

—¿Tiene jardín? Pues si no hay mucho ruido, prefiero el jardín. Con esta mañana soleada apetece estar al aire libre, ¿verdad?

Salen por la puerta trasera.

El jardín está sembrado de juguetes. La hierba está alta, descuidada; a un lado, junto a un viejo hórreo en desuso, hay una pequeña piscina hinchable en cuyo palmo de agua flota una pelota roja. Pegada a la casa hay una mesa de plástico blanco flanqueada por varias sillas del mismo material. El terreno no linda con el de otros vecinos. En el aire flota el suave rumor de una carretera cercana.

—¿Quieres algo de beber? —le ofrece Agripina—. Yo me he hecho un café con leche.

—Un vaso de agua del grifo será suficiente. El agua por aquí es buenísima, ¿verdad? Ah, si no le importa que fume, ¿podría traerme un cenicero?

—Claro.

Agripina desaparece en el interior de la casa.

Mientras la espera, la Duquesa hace unas cuantas fotos con el móvil. Luego se sienta en una de las sillas y saca del bolso una estilográfica y un cuaderno en el que tiene apuntadas las preguntas para la entrevista.

Agripina regresa con el cenicero y el vaso de agua.

La Duquesa simula fijarse en la mano vendada.

—¿Se ha hecho daño? —le pregunta.

—Ah, sí. Me corté.

—Vaya. Espero que no sea nada.

—Me corté cuando Xenaro me dijo lo que había hecho. En el momento no me di ni cuenta.

—Caramba. ¿Le importa si grabo nuestra conversación? —pregunta al tiempo que activa la aplicación grabadora en su móvil.

—No, claro que no. Por favor, no me llames de usted, que soy más joven que tú.

La Duquesa asiente y le ofrece un cigarrillo. Agripina lo rechaza y se sienta en otra silla con un café con leche en vaso de cristal en la mano ilesa.

—¿Sabías que Xenaro te era infiel?

—Bueno, segura segura no estaba. Pero lo sospechaba. Siempre se le iban los ojos detrás de todas las chicas.

—¿Siempre? ¿Desde el principio de vuestro matrimonio?

—Ay, ¿y qué sé yo? Por entonces yo era muy joven y estaba muy enamorada y no me fijaba en eso.

—¿Os casasteis muy jóvenes?

—Sí, bueno, lo normal por aquí. Nos tuvimos que casar pronto porque me quedé embarazada.

La Duquesa tacha con la estilográfica una de las preguntas de su cuaderno.

—¿Eres zurda? —le pregunta Agripina.

La Duquesa asiente.

—Yo nací zurda, pero mi madre me arregló a base de palos. Decía que, si haces las cosas con la mano izquierda, estás llamando al diablo —dice Agripina.

—Antiguas supersticiones. Volviendo a la infidelidad de Xenaro, al inspeccionar su móvil y el de Silvina, descubriste que llevaban casi cuatro meses viéndose a escondidas. ¿No notaste nada raro durante ese tiempo?

—Mira si soy tonta, que no sospeché nada. Piensa que por nuestros trabajos solo nos veíamos a la hora de comer y por las noches. Y aquí en casa, con cuatro críos, ya me dirás tú. No tiene una tiempo para sospechas ni nada.

—¿Nunca le mirabas el móvil?

—Noooo, nunca.

—Yo, hace un par de años tuve una pareja que me engañaba —miente la Duquesa—. ¿Sabes qué me hizo sospechar?

Agripina se encoge de hombros.

—Cuando íbamos a cenar a algún sitio, siempre ponía el móvil bocabajo, por si le llegaba un mensaje o lo llamaban, que yo no viera el nombre. Alguien que no tiene nada que ocultar no hace eso.

—Es verdad.

—¿Xenaro tenía el móvil con contraseña?

—Sí.

—¿Y tú la sabías?

—¿Yo? Pobre de mí. No la sabía, no.

—La noche que Xenaro asesinó a Silvina Costas, ¿no te enteraste cuando salió de casa?

—No, porque él llevaba unos días durmiendo en el sofá del salón, en el piso de abajo. Y yo estaba arriba, en el dormitorio.

—¿Dormía en el sofá? ¿Por qué?

—Bueno, nos habíamos peleado.

—¿Por lo de Silvina? Ah, no, no puede ser. Por entonces tú aún no sabías que tu marido estaba con ella.

—Estábamos peleados, no recuerdo por qué. Son días difíciles.

La Duquesa asiente.

—Claro, es lógico. ¿Dices que no oíste la furgoneta esa noche?

—No, no la oí.

—¿Dónde la solía aparcar?

—Ahí, en ese camino —dice Agripina señalando a un camino de tierra junto al lateral de la casa que mira al oeste y llega hasta la calle.

La Duquesa se levanta y va hacia allí. Una vez en la esquina, mira hacia arriba. Señala a una ventana del piso superior y pregunta:

—¿Quién duerme ahí? ¿Los niños?

—¿Qué? No, ¿esa ventana? Es la de mi dormitorio.

La Duquesa asiente.

—Quizá empujó la furgoneta hasta la calle para que no te despertaras con el ruido del motor —dice como si hablara consigo misma.

—Oye, pero ¿eso es importante? —pregunta Agripina.

La Duquesa da una larga calada al cigarrillo, algo que siempre hace cuando quiere ganar tiempo o poner nervioso a alguien.

—Sí, yo creo que es importante porque demuestra que Xenaro no actuó movido por un impulso, que realmente salió de casa con una idea en la cabeza.

—Ah, eso seguro. Yo creo que lo tenía bien planeado.

—Qué lástima lo de esa chica, ¿verdad? Silvina, diecinueve años.

Agripina parece a punto de decir algo, pero no lo hace. La Duquesa le aguanta la mirada en silencio.

—Seguramente se dejó engañar por Xenaro. Tenía mucha labia —dice finalmente Agripina.

La Duquesa vuelve a sentarse. Apaga un cigarrillo y enciende otro sin dar descanso a sus pulmones. Mira su cuaderno de preguntas.

—Según le comentaste a la prensa, Xenaro vino a mediodía y te dijo que había matado a la pobre Silvina, ¿es así?

—Sí.

—¿Por qué crees que lo hizo?

—¿Matarla? Supongo que porque se había quedado embarazada.

La Duquesa asiente.

—No, en realidad te preguntaba por qué Xenaro volvió a casa a decirte que había matado a Silvina. Pero creo que sé la respuesta, le he estado dando vueltas, a ver qué te parece: creo que lo hizo para hacerte daño.

—Ah, claro que sí, yo también lo creo. Bueno, estoy segurísima —asiente Agripina.

—Debía de sentir mucha rabia hacia ti, ¿verdad? Creo que tenía tantas ganas de hacerte daño que cometió un error.

La Duquesa deja sus últimas palabras flotando en el aire mientras da otra calada al cigarrillo. Luego le da un trago al vaso de agua.

Durante cinco o seis segundos, las dos mujeres guardan silencio.

—Yo creo que perdió la cabeza —dice finalmente Agripina, incómoda.

—Perdió la cabeza, seguro. Porque, a poco que lo pienses, ¿qué ganaba él con decírtelo?

—Estaba rabioso.

—Perdona, ¿te importa que repasemos los hechos?

Agripina suspiró por toda respuesta.

—Tu marido le mandó un mensaje a Silvina y le dijo de quedar esa noche. Luego empujó la furgoneta hasta la calle para no despertarte. Fue al encuentro de Silvina y la golpeó en la cabeza con una llave inglesa. Sabemos que fue así porque se encontró sangre de Silvina en la acera donde quedaron y en la furgoneta. Pero ¿por qué lo hizo? Silvina hubiera subido a la furgoneta por su propio pie. Sabemos por los mensajes de su móvil que estaba enamorada de él. Supongo que Xenaro se puso nervioso y por eso le dio.

Agripina asiente en silencio, los ojos fijos en la boca de la Duquesa, como si tuviera miedo de perderse una de sus palabras.

—Entonces se la lleva al bosque, la estrangula con la chaqueta de la propia Silvina, probablemente con una de las mangas, le quita la camiseta, saca un cúter de su caja de herramientas y le graba dos palabras en la espalda. Eso está claro por qué lo hizo, para hacer creer a la Guardia Civil que era obra de los *mouros* o de quien sea que se llevó a Crucita. Vale…

—No quiero hablar de esto —le interrumpe Agripina.

—Ya acabo, de verdad. ¿Sabes otra cosa que me llama la atención? Encontraron la cuchilla del cúter manchada de la sangre de Silvina, pero el mango estaba limpio, no había ninguna huella. ¿No te parece que estuvo muy torpe ahí? ¿Limpiar el cúter de huellas pero no limpiar la sangre ni deshacerse de él?

—Se debió de volver loco, ya te lo he dicho.

—Pero déjame insistir, ¿por qué te lo dijo? ¿Cómo sabía que tú no ibas a ir corriendo a decírselo a la Guardia Civil? Cuando llamaste a Asunta para contárselo, le dijiste que ibas a ir a denunciarlo.

—Y lo hice.

—Pero primero llamaste a tu prima, la periodista de moda en Galicia, para que se hiciera eco de la noticia. ¿Es que temías que la Guardia Civil no te creyera?

Agripina se levanta.

—Perdona, no me encuentro bien y creo que voy a acostarme. Es mejor que te vayas.

—Esa mañana va a trabajar, pero vuelve al mediodía para contarte que ha matado a su amante de diecinueve años y luego se ahorca en un roble. Sí, sin duda debió de perder la cabeza, porque nada de lo que hizo tuvo el menor sentido.

—No vale la pena darle más vueltas a lo que pasó —dice Agripina.

—¿Sabes que hay aplicaciones gratuitas que puedes poner en tu móvil y así tener localizada a tu pareja? —pregunta la Duquesa.

—No. Yo no entiendo de esas cosas.

—¿Seguro que no tienes una de esas aplicaciones instalada en tu móvil?

—¿Y tú en el tuyo?

Agripina hace amago de cogerle el móvil, que yace sobre la mesa. La Duquesa se adelanta y recupera su teléfono al tiempo que se pone de pie.

—Sí, sí que tienes mala cara —dice la periodista—. Mejor te dejo tranquila. Ya vendré otro día a terminar la entrevista.

—No, no hace falta que vuelvas por aquí. Ya no quiero hacer más entrevistas. Solo quiero que nos dejen en paz de una puta vez, ¿vale? A mí y a mis hijos.

—Es muy comprensible.

—No quiero que mi nombre salga más en los periódicos. Ni siquiera en uno falso como el tuyo.

Sin perder de vista a Agripina, la Duquesa guarda en el bolso el móvil, la libreta, la estilográfica, el encendedor y el paquete de tabaco.

—Gracias por tu tiempo —dice.

Y, sin entrar en la casa, se marcha despacio por el camino de tierra.

32

12 DE JULIO DE 2019

Asunta

Enfrentarte a la noticia de que alguien muy cercano a ti ha cometido un acto horrible supone un proceso parecido al del duelo: al principio te niegas a creerlo, luego buscas una excusa para justificar lo injustificable y finalmente caes en una tristeza culpable. Aunque sabes que la respuesta es no, no dejas de preguntarte si podrías haber hecho algo para evitarlo. ¿Cómo no me di cuenta de que mi prima cargaba con esa rabia dentro? ¿Cómo se acepta que alguien con quien has crecido, alguien a quien conoces desde siempre, haya sido capaz de acabar con la vida de otra persona con crueldad y total premeditación?

La Duquesa comenzó a sospechar de Agripina en cuanto supo que me había telefoneado para delatar a Xenaro. Enseguida le escamó que, en un momento así, mi prima recurriera a mí, sabiendo que no habíamos mantenido contacto en años y que no nos ataban más lazos que el parentesco. ¿Su marido le revela que ha asesinado de forma brutal a su amante adolescente y sin comprobarlo llama a su prima la periodista? Raro, cuando menos. Durante los días siguientes estudió los datos policiales y elaboró una teoría. Antes de compartirla con la autoridad, esperó a entrevistar a mi prima para confirmarla. Después no le quedó ninguna duda y acudió al cuartel de la Guardia Civil de Calixe para entregar el audio de la entrevista y alertar de que iba a publicarla íntegra a la mañana siguiente como muy tarde.

Después de varias reuniones e intercambios de llamadas y de información entre la Guardia Civil y la Fiscalía, a final de ese día acudieron a detener a mi prima. En la casa solo estaba mi tía Visitación. Cuando le preguntaron por Agripina, se limitó a decir que se había despedido de ella y que no se le había ocurrido preguntarle adónde iba. Se había llevado el coche y en su armario solo colgaban dos abrigos y un traje de fiesta que acumulaba polvo desde hacía al menos una década.

Se tramitó una orden de busca y captura.

Todo esto me lo contó la Duquesa, que se presentó por la noche en mi casa para darme la noticia en persona. A continuación me recomendó que me tomara un tiempo de descanso.

Me quedé en la cama hasta mediodía. Escuchando canciones tristes como cuando era adolescente. El teléfono sonó varias veces, números que no conocía y a los que ignoré. Solo respondí cuando llamó mi madre. Acababa de escuchar la noticia en la radio.

—A mí no me sorprende —me dijo—. La gente hace locuras por amor.

«¿Por amor?», pensé. Lo que había impulsado a Agripina a matar a Silvina podían ser celos, venganza, frustración o años de humillaciones, quizás una mezcla de todo eso; pero nunca amor.

El sol que entraba por la ventana me animó a salir a la calle a pasear. El centro de Santiago estaba lleno de turistas extasiados, despreocupados o cansados. Me senté en una terraza a observarlos. En un momento dado de ese desfile de pantalones cortos y voces extranjeras, decidí que necesitaba acostarme con alguien. ¿Cuándo había sido la última vez? Necesitaba perderme en un cuerpo ajeno y olvidarme de todo aquello.

En ese momento los vi. A la chica morena del tatuaje en el muslo y al cuarentón que la acompañaba. Este ya no iba en silla de ruedas. Le habían quitado el yeso y apoyaba su cojera en un bastón. Ella cargaba un par de bolsas de una tienda de ropa y de una librería y le acompañaba sin prisa, atenta a cualquier posible traspié. Además de la diferencia de edad, algo en la actitud de ambos me hizo pensar que su relación era familiar, no de pareja. Pasaron frente a mí sin verme y siguieron calle abajo, fundiéndose con el tumulto multicolor.

Y, de pronto, mis pensamientos desembocaron en Crucita y en Braulio Braña, el chico que le gustaba y al que iba buscando la noche que desapareció.

¿Debía llamarla y preguntarle por él? No, claro que no. Si el tal Braulio estaba implicado de alguna manera en su secuestro, era mejor ir a verlo por sorpresa, sin que nadie pudiera alertarle de mi visita.

Sí, eso era lo que necesitaba hacer. Volver al misterio que rodeaba a Crucita. Dar sentido a todo aquello.

Decidí que iría a Calixe después de comer.

33

12 DE JULIO DE 2019

Braulio

A Braulio Braña nada le gusta más que correr montado en Luisa, su yegua. Su padre le ha repetido decenas de veces que no lo haga, que es peligroso, y además la bestia llega agotada, bañada en sudor, y puede caer enferma.

Por eso lo hace en secreto, cuando su padre no está; se monta en el animal sin ensillar y echa a galopar bajo la sombra de los árboles, sube el sendero que cruza la colina y llega hasta la mina abandonada. Una vez allí, deja descansar a Luisa al sol mientras él se fuma un par de cigarrillos sentado en una roca y escucha la radio del móvil; cualquier emisora le vale, le gusta todo tipo de música.

Al cabo de un rato, regresa al paso, que Luisa no sufra.

Al enfilar la vieja carretera que pasa frente a su granja, ve a una mujer delante del vallado, como si dudara en cruzarlo o no. La ve sacar un móvil y comenzar a hacer fotos, tal vez a grabar un vídeo.

Braulio se huele la ropa. Se quita la gorra, se atusa el cabello hacia atrás y vuelve a ponérsela. Saca el paquete de tabaco del bolsillo de la camisa y se enciende un cigarrillo sin prisa.

Alertada por el sonido de los cascos del caballo, la mujer se vuelve hacia él y lo observa con curiosidad con la mano a modo de visera para protegerse del sol.

—¿Te has perdido? —le pregunta Braulio.

La mujer guarda el móvil en su bolso.

—¿Es esta la granja de los Braña?

El muchacho asiente.

—Mi padre no está en casa —dice.

La mujer le sonríe al tiempo que se abanica con una libreta. No es del pueblo, pero le resulta familiar.

—¿Eres Braulio?

Braulio duda en contestar. Le atrapa la misma sensación de culpa que cuando va a comprar a una tienda de ropa, ese miedo a que la alarma se dispare al salir él por la puerta a pesar de que no haya robado nada.

—Sí, soy yo —responde.

Carraspea sin ganas, como si algo le rascara la garganta.

—Mi nombre es Asunta, soy periodista, y me gustaría hacerte unas preguntas, si no tienes inconveniente.

Ahora la reconoce. Ha visto su foto en alguna parte y ha oído a su hermana hablando de ella y de su prima. Braulio sonríe:

—Y si tuviera inconveniente, ¿qué?

—¿Lo tienes? —dice la mujer devolviendo la sonrisa.

Se acerca a él y acaricia a Luisa entre los ojos.

A Braulio le gusta ella. Le gusta que esté acalorada y las manchas de sudor bajo los brazos.

—Tú eres la prima de la poli gorda que ha matado a la pelirroja.

La periodista baja la cabeza como si acusara un golpe.

—Yo no conocía a Silvina, solo de vista —dice Braulio.

—No he venido para hablar de Silvina.

—Entonces, ¿de qué? —pregunta sin bajarse de la yegua.

—De Crucita.

—¿Crucita? ¿Qué carajo pasa con ella ahora?

—Me gustaría hablar de la noche en que desapareció.

Braulio da una calada rápida, como si le ayudara a pensar.

—Yo no la vi esa noche. Tengo testigos.

—Lo sé. Pero ella te estaba buscando cuando la secuestraron.

El muchacho mira a un lado y a otro de la carretera. No hay nadie más allí. Tampoco ve ningún coche. La periodista ha debido de venir caminando sola desde Calixe.

—¿Eso lo ha dicho ella, que me estaba buscando?

—Sí. Al parecer estaba colada por ti.

—Bueno, ¿y qué? Yo la veía por el colegio, pero nunca quedé con ella.

—¿Podríamos entrar y charlamos tranquilamente? —pregunta ella señalando la graja.

Braulio mira la casa. Imagina a su madre y a su hermana sentadas en el sofá frente a la televisión, con su sobrina durmiendo entre ellas.

Niega con la cabeza.

—Si lo prefieres, te invito a tomar algo en el pueblo.

Braulio sopesa la idea. Le da una calada al pitillo.

—Ya te he dicho que yo no sé nada de esa chalada, ¿te enteras? Nunca he tenido nada que ver con ella. No tengo nada más que hablar contigo. Lo que deberías hacer es preocuparte por tu prima la asesina.

Le da un toque con el talón a Luisa para que avance.

—Y si vuelves otra vez por aquí, si te atreves a cruzar esa valla, no te extrañes si los perros se lanzan contra ti. Estás avisada.

—¿Sin declaraciones? ¿Es que tienes algo que esconder, Braulio?

Braulio se baja de Luisa, parece que va a decir algo más. Apaga el cigarrillo en la grava, abre la valla, pasa guiando a la yegua y cierra tras él sin dirigirle una palabra a la periodista, sin mirarla siquiera.

34

13 DE JULIO DE 2019

Asunta

No sabía qué hacer, cuál era el siguiente paso que debía dar. Braulio se negaba a hablar, Dulce me había pedido dinero por soltar la lengua y no parecía probable que Crucita fuera a concederme otra entrevista. Mi investigación estaba en un punto muerto.

Conecté el móvil al portátil para estudiar mejor las fotos que había hecho de la granja de los padres de Braulio. Se trataba de una casa de piedra de dos pisos, más profunda que ancha, rodeada de un viejo hórreo, un cobertizo de madera y un par de edificaciones alargadas de cemento que eran un insulto a las verdes colinas que había al fondo. Supuse que serían las cuadras, tal vez un almacén. El terreno vallado se extendía más allá hasta fundirse con un bosquecillo. ¿Podía ocultar algún zulo en sus terrenos? Sí, incluso podía esconder una urbanización subterránea. Ahora bien, eso supondría que toda la familia Braña estaba en el ajo. Por muy solitaria y grande que fuera la granja, que lo era, me resultaba increíble que Braulio o su padre hubieran mantenido a Crucita secuestrada ahí cuatro años sin conocimiento de nadie más.

Tal vez la pregunta que debía hacerme no era si Braulio y su familia habían secuestrado a Crucita, si no qué podría haberles empujado a ese crimen, si es que realmente lo habían hecho. ¿Por qué secuestrar a alguien si no es para pedir un rescate? Cuando le pregunté a Crucita si había mantenido relaciones sexuales con los *mouros*, lo había negado indignada, y algo en su reacción me dio la impresión de que no mentía. Por lo que el motivo sexual parecía también descartado. ¿Qué quedaba? ¿Sería verdad que la habían secuestrado por una especie de cruzada moral, por creerla «perdida», como ella había dicho?

Cada paso que daba en la investigación abría más interrogantes y yo solo tenía una extensa lista de suposiciones, de disparos a ciegas.

Mi madre me telefoneó para preguntarme qué tal estaba. Le preocupaba cómo llevaba todo lo relacionado con Agripina. Le dije que estaba bien y, para mi propia sorpresa, descubrí que era verdad.

La noche en que la Duquesa me contó que mi prima era una asesina y escuché la entrevista que ella le había hecho, apenas pude dormir. Sin embargo, al día siguiente, de alguna manera conseguí enterrar o aparcar esa tragedia en algún compartimento de mi mente y continué con mi trabajo sin más problemas. Tanto es así que cuando Braulio mencionó lo ocurrido con Agri, casi me sorprendí.

Por supuesto, si pensaba en ello me recorría una ola de pena, culpabilidad e incluso de vergüenza. Pena por Agripina y por sus hijos, pero sobre todo por Silvina Costas, a la que nunca había conocido. Quizá porque hacía años que había roto lazos con mi familia, aquel drama no me había afectado tanto como la Duquesa había temido. O tal vez es que yo era igual que mi padre, poco dada a sentimentalismos.

Me quedaba una vía que investigar. Busqué a Raquel Vázquez Trova en un par de redes sociales y no me costó encontrarla. Era la chica que había desaparecido unos meses después de Crucita, había mandado una carta a su casa diciendo que no la buscaran y había aparecido al cabo de casi cuatro meses.

Tal como había dicho Aurelio, vivía en A Coruña. Pensé en mandarle un mensaje con mi número de teléfono, decirle quién era y lo que estaba investigando, que quería hablar con ella. Sin embargo, un descubrimiento en las redes me hizo cambiar de idea. Raquel trabajaba en una tienda esotérica llamada La Caja Mágica. ¿Significaba eso que creía en los *mouros*?

Salí de casa en dirección a la estación de tren. Iba a hacerle una visita.

35

13 de julio de 2019

La Duquesa

Carmela Corredoira, la Duquesa, no recuerda haber gritado nunca, en toda su vida, hasta ese momento.

No siendo adulta.

No un grito de puro terror.

Siempre se levanta pronto sin necesidad de despertador. Cosas de la edad, supone. Lo primero que hace, aún en pijama, es prepararse un café con leche y sentarse frente al ordenador para ver las estadísticas del periódico que dirige. *El Eco Norteño* está viviendo tiempos de récord, nunca ha tenido tantas visitas como en las últimas semanas. Ni de lejos. Y todo se debe a las noticias llegadas desde Calixe: el regreso de Crucita y sus declaraciones, la muerte de Silvina, el suicidio de Xenaro y su propia investigación contra Agripina. Cuatro víctimas, cada una a su infeliz manera.

Como manda el canon de su oficio, siempre ha procurado no formar parte de la noticia. Cree firmemente en ese dicho que afirma que un periodista debe ser como una mosca en la pared, observando de cerca pero sin intervenir. Sin embargo, su entrevista a Agripina le ha otorgado una incómoda visibilidad. Desde hace veinticuatro horas, su teléfono no cesa de sonar. «No hago declaraciones», contesta y cuelga antes de dejarles preguntar.

Aún sin desayunar nada sólido, se viste, se calza las zapatillas de deporte nuevas, se coloca los auriculares y, con música *drum and bass* a un volumen considerable, sale a andar rápido, su nueva costumbre. Se dice a sí misma que caminar una hora a buen ritmo compensa los cigarrillos que se fuma. Quiere creerlo.

Hace poco que ha amanecido. A esa hora Santiago es fría, no importa que sea el mes de julio más caluroso que ella recuerde. A la Duquesa le gusta esa sensación, la de romper el aire húmedo de la mañana que empieza. Sube las escaleras de piedra que la llevan al Parque da Alameda, ese reino verde de sombras perpetuas que se enfrenta a la ciudad vieja, que la contempla.

Siente un golpe de aire cerca de su cara, como un zumbido.

Algo le ha quitado los auriculares, que han saltado de sus orejas. ¿Se ha enganchado el cable en una rama?

Se detiene. Mira primero a un lado y luego al otro sin entender qué ha pasado.

Y ahí está.

Lleva un martillo en la mano.

Eso es lo que ha pasado. Agripina ha fallado el primer porrazo.

Y se lanza de nuevo hacia ella, como si quisiera golpearla con el martillo y al mismo tiempo arrollarla con su cuerpo.

La Duquesa grita. Y su propio grito la sorprende y la asusta.

36

13 DE JULIO DE 2019

Asunta

Llegué a Coruña a las dos de la tarde. La tienda de Raquel Vázquez, La Caja Mágica, estaba cerca de la estación de tren, en el barrio de Cuatro Caminos. Busqué algún restaurante que ofreciera un menú casero o un asiático. Me apetecía arroz y unos calamares a la plancha. Mi madre acostumbra a recriminarme que esté obsesionada con la comida, como si fuera un defecto grave. Dice que mi padre era igual. Cuando comíamos fuera de casa y le servían un plato acompañado de ensalada, él señalaba la lechuga y decía: «Cámbiame el paisaje por una buena ración de patatas fritas, haz el favor».

La tienda no abría hasta las cinco. Después de llenar el estómago me sobraba tiempo para dar un paseo. Al contrario que en Santiago, donde es imposible caminar sin tropezarte con algún conocido, en A Coruña me sentía anónima. Las noticias de Calixe habían llegado allí, seguro, pero por fortuna mi cara no era popular. Entré en una librería y compré un par de novelas. Me acerqué a la playa de Riazor, me compré un helado y me senté en un banco al sol, al viento del Atlántico. Por el paseo frente a mí cruzaban parejas de todas las edades y familias de vacaciones con niños; familias inmaculadas cuyo mayor problema parecía ser embadurnarse de protector solar. Pensé que me cambiaría por cualquiera de aquellas personas, sin dudarlo. Aunque solo fuera un día. Por probar otra vida.

El escaparate de La Caja Mágica era una bofetada en los ojos. Había figuras de *meigas*, ninfas, trasgos y gnomos confraternizando con dragones, pequeños budas, máscaras tal vez africanas, velas de diferentes tamaños y colores y multitud de frascos de etiquetas llamativas.

Un cartel anunciaba que se leía la mano y se echaba el tarot.

El interior era aún peor, porque al impacto que suponía la acumulación maníaca de objetos desde el suelo hasta el techo, cubierto con telas de coloridas cenefas simétricas, había que sumarle un olor dulzón que formaba una especie de neblina invisible y pegajosa. Todo ello acompañado por una especie de canto gutural que sonaba de fondo. La buena noticia es que no había ninguna clienta.

Tras el mostrador me sonrió una mujer muy joven, con el cabello rubio despeinado como si acabara de echarse una siesta en el suelo. Sus ojos y su boca eran demasiado grandes para su cara fina, de galgo. Parecía que la hubieran montado con las piezas equivocadas. Era Raquel Vázquez, la reconocí por las fotos de sus redes sociales.

—Holaaaa —me saludó.

Lo mejor era no andarme con rodeos. Me presenté y le dije que había venido de Santiago para hablar con ella sobre su desaparición hacía tres años y medio.

Esperaba reticencia por su parte, tal vez solo sorpresa o incomodidad, pero no que se echara a reír como hizo.

—¿Por qué? —preguntó sin dejar de sonreír.

—Estoy investigando las circunstancias de la desaparición de Cruz Castro y su posterior reaparición. Tú desapareciste poco después que ella y también regresaste, así que he pensado que tal vez vuestros casos están relacionados.

—Ay, por Dios, ¿en serio?

—Supongo que estás al tanto de la noticia.

—Claro, ¿y quién no? Pero ¿qué tengo yo que ver con ella?

—Como te decía, desapareciste poco después.

—Pero a mí no me secuestraron los *mouros* ni nadie. Yo me fui con un mal hombre.

—¿Un mal hombre?

—Malo y casado. Me prometió una vida diferente y yo le creí. Tenía dieciocho años y estaba aburrida, ¿qué esperabas? Me hubiera ido con cualquiera que me hubiera hecho un poco de caso.

—¿Era de Calixe?

—¿Y qué más da? A mí no me encerró nadie, palabra. Me fui con él a Alemania, a Hamburgo, a finales de otoño, que ríete del frío y la humedad de aquí. Y cuando se cansó de mí, me dio algo de dinero y volvió con su mujer. Supongo que no cumplí con sus expectativas. A mí me daba tanta vergüenza que no quise volver a la aldea.

Si me estaba mintiendo, era una actriz extraordinaria. Hablaba de su pasado no con pena, sino con aceptación, me pareció que no tenía nada que ocultar.

Mi intuición había demostrado no estar muy afinada. Tendría que volver a Santiago sin la noticia que esperaba.

—¿Conocías a Crucita? —insistí.

—De vista, supongo. No lo recuerdo, la verdad. Yo soy de una aldea, Os Ánxeles, y, aunque iba al colegio a Calixe, creo que no somos de la misma edad.

—¿Y conoces a Braulio Braña? —pregunté.

—¿Braña? —se lo pensó unos segundos—. Me suena ese apellido, pero no conozco a ningún Braulio, me acordaría.

—Pero ¿te fuiste de casa sin llevarte nada? —le pregunté.

—Fue una chiquillada. Él me dijo que me compraría ropa nueva y cualquier cosa que necesitara. Yo siempre había heredado todo de mis hermanas mayores, ¿sabes lo que es eso? Me encantó la idea de tener cosas nuevas que fueran mías. Poder empezar de cero, ¿no sabes?

Asentí. ¿Se puede realmente empezar de cero? No, creo que no. O, al menos, no sin perder algo de ti a cambio.

—Siento haberte hecho perder el tiempo —dije.

—No irás a escribir sobre mí, ¿verdad?

—No, tranquila.

Le di las gracias por su amabilidad y me dispuse a salir.

—No me has hecho perder el tiempo, pero ¿vas a regresar a Santiago de vacío? —me preguntó.

Me volví hacia ella. Me encogí de hombros.

—Al menos déjame que te eche el tarot, mujer, que hoy apenas he vendido unas barritas de incienso y un triste amuleto contra la mala suerte.

No creo en adivinaciones, no creo que el destino esté escrito, me parece una opción demasiado fácil, ingenua, simplista.

—De acuerdo —dije.

Sentí que se lo debía a Raquel. Por las facilidades que me había dado y la sinceridad que parecía mostrar.

Pasé al otro lado del mostrador, donde tenía dos sillas y una pequeña mesa redonda cubierta con una tela granate, imitación de terciopelo.

Pensé que debía darle la mano para que le echara un vistazo. Eso la hizo reír. Me ordenó barajar un mazo grande de cartas. Cuando me cansé de marearlas, las dejé sobre la mesa bocabajo, divididas en tres grupos, tal como me había indicado. Raquel le dio la vuelta primero a la que estaba a mi izquierda.

Era el cuatro de copas.

—Acostumbras a dejarte llevar por el deseo, y eso te lleva a la insatisfacción y a la inestabilidad. Si quieres sentirte bien, debes hacer un cambio radical de costumbres.

—¿Has hablado con mi madre? Dime la verdad —bromeé.

Esta vez no se rio. Al parecer, las cartas demandaban seriedad.

Le dio la vuelta a la carta que estaba a la derecha.

El carro invertido.

—Un peligro se cierne sobre ti. Un accidente, una enfermedad, quizá solo una mala noticia.

—En mi vida solo hay malas noticias.

Me vibró el móvil en el bolso. Un mensaje. Pedí disculpas y seguimos con el numerito.

La carta del centro era el siete de bastos, también invertido.

—En estos momentos estás desbordada, te enfrentas a un reto complicado. No te fíes de las falsas apariencias.

Suspiré. Raquel me miró como si esperara algún comentario al respecto, pero me limité a encogerme de hombros. Ella continuó hablando.

—Necesitas vencer tu indecisión. Mira las cosas desde otro punto de vista. Si te esfuerzas, puedes triunfar.

—Eso también me lo dice mi madre. Bueno, me lo decía.

Ahora volvió a sonreír. Dijo:

—Si te hacen reflexionar, las cartas habrán hecho su trabajo.

Asentí. Le pagué y me despedí.

Al salir a la calle saqué el móvil. Era un mensaje de voz de la Duquesa:

—Niña, te lo cuento de propia voz para que no te asustes. Estoy en el Hospital Clínico. Agripina me ha atacado esta mañana, en el parque. Tengo rotos el cúbito y el radio del brazo derecho y un golpe en la espalda al caerme. Nada grave, no te preocupes. Por fortuna, un corredor intervino y evitó que me matara. La han detenido. Han detenido a tu prima. Estate tranquila… Si vienes, tráeme tabaco, hazme el favor.

37

14 DE JULIO DE 2019

Matías

Se mueve por la casa despacio, sin hacer ruido a pesar de su cojera. Incluso Birollo lo sigue en silencio, como si también temiera despertar a Manuela.

A Matías le gusta dejar que su sobrina duerma hasta tarde, tener que conducirse con sigilo. Sentirse acompañado así.

Ayer Manuela salió por la noche. No es la primera vez. Quizá ha conocido a alguien en Calixe. Con tantas aplicaciones para ligar, las posibilidades para quedar con gente se disparan incluso ahí, en una comunidad rural. Sí, seguro que ha conocido a alguien, pero Matías no se ha atrevido a preguntárselo. No quiere incomodarla. Si ella lo cree conveniente, ya le informará. El verano anterior, Manuela le contó que era bisexual, y nada más escucharlo Matías la abrazó, feliz, como si le hubiera dicho que estaba embarazada. No era tanto por la noticia en sí, sino porque ella confiara en él, que no se lo ocultara.

Sale al porche con una nueva taza de café, el paquete de tabaco y una novela. El día anterior estuvieron en Santiago y compró lectura suficiente para todo el verano.

Cuatro cigarrillos más tarde, Birollo se sube a su regazo y suelta un suave maullido. Debe de tener hambre. Él también. Matías consulta la hora en el móvil. Son casi las dos. Se levanta con el gato subido a su hombro, como el loro de un pirata, y entra en casa. Sin bastón, sube las escaleras con esfuerzo. La puerta de la habitación de Manuela sigue cerrada. Se acerca y golpea la madera con los nudillos, tres toques secos.

No se oye respuesta.

—Manuela, venga, es tarde. ¿Qué te apetece comer?

Nada.

Matías golpea más fuerte, más insistente, cinco toques, seis, siete.

—¿Manuela?

Abre la puerta, enciende la luz.

La cama está sin deshacer. Manuela no ha dormido ahí. Manuela no regresó anoche.

Baja los escalones saltando sobre su pierna buena. Birollo escapa, asustado por el ruido.

Matías gruñe por el esfuerzo mientras casi corre hasta el porche y recupera el móvil.

Marca el número de su sobrina.

Apagado o fuera de cobertura.

Manuela no haría eso. Su sobrina no pasaría la noche fuera sin avisar, sin escribirle un mensaje para no preocuparlo.

Pero ojalá lo haya hecho, porque Matías no quiere pensar en ninguna otra posibilidad.

38

16 DE JULIO DE 2019

Asunta

El día comenzó con una llamada de teléfono de la policía, requerían mi presencia en Jefatura. La Fiscalía contaba con suficientes pruebas contra Agripina, pero como mi prima se negaba a confesar el asesinato de Silvina Costas, seguían recopilando toda la información posible para armar el caso contra ella.

Y se diría que tenían prisa. En la puerta me recibió una inspectora que llevaba el cabello rubio recogido en una cola tan tensa que parecía que alguien le tiraba de las riendas. Echó a andar y la seguí hasta un despacho con dos paredes de cristal y una ventana que daba a la calle. Me decepcionó lo luminoso que era. Había imaginado una de esas habitaciones oscuras con un espejo falso.

La inspectora me ordenó que me sentara con un gesto. En ese momento entró otro policía de paisano y se quedó de pie en una esquina, desde donde me miró con pereza, como si prefiriera estar haciendo cualquier otra cosa.

—¿Mantenía una buena relación con Agripina Moreira o con su marido, Xenaro Blanco? —disparó la inspectora.

—No, hasta este verano llevaba bastantes años sin verlos ni hablar con ellos.

—¿No sabía si discutían?

—No podía saberlo.

—¿Y sabía de las infidelidades de Xenaro Blanco?

—¿Hubo más de una?

—Lo estamos investigando.

—Bueno, no sabía nada, pero no me extrañaría que las hubiera tenido.

—¿Por qué no?

Me encogí de hombros.

—No sé. Me encaja con su manera de ser —dije—. Encajaba, quiero decir.

Los dos policías intercambiaron una mirada que no supe descifrar.

—¿Le extrañó que la señora Moreira hubiera asesinado a la amante de su marido?

—¿Qué? Por supuesto. Cómo imaginar algo así. Mi prima…

—¿Sí?

—Bueno, creo que estaba amargada, reprimida, su madre siempre la humillaba, desde niña… No la estoy justificando, en absoluto. Lo que hizo fue horrible.

La mujer asintió con desgana y chasqueó la lengua. Se quedó mirando el papel que sujetaba con las dos manos, parecía buscar otra pregunta que hacerme. Su compañero seguía con la misma mirada aburrida fija en mí.

—¿Cree que el señor Blanco pudo tener algo que ver con la desaparición de Cruz Castro Varela?

Eso no me lo esperaba. Ni siquiera se me había pasado por la cabeza que Xenaro y Cruz pudieran conocerse.

—No tengo ni idea —admití.

—Muy bien. Eso es todo de momento. Ya puede irse —dijo la inspectora como si la hubiera decepcionado.

Me puse de pie y el otro policía me escoltó hacia la puerta en silencio, casi me pastoreó, como si temiera que fuera a perderme.

Salí de Jefatura con un nuevo montón de preguntas sin respuesta bajo el brazo. ¿Estaban relacionados de alguna manera Xenaro y Crucita? Por fuerza debían de conocerse de vista. ¿Creía a Xenaro capaz de raptar a Crucita? Tal vez. De ser así, ¿dónde la habría tenido cautiva? No recordaba si poseía algún terreno, quizá había heredado de sus padres. ¿Podía haber mantenido a Crucita secuestrada tanto tiempo él solo? No. Además, durante mi entrevista la chica dejó claro que había más de un *mouro*. ¿Era Xenaro amigo de Braulio Braña o de su padre? Debía investigarlo. ¿Encajaba el discurso reaccionario de Crucita con la manera de ver el mundo de Xenaro? Podría ser.

Telefoneé a la Duquesa para ver cómo estaba y compartir con ella mis nuevas dudas. No me sorprendió que me dijera que me esperaba en su oficina, en el Casino. No la imaginaba guardando convalecencia en cama. ¿Me dejaría firmarle la escayola del brazo?

Allí estaba, a su mesa habitual cerca de la ventana. Se apañaba con una mano para teclear en el portátil, consultar el móvil y marear un café solo. Llevaba el brazo escayolado cubierto con una funda granate, a juego con su falda y con el pañuelo que llevaba al cuello.

No hablamos de Agripina, esa era una puerta que las dos preferíamos mantener cerrada mientras pudiéramos. Le comenté mi inquietud acerca de una posible conexión entre Crucita y Xenaro. ¿Debía llamar a la muchacha y sondearla?

—¿Por qué no te tomas unos días libres? —dijo mi jefa.

Era una pregunta, pero sonaba a recomendación.

—¿Por qué? ¿Me ves estresada?

—Tienes que estarlo, por fuerza.

Habíamos salido a la calle para que pudiera fumar. La observé esperando a que dijera algo más; una explicación o lo que fuera.

—Mira, *rapaza,* han sido muchas emociones fuertes en muy poco tiempo, ¿es o no?

—Algo cansada sí estoy —admití.

—Claro que lo estás.

—Entonces, ¿no crees que sea buena idea investigar una posible conexión entre Crucita y Xenaro?

Le dio una calada al cigarrillo antes de contestar:

—Ahora mismo, eso no es urgente. Mi intuición es que Crucita querrá volver a hablar contigo tarde o temprano. Ella cree que tiene una misión, y no creo que soporte que su caso caiga en el olvido y nadie hable de ella, ya lo verás. Además, conviene darle un poco de demora para no saturar a los lectores.

Asentí, parecía razonable.

—¿Por qué no te vas cuatro o cinco días a la playa o a algún sitio tranquilo en el que no tengas nada que hacer salvo escoger qué cóctel te apetece tomar?

Sonaba tentador. No recordaba la última vez que había tenido vacaciones, pero debía de haber sido durante mis años en Madrid. Esa vida que ahora me parecía tan remota, casi una fantasía.

—Pues tal vez lo haga.

Me despedí de ella y compré un menú de comida preparada de camino a casa.

Por la tarde, después de la siesta, encendí el ordenador dispuesta a buscar alguna oferta de vacaciones. Nunca me ha gustado la idea de viajar sola, pero quizás era el momento de probar cosas nuevas.

Había recibido varios correos electrónicos, pero hubo uno que llamó mi atención. Era del día anterior, me había llegado a la dirección del periódico. El asunto rezaba: «Mi sobrina ha desaparecido. Por favor, necesito hablar con usted». El remitente era Matías Hiebra. No me sonaba de nada. Lo abrí. Enseguida se identificaba como el hombre en silla de ruedas que había acudido a la rueda de prensa de Crucita.

«Seguro que se acuerda de mí —me decía—, nuestras miradas se cruzaron un par de veces.» Su sobrina debía de ser la chica morena del tatuaje en el muslo. Continuaba diciendo que no la había visto desde la noche del sábado. Estábamos a martes. Al final había una súplica para que me pusiera en contacto con él y un número de teléfono. Lo marqué enseguida.

39

16 DE JULIO DE 2019

Manuela

—¿Cuál es tu plato favorito? —pregunta una voz desde el altavoz que corona la puerta metálica, la única salida de la habitación.

Manuela no contesta.

Está decidida a no hablar. Ha decidido que esa será su estrategia. No regalarles a sus secuestradores la menor conexión.

Al menos, no por ahora.

—Si me dices cuál es tu comida favorita, puedo preparártela una vez a la semana —insiste la voz.

En silencio, Manuela da cuenta del plato que le han dejado, una especie de guiso con patatas, verduras y cerdo. La carne está cortada en trozos pequeños. En los tres días que lleva ahí, no le han dado ninguna comida que requiera tenedor y cuchillo. Para beber le dan agua en una botella de plástico de medio litro, sin tapón. Por la mañana, la misma botella hasta arriba de zumo de naranja.

¿Qué creen que va a hacer con el tapón? ¿Tragárselo para suicidarse?

Si se queda con sed, tiene un lavabo.

Deja la cuchara en el plato vacío. Se levanta de la silla y deja la bandeja en el cajón móvil situado en mitad de la puerta.

Dentro de un par de minutos, alguien tirará del cajón desde el otro lado y la puerta volverá a verse lisa, sólida, infranqueable.

Manuela se lava los dientes con los dedos. El primer día encontró que había dentífrico e hilo dental, pero no cepillo. Tampoco hay espejo. Ella no puede verse, pero sabe que la están mirando. Tres cámaras colocadas en diferentes puntos cubren toda la estancia. Una cortina traslúcida colgada de unos rieles le otorga una falsa sensación de intimidad cuando se ducha o va al baño.

Se enjuaga la boca.

Se tumba en la cama. Sospecha que le ponen algo en la comida, porque está cansada todo el tiempo. Pero ¿qué puede hacer? ¿No comer? No está dispuesta a dejarse morir.

Se pregunta si esa chica, Crucita, estuvo en esa misma habitación durante cuatro años.

Ella no piensa estar ahí tanto tiempo. Tiene un plan. Y la primera parte de ese plan es no dirigirles la palabra. No de momento.

Oye unos pasos que bajan una escalera que cruje, de madera. Luego, un ruido metálico: han recogido la bandeja.

—Si no me dices cuál es tu postre favorito, no podré prepararte ninguno —dice la voz, esta vez desde el otro lado de la puerta.

A Manuela le sorprende la insistencia.

Pero, sobre todo, le sigue sorprendiendo que sea una voz de mujer.

40

17 DE JULIO DE 2019

Asunta

Había quedado con Matías Hiebra a las once en La Imperial, pero llegué a Calixe un par de horas antes. Mi plan era pasarme por El Instituto con la esperanza de encontrar allí a Aurelio, el guardia civil retirado.

No estaba en el bar. Pedí un bocadillo de jamón y un chocolate caliente y me senté a su mesa a esperarlo. La camarera me miró como si acabara de fregar el suelo y yo hubiera llegado con los pies embarrados. Por un segundo pensé que iba a mencionar a mi prima.

—¿Sabes si vendrá Aurelio? —le pregunté.

—¿Y por qué no iba a venir? —me dijo contestando con otra pregunta, al más puro estilo gallego.

Mientras desayunaba, ojeé los tres periódicos que había a disposición de los clientes. Dos eran gallegos, el otro nacional. La desaparición de Manuela Hiebra aparecía en portada en los dos locales, sí, pero no era la noticia principal. En páginas interiores había declaraciones de su tío y de su madre, llegada desde Madrid dos días antes. Era imposible que Manuela se hubiera marchado así, sin decir nada, con el móvil apagado, coincidían ambos. Ninguno de los dos diarios relacionaba la desaparición de Manuela con Crucita. No era de extrañar. Si en un principio no habían creído que Crucita hubiera sido secuestrada, ¿por qué iban ahora a conectar ambos casos?

Yo misma no me había atrevido a enlazar los nombres de las dos muchachas en la breve nota que había redactado para *El Eco Norteño* la tarde anterior. No quería colocar a Crucita de nuevo en el ojo público, me parecía injusto. Aunque no me había resistido a mencionar que ese verano Calixe parecía ser el epicentro gallego de las malas noticias.

Cuando me terminaba el bocadillo, apareció Aurelio con una caja de madera y un tablero de ajedrez bajo el brazo. Iba calzado con sus habituales sandalias y unos pantalones cortos vaqueros que dejaban a la vista unas rodillas gruesas y muy peludas.

—Señorita. Sospechaba que volvería a verla pronto.

Se sentó frente a mí.

—Me gustaría hacerle algunas preguntas, ¿le importa?

—Adelante, le ayudaré en lo que pueda. Pero sin grabadora, por favor.

Señalé la foto de Manuela Hiebra en la portada de uno de los periódicos.

—¿Cree que su desaparición está relacionada con Crucita?

—¿Que si creo que la ha secuestrado la misma persona? Podría ser. Podría ser que no.

—Las dos discutieron el día de la rueda de prensa de Crucita.

Llegó la camarera con una gran taza de café con leche y un cruasán que dejó delante del ex guardia civil, que le dio las gracias.

—¿Usted cree que el secuestro de la señorita Hiebra es una especie de venganza por haber discutido con Crucita? —me preguntó.

—No lo sé, pero es una posibilidad, ¿no?

Aurelio sopesó la idea.

—Lo es, sí, pero no lo creo.

—Puede que Crucita mantenga contacto con sus secuestradores. Cuando la entrevisté, se fue un momento al baño, y al volver parecía tener muy claro qué quería decir, qué mensaje quería trasmitir.

—Tal vez. O tal vez no.

—No me está ayudando mucho.

Sonrió.

—No puedo darle certezas, eso ya lo sabe. Pero podemos especular juntos para tratar de cubrir todos los ángulos, ¿no es eso lo que dicen ustedes los periodistas: «Cubrir todos los ángulos de la noticia»?

Asentí.

—De acuerdo, especulemos.

Hundió los dedos bajo su bíblica barba y se rascó el cuello, o eso me pareció, porque su mano desapareció como detrás de una cortina.

—No sé si Crucita mantiene contacto con su captor o captores, pero dudo que lo haga por teléfono. No sería inteligente, y estoy seguro de que la persona que está detrás de esto es inteligente.

—Personas. Captores. Son al menos dos. Crucita habla de ellos en plural —dije—. ¿Por qué dice que no sería inteligente?

—Las llamadas quedan grabadas; los números de teléfono y la duración, quiero decir. Estoy convencido de que si Crucita hubiera hecho llamadas a un número sospechoso, la policía habría intervenido.

—¿Lo podría comprobar, por favor? Seguro que tiene algún antiguo colega que pueda confirmarlo.

—Veré qué puedo hacer —dijo—. Pero volviendo a su idea, no creo que hayan secuestrado a Manuela Hiebra en venganza por haber discutido con Crucita.

—¿Por qué?

Aurelio probó su café. Rompió un cuerno del cruasán y lo desmenuzó sobre la taza.

—Por lo que parece, las personas que secuestraron a Cruz creen que tienen una misión. Ya sabe, esa historia de las malas semillas. Quieren mandar un mensaje al mundo.

—O solo es una justificación para sus actos.

—Tal vez. En cualquier caso, si las personas que han secuestrado a la señorita Hiebra son las mismas que se llevaron a Crucita, tengo la impresión de que no lo han hecho por venganza, sino por seguir con su... Su evangelización, por así decirlo. Ambas chicas encajan en un mismo perfil.

Aquello me descolocó. Crucita era menuda y rubia, mientras que Manuela era morena y alta.

—Entiendo que no se refiere a un perfil físico.

—No, claro. Vamos a ver, Cruz no era una chica discreta, por así decirlo. En cuanto a la señorita Hiebra, desconozco su vida privada, por supuesto, pero su imagen dista mucho de la mujer casera y recatada que según Crucita prefieren los *mouros*. —Al decir esa última palabra hizo el gesto de comillas en el aire, pero empleando solo un dedo de cada mano, lo cual me pareció entrañable.

—Entiendo que usted cree que han secuestrado a Manuela Hiebra para reeducarla a su estilo.

Aurelio pescó con la cucharilla un trozo de cruasán empapado de café con leche.

—Cuando un criminal planea un golpe y le sale bien, gana confianza. Y al poco tiempo ya está planeando otro, más ambicioso, más arriesgado. Creo que ese podría ser el caso aquí. Lo de Crucita le ha salido bien, se ha librado sin problemas. ¿Por qué no repetir la operación?

Tenía sentido.

Los dos nos quedamos unos segundos cabizbajos, en silencio, dándole vueltas al caso.

—Supongo que no ha venido a Calixe solo por verme a mí. ¿Va a volver a entrevistar a Crucita?

Negué con la cabeza.

—¿Cree que debería?

—Sería interesante saber qué opina de la desaparición de la señorita Hiebra.

—Ayer pensé en llamarla para preguntárselo, pero mi jefa cree que es mejor esperar a ver si ella se pone en contacto con nosotras.

—Es una mujer sabia su jefa.

—Tengo otras dos preguntas para usted.

—Adelante.

—Cuando Crucita desapareció, ¿en algún momento sospecharon de Xenaro?

Aurelio engulló un trozo de cruasán.

—¿Se refiere a si lo interrogamos? No, no lo hicimos. No había ninguna conexión que los relacionara. ¿Por qué? ¿Cree que estaban conectados de alguna manera?

—Se me ocurrió esa posibilidad. Que Xenaro fuera uno de los *mouros*. ¿Sabe si tenía alguna propiedad, algún terreno que pudiera albergar un escondite?

—No sabría decirle. Nunca llegamos a considerarlo sospechoso, por lo que no lo investigamos.

—Eso me lleva a la otra pregunta que quería hacerle. ¿Su principal sospechoso fue Braulio Braña?

Aurelio cabeceó.

—No, no, sospechoso principal no. Sabíamos que él y Cruz se conocían, que habían intercambiado mensajes por redes sociales. Y sabíamos por Dulce Gómez, su amiga, que Cruz tenía interés en el muchacho y que esa noche había salido con intención de verlo en algún momento. Pero, por lo que sabemos, él desconocía las intenciones de ella y no llegaron a cruzarse. Además, Braulio tenía coartada. Fue visto por el pueblo siempre con sus amigos, y estuvo en un bar hasta el amanecer.

—¿Y su padre?

—¿Perdón?

—El padre de Braulio, Vicente, ¿tenía coartada?

Aurelio se echó hacia atrás en la silla, como si de repente yo le hubiera dado un palmetazo en el pecho.

Levantó la frente y miró hacia un lado con la expresión de alguien que trata de recordar una fecha señalada.

—¿Tiene algún motivo para sospechar de Vicente Braña?

—El otro día fui a su granja con intención de hablar con Braulio. Antes de poder entrar en sus tierras, apareció a caballo el propio Braulio, y cuando le dije que quería charlar con él sobre Crucita, me dijo que me largara de allí. No solo eso: prácticamente me amenazó.

—¿Cómo la amenazó?

—De palabra. Me dijo que me soltaría los perros si volvía por ahí.

—¿Y Vicente estaba presente?

—No, ¡pero esa granja es enorme y está aislada! Además, se adentra en el bosque.

Aurelio se rascó la cabeza.

—Ya veo. Usted cree que si Braulio mantuvo secuestrada a Crucita en la granja, tuvo que ser con la complicidad de su padre.

—Y del resto de la familia, probablemente.

Aurelio cabeceó.

—Señorita, entiendo su frustración, pero esto es Galicia, no Texas. Aquí no hay familias de psicópatas.

Me encogí de hombros.

—Crucita le lanzó una piedra a María Braña, la hermana melliza de Braulio, usted mismo me lo contó. Quizás estaba rabiosa contra ella y su familia.

—Conozco a Vicente desde siempre. No somos amigos, pero lo conozco, y nunca ha expresado interés alguno en nada que no sea el ganado y el precio de la leche. Y su mujer, Ana, va a misa todos los días. Sí, usted hace su trabajo al desconfiar de todo el mundo. Y es verdad que la granja de los Braña podría albergar escondites subterráneos, pero me cuesta creer que esa familia haya conspirado durante cuatro años para tener a Cruz Castro secuestrada.

No había esperado por parte de Aurelio una reacción entusiasta a mi teoría sobre los Braña, y aun así me sentí algo decepcionada.

—Entiéndame, admito que es raro que Braulio la haya amenazado. Pero puede haber sido más por estupidez juvenil que por maldad.

Me encogí de hombros y consulté la hora en mi móvil. Tenía que acudir a mi cita con Matías.

—Tengo que marcharme. Si no le sabe mal, vendré a verle otro día por aquí —le dije.

—Por supuesto. Siempre es interesante hablar con usted.

Pensé que era lo más agradable que me habían dicho en mucho tiempo.

41

17 DE JULIO DE 2019

Matías

Ha llegado con tiempo a su cita con la periodista. Se sienta en la terraza de La Imperial y pide un té negro. Apoya las muletas contra la pared. Le duelen los brazos de manejarse con ellas. Debe ponerse en forma, piensa. Se hace una promesa, otra más: si encuentra pronto a Manuela, empezará a nadar, tal como ella le insiste a menudo que haga; irá a la piscina todos los días.

Suspira y se enciende un cigarrillo. Desde donde está puede contemplar la plaza de San Roque, que es el corazón del pueblo, con sus viejas sentadas al sol y su constante goteo de peregrinos rumbo a Santiago. En un par de farolas y un poste eléctrico hay carteles pegados con fotos de Manuela y la pregunta ¿HA VISTO A ESTA CHICA? Los ha colgado Sara, la madre de Manuela, su excuñada, que está tan enfadada con él que se ha negado a dormir en su casa y se aloja en un hotel con su marido, el padrastro de Manuela.

Desde hace ya varios años, para matar el tiempo en ocasiones así, cuando se ve obligado a esperar, Matías observa a las mujeres que pasan y las imagina como personajes de sus novelas románticas. Se fija en su forma de vestir, de mirar, de moverse, y les otorga una personalidad, les inventa una ocupación y un pasado. Se deja llevar por su imaginación y si lo que se le ocurre le parece prometedor, lo apunta en una libreta que siempre lleva consigo.

Cuando ve a Asunta doblar la esquina y acercarse a él con prisa, sabe que sería una buena protagonista, una con carácter. Repasa su aspecto como si lo describiera. Las mejillas coloradas, el cabello oscuro suelto, voluptuoso, una camiseta ancha y larga azul marino, unos vaqueros más claros o más desgastados y una mochila verde caqui al hombro. El único signo de coquetería que muestra son las uñas de los pies pintadas de rojo que asoman en unas sandalias planas que sin duda han visto tiempos mejores.

Se acerca a él con el brazo estirado.

—Por favor, no se levante —le dice.

Un flequillo demasiado largo casi le tapa los ojos azules. Es como si quisiera esconder su belleza.

Se estrechan la mano.

—Gracias por venir.

Ella hace un gesto con las manos para quitarle importancia. No se sienta frente a él, sino a un lado de la mesa, como si fueran amigos o pareja, bajo la sombra del toldo.

—Y trátame de tú, hazme el favor —añade Matías.

Viene la camarera, una chica alta y morena con una cara que siempre le recuerda a Ana Frank.

La periodista pide otro té negro y un par de pastas rellenas de crema.

—Las hacen ellos, son buenísimas —le dice a Matías. Y al momento parece arrepentirse de haberlo dicho.

—Supongo que sigues sin noticias de tu sobrina.

—Pues sí, por desgracia. No hay noticias. La policía no tiene la menor pista. Unas cuantas personas la vieron en un par de bares del pueblo. Sola.

—¿No te dijo si había quedado con alguien?

—No. Y no han podido localizar su móvil. Hace un rato he hablado con un inspector y me ha dicho que no ha usado sus tarjetas bancarias, lo cual no es ninguna puñetera sorpresa. Manuela no ha usado sus tarjetas porque no se ha ido a ningún sitio. Manuela ha sido secuestrada por la misma gente que cogió a esa chica, la tal Crucita.

—¿Por qué estás tan seguro?

—¿No es obvio?

—Ya pareces gallego, contestando con preguntas.

Matías se permite una sonrisa. La primera desde hace días. Le da una intensa calada al cigarrillo, lo apaga y dice:

—¿Manuela discute con esa chica y días después desaparece? Mucha casualidad, ¿no te parece?

La camarera llega con el té y las pastas de la periodista.

—Bueno, sin duda es una posibilidad, pero no es la única —dice Asunta—. Hace apenas quince días asesinaron a una chica, Silvina Costas, y la autora del crimen trató de desviar la atención e inculpar a los *mouros*, sean quienes sean.

Matías recuerda en ese instante que la asesina es prima de la periodista. Eso le hace sentir incómodo, como si hubiera perdido una discusión.

—De acuerdo, tienes razón. Pero de momento no tengo otro hilo del que tirar, y no puedo quedarme parado de brazos cruzados. No puedo. Por eso necesito tu ayuda.

Asunta saca la grabadora de la mochila.

—No, sin grabadora, por favor.

La periodista parece no entender.

—No puedo hacer una entrevista sin grabadora. Es por un tema legal, para cubrirme las espaldas.

—Ya, pero es que no quiero darte una entrevista. Quiero que me hables de Crucita. Necesito toda la información que tengas sobre su caso.

La periodista guarda la grabadora. Frunce el ceño y se le forma una única arruga, una breve diagonal entre las cejas.

—He venido a Calixe porque pensaba que te iba a entrevistar. Para hablar de Crucita bastaba el teléfono.

—Para hacer una entrevista, también.

Asunta sopla su té y lo prueba. Le añade los dos sobres de azúcar.

—Manuela es la única familia que me queda.

La periodista mantiene la mirada perdida en el té, como esperando una señal en el líquido oscuro, quizás una respuesta.

Matías enciende otro cigarrillo.

—Mi hermano mayor, el padre de Manuela, se suicidó.

Asunta suspira. Le mira a los ojos.

—No tengo pareja, no tengo hijos —insiste Matías.

—De acuerdo, de acuerdo… Pero tienes que entender una cosa: no puedo entrometerme en una investigación policial. Y no puedo, y además no quiero, crearle problemas a Crucita. Aunque no lo admita, aunque seguramente no sea plenamente consciente de ello, esa chica ha vivido una pesadilla.

—Lo entiendo, lo entiendo, de verdad. Pero la vida de mi sobrina puede estar en juego.

La periodista come una de las pastas de crema con ansiedad de fumador.

—¿Qué quieres saber?

—He leído varias veces las dos partes de la entrevista que le hiciste, y tengo la impresión de que crees que Crucita sabe más de lo que te contó.

—Matías, no importa lo que yo piense, porque son simples hipótesis.

—¿Todo lo que te contó está incluido en la entrevista o te guardaste algo?

Asunta se come la otra pasta en tres rápidos bocados, como si quisiera quitarla de su vista para poder concentrarse en la conversación, le parece a Matías.

—¿De qué te va a servir que yo te cuente mis sospechas? Aunque Crucita supiera quiénes fueron sus captores, estoy totalmente convencida de que no los va a traicionar.

—Tal vez sí. Puedo ofrecerle dinero. Puedo comprarle una casa lejos de aquí. Presionarla de alguna manera.

Asunta se frota los ojos con las palmas. Luego se alisa el flequillo en un gesto que tiene algo de infantil.

—Insisto, lo que yo sospeche no tiene relevancia alguna, Matías.

—Eso significa que tienes alguna sospecha. Solo te pido que la compartas conmigo.

—Es que no sé si puedo confiar en ti. Me preocupa tu sobrina, te lo aseguro, pero no quiero que los medios acosen a Crucita por mi culpa. Puede que no esté contando todo lo que sabe, pero retorcerle el brazo para que hable no servirá de nada. Y echarle encima a la prensa, tampoco.

—¿Qué puedo hacer para que confíes en mí? ¿Quieres dinero? Puedo darte dinero.

Asunta cabecea, negando.

—Tienes mucha fe en tu dinero —dice.

Se acaba el té de un trago y, aprovechando que la camarera pasa delante de su mesa cercana, le pide una cerveza.

—¿Es verdad que tu hermano se suicidó?

—¿Crees que me inventaría algo así?

—No lo sé. No te conozco.

—Se ahorcó. Padecía depresiones desde… Bueno, desde siempre. Era muy creativo, muy ingenioso, pero también muy negativo. Solo dejó una nota en la que les pedía perdón a mi cuñada y a Manuela. Ella era solo una niña.

—Está bien, voy a confiar en ti. Sobre todo porque me gustaría creerte, Matías.

—Gracias.

—Cuando hablé con Crucita, me dio la impresión de que podía haber otra chica con ella. Otra chica secuestrada. Puede que más de una.

Matías tose una nube de humo.

—¿Y lo sabe la policía?

—Por supuesto. Mi jefa y yo informamos a la Guardia Civil, y me consta que interrogaron a Crucita al respecto, incluso le advirtieron que podía estar incurriendo en un delito si callaba información, pero ella negó saber nada. Aseguró que nunca les vio la cara, que no sabe dónde la retuvieron y que no tuvo noticias de que hubiera otras chicas con ella.

—¿Y la Guardia Civil no insistió?

—La cuestión es que en los cuatro años que Crucita estuvo

secuestrada, no desapareció ninguna otra chica en la comarca. Bueno, sí, una, pero reapareció a los pocos meses. Hablé con ella la semana pasada y no tiene nada que ver con los *mouros*. Se había fugado a Alemania con un hombre casado.

Matías se frota la cabeza rapada. Se enciende un nuevo cigarrillo y al momento descubre que tiene otro sin terminar en el cenicero. Le da una última calada al primero y lo apaga.

—Me temo que no puedo ayudarte más —dice la periodista.

—Sí. Sí que puedes. Tienes que preguntárselo.

—¿El qué?

—Pregúntale si cree que los *mouros* tienen a mi sobrina. Ella parece confiar en ti. Eres la única a la que ha concedido una entrevista.

—Sí, pero al final la puse nerviosa. No creo que vuelva a confiar en mí... A no ser que tenga algún nuevo mensaje que comunicarle al mundo.

—Pues pregúntale eso. Pregúntale si tiene algún mensaje.

Asunta abre la mochila y saca la grabadora.

—De acuerdo, lo haré. Pero quiero que me hables de Manuela. Cuéntame su historia. Cuéntame la tuya. Eso hará que la gente empatice con ella y contigo.

Matías le da una pensativa calada al cigarrillo, casi como si rezara.

—¿Sabes una cosa? Manuela sospechaba del padre de Crucita. Creía que él la había mantenido encerrada todos esos años.

—¿De Antonio Castro? ¿Por qué? Quiero decir, ¿qué hizo que sospechara de él?

—No sé. Manuela siempre ha sido muy buena leyendo a la gente, ¿sabes? Es muy intuitiva. Decía que ese hombre oculta algo.

—No lo dudo. Pero creo que se equivoca. He visto cómo Antonio mira a su hija, y sufre por ella. Ese hombre no quiere transmitir ningún mensaje, no quiere atención pública sobre su hija.

—No lo sé. Pero tienes que ayudarme, por favor. Tienes que hablar con Crucita.

—Lo haré. Pero primero vamos a contar tu historia con Manuela, incluyendo el suicidio de tu hermano. Si conseguimos que la gente sienta pena por ella y los medios se hagan eco de esa empatía, tal vez Crucita se decida a hablar para defender a sus secuestradores.

42

19 DE JULIO DE 2019

Asunta

Escribir una historia es decidir qué cuentas. Tanto da que sea una noticia o una entrevista. Dispones de una información en bruto y debes escoger qué le presentas al lector y cómo lo haces.

Cuando redacté la entrevista a Matías Hiebra, evité la palabra *mouros.* Le pregunté si creía que las personas que habían secuestrado a Crucita durante cuatro años podían haber raptado a su sobrina. Cuando me contestó que sí, insistí: «¿Cree que las personas que retuvieron a Cruz Castro contra su voluntad durante cuatro años planean hacer lo mismo con Manuela?». Mi plan era muy simple: pretendía provocar a Crucita al negar su historia de los *mouros* por el hecho de llamar «personas» a sus secuestradores, hacer que se molestara lo suficiente para que me llamara.

Y funcionó. Aunque no de la forma que esperaba.

Me telefoneó a primera hora de la mañana. Tan temprano que me despertó. Aún no había amanecido.

—No entiendo por qué lo haces —me soltó nada más descolgar.

—Hola, Crucita. ¿A qué te refieres?

—Me desprecias. Desaparece esa chica y no me llamas para preguntarme por ella.

Me incorporé en la cama y encendí la luz como si eso me ayudara a escuchar mejor.

—¿Quieres... quieres hablar de ella?

—Mi padre no quiere que hable con la prensa.

—Podemos quedar y hablar como amigas, prometo no encender la grabadora.

—No somos amigas.

—Pues seamos amigas. Déjame invitarte a un café.

—No voy a quedar contigo, preguntas demasiado.

—Soy periodista, Cruz.

—He dicho que no voy a quedar contigo.

Había cogido un bolígrafo y mi libreta de notas.

—De acuerdo. Ahora estamos hablando. ¿Te puedo preguntar ahora por ella?

Hubo una pausa.

—Crucita, ¿crees que Manuela Hiebra ha sido secuestrada por los *mouros*?

—Sí.

—¿Lo crees o lo sabes?

Nueva pausa.

—Quiero decir, ¿has hablado con ellos? ¿Te lo han confirmado?

—No tengo forma de hablar con ellos. No sé ni dónde viven.

—Vale, crees que la han secuestrado, pero no lo sabes seguro. ¿Es eso?

—Sí.

—¿Por qué crees que lo han hecho?

—Supongo que para ayudarla.

—¿La van a salvar como hicieron contigo?

—¿Vas a escribir sobre esto?

—¿Te molestaría que lo hiciera?

—¿Estás grabando nuestra conversación?

—No. Palabra que no, Cruz.

Era cierto. Estaba tomando notas a toda velocidad.

—Puedes escribir lo siguiente: «Cruz Castro dice que los

familiares de Manuela no tienen que preocuparse, que los *mouros* jamás le harán daño».

—¿Estás segura de eso, Crucita? ¿Estás segura de que no le harán daño?

—Sí. Está a salvo con ellos.

43

20 DE JULIO DE 2019

Manuela

Sigue sin dirigirle la palabra.

Esa es su manera de mantener el control. Es lo único que puede decidir hacer o dejar de hacer.

Y es la parte inicial de su plan, de su único plan. Quiere intrigar a esa mujer que la retiene ahí. Quiere inquietarla. Y pronto, dentro de unos días, le hablará. Le hará creer que la ha doblegado, que la ha vencido.

De momento no protesta, no se queja, no pide nada.

Se despierta, desayuna, pedalea en la bicicleta estática, se ducha, come, ve la tele, cena y duerme.

Se pregunta por qué solo le encienden la televisión por la tarde. Es un pequeño monitor incrustado en la pared, sin botones, tan alto que no lo alcanza ni de puntillas. Después de comer, lo conectan, solo los canales que emiten culebrones o programas de restauraciones de casas. De vez en cuando, algún documental de viajes. Se pregunta si en el piso de arriba la mujer está viendo esos mismos programas, si deja que ella en su celda los vea porque así se siente acompañada.

Sospecha que debe de haber alguien más viviendo arriba. A veces escucha otros pasos más pesados bajando las escaleras de madera, seguramente de un hombre, aunque no lo ha oído hablar. Si se pasa el dedo por el cuello, junto a la yugular, aún nota la herida del pinchazo de esa noche, cuando la asaltaron volviendo a casa de su tío.

Si no ha perdido la cuenta, lleva ahí una semana.

Una semana sin ver una cara, sin ver la luz del sol.

Una semana sin hablar.

44

21 DE JULIO DE 2019

Asunta

La Duquesa había quedado encantada con mi entrevista a Matías Hiebra.

—Es un hombre muy interesante.

Sí, Matías poseía un encanto trágico para el público. Escritor de éxito, autor de novelas románticas que firmaba con seudónimo —que no quiso desvelar— que había perdido a su hermano en un trágico suicidio y que ahora sufría la desaparición del único familiar que le quedaba. Entre los comentarios a la entrevista, abundaban los de mujeres que parecían dispuestas a levantarle el ánimo. Es curioso cómo cierto sufrimiento ajeno resulta muy atractivo, despierta el deseo de consolar.

Había decidido no publicar mi posterior conversación telefónica con Crucita. Lo único que iba a conseguir era echarle toda la prensa del país encima, quizá crearle problemas más serios con sus vecinos de Calixe. Sí le conté esa charla a mi jefa, por si creía que había que comunicarla a las autoridades; luego llamé a Matías, que me escuchó en silencio. Cuando terminé, me dio las gracias y colgó.

Era domingo. Cogí el tren hacia Vigo para comer con mi madre y Lola. Durante el trayecto me perdí dentro de la novela que llevaba. Por alguna razón, me resulta más fácil concentrarme en la lectura en lugares públicos que a solas en mi casa.

Al llegar, mi madre evitó hablar de Agripina. Si se había enterado de su ataque a la Duquesa, no lo mencionó. Lola me regaló un monedero; «lo vi y pensé en ti», me dijo; no recordaba que nunca me hubiera regalado nada. De postre, mi madre había preparado un enorme flan casero; supuse que era su forma de decirme que ambas estaban preocupadas por mí.

Regresé a Santiago a última hora de la tarde. Mientras me alejaba de la estación de tren, pensé que no me apetecía encerrarme en casa. Quizá podría ir al cine.

Sonó el teléfono. Era Matías Hiebra. Descolgué.

—Hola, Asunta. Estoy en Santiago, ¿quieres tomar algo?

45

21 DE JULIO DE 2019

Matías

Matías está dentro de su coche con la radio puesta. Lleva ahí desde mediodía, aparcado en la acera de enfrente de la casa de Cruz Castro. Está lo bastante cerca como para controlar la entrada, pero no lo suficiente como para ser visto desde el interior de la vivienda. Tendrían que asomarse a una ventana y mirar en su dirección.

El plan es esperar a que Crucita salga de casa y abordarla, interrogarla. O a que sea su padre quien abandone el hogar y llamar entonces a la puerta. Necesita hablar con ella.

Tiene provisiones: un bocadillo de queso, una manzana, una bolsa con cerezas, un puñado de nueces, una botella de agua, otra vacía y dos paquetes de tabaco.

La casa de Antonio Castro está casi a las afueras del pueblo, es la penúltima de la calle, al borde de la carretera de Pontevedra. A su lado pasan muchos coches, camiones, pero apenas gente a pie. Un par de vecinos paseando al perro, poco más; a Matías le parece que no se ha fijado en él.

A eso de las seis de la tarde, le empieza a entrar el sueño. Desde la desaparición de Manuela, no es capaz de dormir más de cuatro horas seguidas. Sufre pesadillas en las que debe coger un autobús o un tren y lo pierde. O bien llega tarde o se equivoca de parada, se baja en la estación que no debe, en un territorio extraño, peligroso. Cuando despierta en la madrugada, esa angustia le acompaña aún unos minutos.

Sale del coche, estira las piernas, se da un par de bofetadas para espabilarse, se moja la nuca con agua.

Se abre la puerta de la casa.

Matías se arroja al interior de su vehículo.

Antonio Castro aparece, cierra con cuidado la puerta como si temiera que la casa fuera a caerse si da un portazo, mira a un lado y luego a otro, y luego se apresura hacia su coche aparcado en el camino de entrada. Su aspecto siempre impoluto pero antiguo, tiene algo de niño vestido para la foto de su primera comunión, el pelo mojado y con la raya a un lado, con esa americana azul marino cruzada y el pañuelito blanco asomando en el bolsillo.

Cruz, su hija, debe de seguir en la casa.

Antonio sube en el coche, tan pulcro y anticuado como él.

Hay algo en ese hombre que le inquieta. Hay algo en el padre de Cruz, en su actitud, que alerta las sospechas de Matías. ¿Adónde se dirige tan arreglado un domingo por la tarde y con esa prisa? Si fuera a misa no cogería el coche.

Matías decide cambiar de planes. No llamará a la puerta para interrogar a Cruz, seguirá a su padre en coche.

No será fácil, con la pierna vendada. Por fortuna es la izquierda, solo la necesita para cambiar de marcha.

Antonio arranca el coche y sale a la calle. Matías le imita.

Al llegar al cruce en el centro del pueblo, Antonio vira en dirección a Santiago.

La carretera es un vaivén de curvas, un río de asfalto que fluye entre bosques y colinas, campos con vacas y casas con depósito de agua.

Matías se mantiene cerca del coche de Antonio Castro; no demasiado, lo suficiente para evitar que se meta en un camino forestal y lo pierda. Tal vez tiene a Manuela secuestrada en los alrededores.

Corren los kilómetros. Se alejan de Calixe y se acercan a Santiago.

Al cabo de media hora, resulta evidente que el padre de Cruz no va a torcer su camino, va directo a la ciudad. Sin embargo, Matías se resiste a abandonar la persecución. Necesita algo a lo que agarrarse, una respuesta; aunque sea el eco de una respuesta.

Antonio Castro entra en un aparcamiento subterráneo del centro. Quizás ha quedado con alguien ahí, con un compinche. «No, has visto demasiadas películas, Matías.» ¿Por qué iba a quedar con alguien en un estacionamiento?

Antonio deja su coche y sale a la calle.

Matías lo sigue, cojeando, apoyándose con esfuerzo en una única muleta.

El padre de Cruz enfila una calle y luego gira hacia otra, a buen ritmo, sin dudar. No está paseando, sabe adónde va, se dirige a algún sitio. ¿Con quién habrá quedado? A Matías le cuesta seguirle el paso, le duele la pierna, le duele el brazo, está a punto de resbalar un par de veces, jadea.

Al cabo de unos minutos, Antonio entra en un local. ¿Se ha metido en una tienda? No, es domingo, las tiendas están cerradas. Matías apresura el paso. En ese momento ve el cartel con la palabra SAUNA y la bandera arcoíris.

Ese es el tibio secreto de Antonio.

Matías apoya la espalda contra una pared.

Descansa su frustración contra una pared.

Siente deseos de llorar, ahí, en plena calle. No lo hace. Respira hondo. Al final de esa acera hay una plaza, un bar con terraza. Se balancea hacia allí y se deja caer en una silla, derrotado.

A falta de respuestas, se tomará una copa.

46

21 DE JULIO DE 2019

Asunta

Cuando llegué al bar, Matías se mostró tan alegre como sorprendido de que me hubiera presentado. Ya no estaba tan tenso como dos días antes, en la terraza de La Imperial. Se había tomado una copa y quería una segunda ronda.

—¿Te apuntas? —me preguntó.

Pedí una cerveza.

Me contó que había seguido a Antonio Cruz y lo que había descubierto sobre él. Sonaba abatido. Su sobrina había desaparecido hacía ya ocho días y no había noticias de ella, ni una pista. La desesperación parecía ejercer un peso físico sobre él, arrellanado en la silla, con las piernas estiradas, la izquierda vendada por encima de la rodilla, la muleta sobre el regazo, como si fuera un remo.

Se encendió un cigarrillo y me miró un largo rato, los ojos, la boca, el cuello, los pechos; como si me estuviera memorizando para dibujarme luego. Juraría que me ruboricé.

—Matías, perdona que te lo pregunte, pero ¿por qué me has llamado?

Mi pregunta le cogió por sorpresa.

—No lo sé. Estaba en Santiago y recordé que vivías aquí. Y es que me sentí cómodo contigo el otro día. Noté que me entendías. No sé.

—Está bien. No tenía planes, simplemente, me...

—No tengo amigos en Galicia —me interrumpió—. Triste, ¿no?

—En realidad, yo tampoco, y eso que soy de aquí. Tenía antes, pero me marché a Madrid después de terminar la carrera y corté toda relación.

—Eso es porque Madrid es una amante celosa, necesita toda tu atención.

Me reí:

—¿Amante celosa? Ah, es verdad, que eres escritor.

Él también se rio e hizo un gesto mostrando las palmas de las manos a modo de disculpa. Vino el camarero con una nueva ronda.

—A veces me cruzo con alguna amistad del instituto y nos saludamos con un movimiento de cabeza. Eso es todo. Creo que mi mejor amiga es mi jefa del periódico, y eso que apenas sé nada de ella.

—Eh, que el que intenta dar pena aquí soy yo —bromeó.

Alcé la botella de cerveza a modo de brindis y los dos tomamos un trago de nuestras bebidas.

—¿Estás seguro de que puedes beber alcohol? Lo digo por lo de la pierna. ¿No estás tomando ningún medicamento?

—Eh, sí, supongo que no es buena idea. Pero ahora mismo no quiero pensar en ello.

No pensar. Me pareció un buen plan. Me terminé la cerveza y pedí una copa.

Matías se encendió otro cigarrillo. Volvía a fijar su mirada en mí. Su descaro me incomodaba y me halagaba al mismo tiempo.

—¿Sabes cómo me hice esto? —me preguntó señalando la pierna vendada.

—¿Un accidente?

Negó con la cabeza.

—Ya somos amigos, ¿no?

—Somos amigos —contesté.

—Entonces te puedo contar un secreto. Un secreto que no le he contado nunca a nadie.

—Adelante.

Antes de empezar, Matías se rascó la costra de una herida en forma de latigazo que tenía en el brazo izquierdo.

—Hace unos años trabajaba en una editorial, en Madrid. Hacía correcciones, escribía notas de prensa, dosieres, cosas así. Al cabo de unos meses entró una compañera nueva, Marta. Enseguida nos caímos bien, tonteamos y casi sin darnos cuenta empezamos a salir. A ella le gustaban mucho las novelas románticas. Su casa estaba llena de ellas, las devoraba. Para su cumpleaños le escribí una historia, corta, no más de cincuenta páginas, en la que imitaba el clásico esquema de la novela rosa. Ya sabes, una chica de buen corazón se enamora de un tipo rico y atractivo, comienzan una relación, pero la vida conspira contra ellos, rompen y, después de un tiempo, vuelven juntos y son felices para siempre. Pues bien, le encantó y a escondidas se la pasó a la editora, nuestra jefa. Esta me pidió que la alargara, quería publicarla. Lo hice y para mi sorpresa fue un éxito. Al poco tiempo estaba ganando suficiente dinero como para dedicarme a ello en exclusiva.

Matías hizo una pausa para tomar otro trago. Le imité.

—A Marta le salió un trabajo en Barcelona, donde vivía su hermana. Un empleo mejor pagado y con más posibilidades de ascenso. Decidimos que no queríamos separarnos y empezamos una relación a larga distancia. No nos veíamos todos los fines de semana, pero sí la mayoría. A veces ella venía a Madrid, otras yo iba a Barcelona. Además pasábamos juntos casi todas las vacaciones. Los últimos años, aquí en Galicia, en mi casa de Calixe. Así estuvimos casi nueve años. Yo quería niños, quería que viviéramos juntos, pero para ella las cosas ya estaban bien tal como estaban, los dos solos. Y yo lo acepté y dejé de insistirle.

Se encendió un nuevo cigarrillo. Fumaba como si pudiera saborear el humo.

—A principios de febrero, este año, un fin de semana que me tocaba a mí ir a Barcelona, me llamó y me dijo que no le venía bien. Que tenía mucha lectura de trabajo pendiente y que prefería que no fuera. No era raro que eso pasara y no le di importancia. Eso fue un jueves. El domingo recibí una llamada de su hermana, de la hermana de Marta: había muerto atropellada. La había arrollado un autobús en Londres.

Hizo una pausa.

—¿Y tú sabías que estaba en Londres?

—No. No tenía ni idea. En el funeral, su hermana me dijo que iba a menudo, desde hacía mucho tiempo, al menos una vez al mes. Nunca le dijo a quién iba a ver, si es que iba a ver a alguien. Sospechamos que sí, porque, de lo contrario, ¿por qué ocultarlo?

No supe qué decir.

—Estuvo casi nueve años conmigo y mantuvo una vida secreta. Ella, la romántica. Intenta ponerte en mi lugar. Por un lado, sentía la pena y el dolor de haber perdido a la mujer que quería. Por otro, me sentía engañado y rabioso al pensar que le había entregado mi vida a una extraña.

Empecé a sospechar hacia dónde iba la historia. Señalé su pierna.

—¿Me quieres decir que...? —pregunté a medias.

Matías me hizo un gesto para que tuviera paciencia. Intuí que necesitaba explicarse a sí mismo, decirlo en voz alta.

—Estaba tan enfadado con ella y conmigo mismo que decidí que tenía que empezar una nueva vida. Vendí mi piso de Madrid y me vine a vivir aquí. Siempre me ha gustado la tranquilidad y la forma de ser de la gente y dormir arropado en verano.

—Eso lo tenemos.

—Pero con el tiempo la rabia se fue desvaneciendo y quedó una especie de vacío... Una noche volvía de pasar el día en A Coruña, no sé, ni siquiera estaba triste, ni borracho. Simplemente, al tomar una curva, pensé qué pasaría si me dejaba ir, si salía de la carretera y me estrellaba contra un árbol. Y eso hice. Levanté las manos del volante y cerré los ojos. ¿Y sabes una cosa?

Negué con la cabeza.

—Durante unos pocos segundos, me sentí eufórico. Me gustó. El traqueteo del coche al abandonar la carretera, los saltos, ese vértigo. Luego choqué y me desperté en una ambulancia. Mi primer pensamiento en ese instante fue para Manuela. Había perdido a su padre, y yo había estado a punto de fallarle también.

Le cogí la mano. Mientras me había contado su historia, se había mostrado sereno. Pero en el momento que sintió mi contacto, sus ojos se empañaron. Se mordió el labio para sujetar las lágrimas.

No sé qué dirá eso de mí, pero confieso que me excité al instante.

Me entraron ganas de quitarle la ropa, de sentir su barba contra mis muslos.

—Si piensas que ahora voy a dejar que vuelvas a Calixe conduciendo borracho como estás, te equivocas. Esta noche te quedas a dormir en mi casa, ¿de acuerdo?

Me miró con un intento de sonrisa.

—Ahora somos amigos, ¿no? —añadí.

—¿Por qué haces esto?

—¿Qué quieres decir?

—¿Por qué te preocupas por mí?

—Voy a aprovecharme de un hombre borracho y triste, no creo que sea algo de lo que estar orgullosa.

—¿Vas a aprovecharte…?

Asentí y le cogí la mano.

—Venga. Vamos a casa. A los dos nos vendrá bien un poco de consuelo, ¿no te parece?

47

24 DE JULIO DE 2019

Manuela

Le ruge el estómago.

Anoche no le trajeron la cena y no apagaron la luz para que durmiera.

¿La están castigando por algo? Es imposible que se hayan olvidado de ella.

Por las mañanas, la despiertan con música clásica; sin embargo, hoy aún no ha sonado. Claro que no puede saber qué hora es. Tal vez es de madrugada.

Decide darse una ducha.

Hace la cama. Se sienta en ella, a esperar. En eso consiste su vida ahora, una espera infinita.

Sobre la mesa, un ejemplar de *Las meditaciones*, de Marco Aurelio, el libro que le trajeron hace un par de días junto con el desayuno. Manuela ya lo ha leído tres veces, por aburrimiento, pero también para entender a sus captores, saber qué esperan de ella. El libro está cuarteado, manoseado, sin subrayar. ¿Se lo dieron también a Crucita para que lo leyera durante los cuatro años que pasó ahí? Porque Manuela no tiene pruebas, pero tampoco alberga dudas: Crucita estuvo ahí encerrada, entre estas mismas cuatro paredes la doblegaron, la convirtieron en otra persona.

Echa de menos la televisión encendida. ¿Quién se lo hubiera dicho? Ver personas, escuchar voces.

Coge el libro y lo hojea. Algunas frases le saltan a la vista, citas tan directas y breves que parecen pensadas para ser publicadas en redes sociales. «La dulzura, cuando es sincera, es una fuerza invencible.» ¿Eso es lo que quieren de ella, una dulzura sincera? ¿Convertirla en invencible?

En algunas páginas, la tinta está un poco corrida, como si se hubiera mojado. ¿Lágrimas? ¿Sudor? Vuelve a encontrar otra frase que se le quedó grabada cuando la leyó la primera vez: «Lo que no es útil para la colmena no es útil para la abeja». Le dan ganas de gritar que en las colmenas hay clases sociales, no todas las abejas son iguales.

Necesita calmarse. Está tensa. ¿Cómo no estarlo? ¿Cómo no sentirse enfadada, alterada, pendenciera?

Cierra los ojos. Trata de concentrarse en su respiración. Aire que entra en sus pulmones, aire que sale...

No puede, no sabe concentrarse con tanto silencio.

Pasan las horas.

Tiene tanta hambre que se siente mareada.

¿Por qué no baja nadie, por qué tanto silencio?

¿Y si...?

No quiere ni pensarlo.

Se levanta. Bebe un trago de agua del grifo del lavabo. Le parece que el líquido baja por su cuerpo y cae en el estómago como una piedra en un estanque.

Vuelve a tumbarse en la cama.

¿Y si esa mujer se ha ido?

¿Y si ha tenido un accidente y ha muerto?

Manuela siente que el aire se estrecha sobre ella, que el aire se agota.

Si a la gente de arriba le pasara algo, no volvería a sentir la luz del sol ni a ver a ningún ser humano, moriría ahí de hambre, su cadáver se pudriría entre esas cuatro paredes, nadie la encontraría nunca, nunca, nunca.

Se ahoga.

Se pone en pie. Se tambalea hasta la puerta. La golpea con los puños, el metal apenas retumba, es grueso, es sólido, tiene que hacer más ruido.

Manuela grita.

—¡Por favor! ¡Estoy aquí! ¡Tengo hambre, por favor! ¡No me dejéis sola! ¡Por favor! ¡Lo siento!

—Si no me dices tu postre favorito, no podré preparártelo —suena la voz de la mujer desde los altavoces.

Manuela se deja caer al suelo, llora.

—Panacota —dice con un sollozo—. Mi postre favorito es la panacota.

—Mañana te lo preparo —dice la mujer—. Dentro de unos minutos te bajo la comida.

—Gracias —dice Manuela.

Aliviada y derrotada al mismo tiempo.

Porque ha intentado jugar a su manera y ha perdido.

Manuela sabe que ha perdido.

TERCERA PARTE

Lluvia de noviembre

48

31 DE OCTUBRE DE 2019

Juana

Una muchacha camina despacio por la cuneta de una carretera paralela al bosque.

No porta nada consigo, salvo unas zapatillas planas, un vestido camisero gris y una chaqueta amarilla, color que resalta aún más su palidez. Su cabello castaño brilla en dos largas y perfectas trenzas.

Está amaneciendo y la luz que se filtra entre los árboles parece hacerle daño en los ojos. Camina deprisa, respirando con esfuerzo. De vez en cuando mira hacia atrás, como si temiera que la observaran, que la estuvieran siguiendo, y tiembla un momento al imaginarlo.

Ha llovido por la noche y el asfalto brilla. Junto a ella pasa el autobús que viene de A Coruña y la muchacha siente ganas de correr tras el vehículo. No lo hace. No debe llamar más la atención.

Al doblar una curva, ve Calixe asomándose en la niebla, quieta como una postal.

Recuerda un atajo, un camino de tierra que pasa por detrás de un colegio, por el que encontraría antes la carretera de Lugo y así acortaría tiempo para llegar a su casa. Pero debe respetar las instrucciones que le han dado. Le han dicho que vaya directo al ayuntamiento de Calixe y que se presente: me llamo

Juana Subiela, tengo veintiún años y soy de la aldea de Santa Eulalia. El 15 de agosto de hace tres años fui secuestrada por los *mouros* y eso es lo mejor que me ha pasado nunca.

Sigue caminando hasta llegar a las primeras casas. Se da la vuelta. No, no cree que la estén siguiendo.

Las tiendas no están abiertas, tampoco los supermercados. Sí lo están los bares y una panadería. Juana huele el pan recién hecho y se asoma al local.

—*Bos días* —le dice la mujer detrás del mostrador.

A Juana le recuerda a su madre, baja estatura, rechoncha, el cabello sin teñir.

—¿Me da una de esas pastas, por favor? —dice Juana.

La mujer envuelve una palmera de chocolate en un papel beis y se la entrega.

—Un euro, bonita.

—Es que no tengo dinero.

—¿Cómo?

—Me llamo Juana Subiela, tengo veintiún años y soy de la aldea de Santa Eulalia…

Como si quisiera encogerse, recogerse en sí misma hasta desaparecer, se arrodilla en el suelo, abre la boca como si fuera a gritar y, en silencio, rompe a llorar.

49

1 DE NOVIEMBRE DE 2019

Asunta

El verano en Calixe, que había empezado con el regreso de Crucita, el asesinato de Silvina y la desaparición de Manuela, terminó sin más noticias. Y al llegar el otoño, siempre tan madrugador por estas tierras, la población pareció haber olvidado lo ocurrido.

No era de extrañar. Buena parte de sus habitantes viven del turismo, de los peregrinos que van a Santiago, y no quieren aparecer en la prensa si no es para presumir de fiestas medievales o anunciar ferias de ganado.

En las calles apenas se veían carteles con la cara de Manuela. Y aunque la Guardia Civil no daba por cerrado el caso, admitía no tener ninguna pista. Al menos eso le decían a Matías cada vez que llamaba para preguntar, que era a menudo.

Él había intentado investigar por su cuenta. Era su manera de combatir la frustración. La idea de que su sobrina estuviera bajo tierra durante cuatro años y apareciera después de ese tiempo convertida en otra persona le resultaba imposible de asimilar.

Su primer intento fue abordar a Crucita a la salida de su casa y preguntarle por los *mouros*. Ella le dio la callada por respuesta. «Si le pasa algo a mi sobrina, la culpa será tuya, y te juro que te lo haré pagar», le dijo, pero Crucita siguió su camino en silencio. Al día siguiente, Antonio Castro puso una demanda contra Matías, que fue amonestado verbalmente: si volvía a molestar a la chica, le pondrían una orden de alejamiento. No satisfecho con la resolución, Antonio decidió enviar a su hija a pasar una temporada a Zúrich, donde residía su hermana.

El siguiente paso de Matías fue acudir al ayuntamiento y pedir planos de todas las viviendas unifamiliares que no estuvieran en el centro de la ciudad. Lo miraron como si hubiera perdido el juicio. Podía solicitar información de una casa que estuviera en venta, le explicaron, pero no de todas las que se le antojaran. Además, aunque Calixe no está muy poblado —apenas llega a los ocho mil habitantes—, es un municipio muy extenso. Hay cientos de casas desperdigadas en aldeas, muchas de ellas construidas o reformadas por sus dueños, a las que hay que sumar granjas, terrenos de cultivo o de pasto, por no hablar de hectáreas y hectáreas de bosque. Y eso suponiendo que los secuestradores de Manuela vivieran en Calixe y no en un pueblo vecino.

Cada dos o tres noches, Matías venía a verme a Santiago o yo acudía a Calixe y me quedaba a dormir en su casa. No hablábamos demasiado. Sentía que mi presencia le calmaba de alguna manera. Quiero creer que le ayudaba a soportar la situación, a no hundirse. Por mi parte, estar con él hacía que me sintiera útil, más viva, más real, si es que eso tiene algún sentido.

No le conté mis sospechas sobre Braulio Braña. Eran solo eso, sospechas; si las compartía con él, sabía que solo conseguiría que se metiera en un lío por mi culpa. Quedé un par de veces con Aurelio Pontes, el guardia civil retirado, quien me dijo que fue a hablar con Vicente Braña, a su granja, con la excusa de comprar uno de sus caballos, y que no vio nada sospechoso en su actitud. Lo cual no borraba el hecho de que Braulio me había amenazado si volvía a acercarme a sus tierras. Seguía creyendo que el muchacho ocultaba algo, pero eso no significaba que fuera culpable del secuestro de Crucita. Ella era la única que podía sacarme de dudas, pero o bien sus raptores le habían lavado el cerebro tan a conciencia que jamás los delataría, o realmente nunca les había visto la cara.

Es decir, el caso estaba muerto.

Y entonces apareció Juana.

La mañana del 31 de octubre. Estaba claro que los *mouros* tenían debilidad por las fechas señaladas. A Crucita la habían liberado el día de San Juan; a Juana, la víspera de Todos los Santos.

La noticia me la dio Aurelio, me llamó desde el teléfono fijo de su casa:

—Ha aparecido otra —me dijo—. Otra chica pálida.

50

1 DE NOVIEMBRE DE 2019

Aurelio

Cuando llega a El Instituto, Asunța ya está ahí, esperándolo a su mesa, los dedos manchados de azúcar y los labios de chocolate caliente. Han quedado para desayunar y acudir juntos a la rueda de prensa.

Al verlo, la periodista suelta el churro, se limpia la boca con un manotazo de servilleta, se levanta y le da un abrazo. Una actitud de cariño que Asunta ha instaurado en sus últimos encuentros y que sigue dejando a Aurelio sin palabras.

—Disculpe que me haya adelantado, tenía hambre —se justifica ella.

Aurelio hace un gesto para quitarle importancia.

—¿Ha podido averiguar algo?

Aurelio asiente.

—Vengo del cuartel.

Asunta saca la grabadora del bolso. Le pide permiso con una mirada. Él se lo da de idéntica forma.

—Cuénteme lo que sepa de la chica —pide Asunta.

Aurelio saca un cuaderno y empieza a leer sus notas.

—Juana Subiela Gavín desapareció de su casa el 15 de agosto de 2016.

—La noche grande de las fiestas de San Roque.

—Eso es. Tenía entonces dieciocho años. Nacida en el seno

de una familia de severas convicciones católicas, Juana era la segunda de seis hermanos y vivía en Santa Eulalia.

—¿Dónde está eso? ¿Pertenece al municipio de Calixe?

—Sí, es una aldea que está en la frontera con la provincia de Lugo.

—Ok.

—Ese 15 de agosto, Juana Subiela acudió a las fiestas del pueblo y no volvió a dormir. Su madre, Carmiña Gavín, una viuda que regenta un bar de comidas, no denunció su desaparición porque no era la primera vez que Juana se marchaba de casa. Lo había hecho antes en otras dos ocasiones, y en ambas había regresado al cabo de menos de un mes. Al parecer, esa misma tarde, la señora Gavín había visto a su hija coqueteando con un joven peregrino francés, y supuso que se habría largado con él. Madre e hija mantenían una relación difícil, con constantes y furiosas riñas. Y Juana ya era mayor de edad, por lo que la señora Gavín consideró que no era necesario alertar a las autoridades de su fuga.

—¿En serio? ¿Su hija desaparece, no da señales de vida durante semanas y se queda tan tranquila?

—Por lo visto, cuando algún vecino le preguntaba por ella, decía que se había quitado un peso de encima, que Juana era una manzana podrida que amenazaba con echar a perder a sus hermanos.

—Cada familia desgraciada lo es a su manera, ¿no? En fin, ¿qué más tiene?

—Al igual que Crucita hace cuatro meses, Juana también llegó a Calixe andando por la carretera. Pero Crucita lo hizo por la carretera de Pontevedra y Juana por la de A Coruña.

—Los *mouros* juegan al despiste. Por cierto, ¿por qué cree que la han soltado ahora?

—¿Por qué? Vaya usted a saber. Quizá porque creen que ya está «salvada». O porque viendo el eco mediático que consiguieron con Cruz, quieren volver a acaparar titulares.

—Yo creo que la fecha es importante. A Crucita la soltaron el día de San Juan y a Juana ayer, víspera de Todos los Santos.

—No la sigo.

—Ambas fechas eran fiestas de origen pagano. Días importantes para los celtas.

—Tiene razón, lo leí en alguna parte.

—Tal vez los *mouros* quieren reforzar su carácter mítico. Puede ser una forma de conseguir la lealtad de las chicas, hacerles creer que realmente son seres mágicos.

—O despertar aún más interés en los medios y las redes sociales.

—También. Se lo preguntaré hoy a Juana. ¿Usted ya la ha visto?

—¿No se lo he dicho? Ella no dará la rueda de prensa. Juana sufrió un ataque de ansiedad, ayer se derrumbó en el suelo de una panadería nada más llegar al pueblo. Su hermano mayor va a leer un comunicado en su nombre.

—¿Está ingresada?

—No. Por lo visto se negó a ir al centro de salud.

—Tengo que conseguir que me conceda una entrevista. Quiero preguntarle directamente por Manuela. A ver cómo reacciona.

51

1 DE NOVIEMBRE DE 2019

Asunta

Apenas se podía entrar en el salón de actos del ayuntamiento de Calixe. Había más periodistas, más cámaras y más micrófonos que en la comparecencia de Crucita, cuatro meses antes. Tanta era la expectación que solo permitían la entrada con carné de prensa. Matías y Aurelio se quedaron en la puerta; el primero con expresión de querer derribarla, el segundo con la mirada del que descubre que no le han invitado a la fiesta del año. Prometí contarles todo y los abandoné sin remordimientos bajo la lluvia.

La alcaldesa, peinada y maquillada como si fuera a salir en la portada de una revista de moda, nos miraba a todos con satisfacción. Sentado a su lado, en el centro de la mesa, se aclaraba la garganta un muchacho serio, de tez rubicunda, con el cabello castaño corto peinado con la raya a un lado, veintipocos años y una camisa de cuadros abotonada hasta arriba. Tal como supuse, era Pablo Subiela, el hermano de Juana. No parecía que le acompañaran más familiares.

Pablo tenía la mirada fija en un papel que sujetaba en las manos, como si temiera que fuera a desaparecer si no le prestaba suficiente atención. Busqué un hueco en la mesa frente a él y dejé mi grabadora. Me miró un segundo y le sonreí. Quería que se quedara con mi cara, si es que no me había reconocido.

En lugar de sentarme, me quedé de pie cerca de la mesa, apoyada en una pared.

La alcaldesa pidió silencio. Los periodistas, cosa rara, obedecieron. Se respiraba expectación en la sala.

Pablo se acercó el micrófono. Nos lanzó una mirada en forma de ráfaga a los allí reunidos y, sin saludar, comenzó a hablar.

—Estas no son mis palabras. Voy a leer una declaración de mi hermana...

Cogió el papel que estaba escrito a mano y empezó a leer:

—El 15 de agosto de hace tres años me secuestraron los *mouros*...

Al escuchar esa palabra, muchos de los presentes soltaron un murmullo casi alegre, otros chasquearon la lengua, complacidos; sabían que ahí estaba la noticia que justificaba su semana.

Pablo levantó la cabeza. Toda su cara enrojeció.

Se aclaró la garganta y continuó:

—Estos tres años ellos han cuidado de mí, no me han tocado un pelo y me han hecho entender mis errores. Yo antes era egoísta, vanidosa, superficial y desperdiciaba mi vida en el alcohol y el sexo. No tenía valores ni propósitos. Estaba muy perdida. Ahora mi vida tiene sentido, soy mejor persona, más educada y sencilla...

Su discurso era muy parecido al de Crucita. Incluso empleaba las mismas palabras: «vanidosa», «superficial», «perdida», «falta de valores y propósitos».

Pablo levantó la cabeza del papel como si hubiera terminado. Se alzaron algunas manos, varios periodistas dijeron su nombre para reclamar su atención.

—Durante estos tres años nunca vi a los *mouros* —prosiguió él—. Lo juro. No sé cómo son ni dónde están. Solo sé que me trataron con respeto y que me enseñaron un camino de vida. Ellos creen que nuestra sociedad debería hacer un cambio, renunciar a lo tecnológico y volver a los viejos valores. Y eso es todo lo que tengo que decir. Por favor, respeten mi deseo de no hacer más declaraciones. Gracias. Firmado, Juana Subiela Gavín.

Pablo dobló el papel y se lo guardó en un bolsillo de la recia cazadora que colgaba detrás de su silla al tiempo que se ponía en pie.

Mis compañeros empezaron a gritar preguntas, un bullicio en el que escuché algunas que yo también llevaba apuntadas en mi libreta de notas: ¿qué pensaba hacer ahora Juana? ¿Había compartido celda con Manuela? ¿Qué había hecho bajo tierra todos esos años? ¿Le habían obligado los *mouros* a decir ese discurso?

El muchacho parecía decidido a salir de ahí cuanto antes. No podía dejar que se me escapara, tenía que hacer algo. Me acerqué y, sin decirle palabra, me coloqué de espaldas a él y comencé a abrirle camino entre un bosque de brazos, cámaras y móviles, tal como había visto que hacían los guardaespaldas en las películas.

Al principio mi actitud sorprendió a mis colegas de profesión, que me dejaron pasar. Al cabo de unos segundos, alguno me empujó con el cuerpo, dispuesto a hacer llegar su micrófono junto al hermano mayor de Juana; no me importó, ya estábamos muy cerca de la puerta. La abrí y le animé a que saliera.

—¡Vamos! —le urgí.

Él pasó junto a mí y me dio las gracias con seriedad.

Aproveché para pasarle una tarjeta con mis datos, que vi cómo guardaba en el bolsillo de su camisa.

—Solo una pregunta, por favor —le dije—. ¿Cómo se encuentra tu hermana de salud?

Pablo se encogió de hombros sin dejar de andar por el pasillo en busca de la calle.

—Mañana la llevamos a Santiago a que la mire un médico.

—¿A Santiago? ¿Por qué no va al centro de salud de aquí?

—No sé. Dice que odia a los médicos que trabajan ahí.

52

2 DE NOVIEMBRE DE 2019

Juana

No se acostumbra a la luz de la mañana. Tan intensa.

Ni a los olores, tan cambiantes, efímeros. Ni al ruido.

Tumbada en la cama, junto a la ventana, Juana escucha los pájaros, los coches que pasan por la carretera, el bullicio que arma su madre abajo, en el bar, encendiendo la cafetera y limpiando antes de abrir. Ayer la mujer no daba abasto por el continuo trajín de periodistas y curiosos que entraban a tomar algo y a preguntar por ella, la chica pálida que había regresado, para ver si podían verla.

Juana se quedó todo el día arriba, donde está ahora, sin asomarse siquiera a la ventana.

Esta era su habitación.

Ahora tiene que compartirla con sus dos hermanas adolescentes, que aún duermen como si el mundo fuera un lugar seguro. Anoche, Tina y Judit pasaban en segundos de enseñarle en sus móviles vídeos que les resultaban graciosos a observarla como si tuviera una enfermedad mortal y contagiosa. Juana no sabe cómo tratar con ellas, no sabe qué decirles. Siente que falta algo en su interior, no sabe el qué, pero algo importante. Una ausencia que le roba el aire si piensa en ello.

Le gustaría pasar el día en la cama. ¿Le dejaría su madre quedarse en la cama una semana?

Hoy tienen que ir a Santiago, su hermano Pablo la llevará al médico para que le haga un reconocimiento completo. ¿Y si encuentran que está incompleta? ¿Lo que le falta es algo físico o es más profundo?

Juana se cubre la cabeza con las mantas. Cuando estaba encerrada bajo tierra, en su pequeño cuarto sin luz natural, hacía eso mismo, se cubría por completo en la cama y trataba de imaginar cómo sería estar de vuelta en su casa, de vuelta al mundo, y lloraba de tanta nostalgia, al recordar todo lo que había dado por sentado.

Ahora, Juana se cubre con las mantas y se imagina cómo sería volver a su cuarto subterráneo, estar otra vez sola, sin ruido, sin gente que la mire como si fuera un bicho raro y se compadezca de ella. Allí podía quedarse el día entero en la cama y nadie la juzgaba.

Juana se tapa la boca con ambas manos. Que sus hermanas no la oigan llorar.

53

3 DE NOVIEMBRE DE 2019

Asunta

Después de la lectura del comunicado de su hermana por parte de Pablo Subiela, me reuní en El Instituto con Matías y Aurelio y les dejé escuchar la grabación de la lectura del comunicado.

Luego les di mis impresiones. Pero no les conté todo.

No les repetí esa última frase que el muchacho me había dicho cuando se iba: que su hermana Juana odiaba a los médicos del Centro de Salud de Calixe.

¿Odiaba? Parecía un verbo demasiado fuerte. ¿O tal vez era una exageración, una forma de hablar? Y si no lo era, ¿odiaba a todos los médicos del centro o solo a uno? Durante el siguiente día no pude dejar de dar vueltas a varias preguntas: ¿por qué Juana habría de odiar a unos médicos a los que hacía al menos tres años que no veía? Pero, sobre todo, ¿tenía alguno de ellos algo que ver con su desaparición? Sin duda, existía un punto en común ahí con Crucita: al ser el único hospital en muchos kilómetros a la redonda, seguro que las dos habían acudido alguna vez.

Al volver a casa, entré en la página web del Centro de Salud de Calixe. En la página del personal constaba que ejercían cinco doctores: tres de medicina general, una odontóloga y un pediatra. Apunté sus nombres y los rastreé en redes sociales.

Enseguida descubrí que la doctora Suárez, la odontóloga, apenas llevaba un año en su puesto. Descartada de la lista.

El siguiente nombre era Dante Torres, el pediatra. Según sus perfiles sociales era argentino, soltero, le gustaba el senderismo y tenía treinta y nueve años, de los cuales llevaba cinco en Calixe, por lo que perfectamente podía haber conocido a ambas, a Crucita y a Juana. Aunque, siendo pediatra, no habrían acudido a su consulta. Miré su foto. Moreno, con gafas, sonrisa amable. ¿Cómo era la sonrisa de un secuestrador? Seguramente inofensiva. Fuera quien fuese, no tendría una cicatriz cruzándole la cara ni un parche en un ojo ni miraría a las jovencitas relamiéndose. Debía de ser alguien que no levantara sospechas. Sin embargo, había algo en el doctor Torres que no encajaba con el perfil del raptor que me había montado en mi cabeza. Su nacionalidad. ¿Alguien que no fuera de la zona conocería la leyenda de los *mouros*? Tal vez sí. ¿Por qué no? Quizás era una forma inteligente de despistar. En cualquier caso, no podía tachar su nombre de la lista. Debía investigarlo.

Los dos siguientes nombres que busqué no existían en redes, no había rastro de ellos. Una era la doctora Míriam Sastre. El otro, el doctor Carlos Furelos, al que apodaban el Ruso y al que yo ya conocía. Los dos ejercían medicina general.

El último de la lista sí aparecía en internet. Se trataba de Eduardo Monzón, nacido en Burgos hacía cuarenta y tres años. Aparecía en varias fotos acompañado de una mujer rubia muy maquillada y un par de niños pequeños. Bañándose en una playa de Ibiza, en Egipto junto a la Gran Pirámide, frente a la Torre Eiffel. No encontré por ninguna parte desde cuándo ejercía en Calixe.

Pensé que la persona que había retenido a Crucita durante cuatro años no habría podido tomar vacaciones durante ese tiempo. A no ser que tuviera un socio, claro. Cuantas más preguntas me hacía, más dudas me asaltaban.

Cogí el teléfono y llamé al centro de salud. Al cabo de un par de tonos, me contestó una voz femenina, joven y cantarina.

—Hola, soy Laura Vila, periodista de *La Voz de Galicia* —mentí—. Solo la molestaré un *momentiño*. Estoy escribiendo un artículo sobre Juana Subiela Gavín, ¿me podría mirar quién era su médico de cabecera?

—¿Su médico?

—Sí, antes de que la secuestraran. Guardarán un registro, ¿verdad? Tengo tres nombres, pero no sé cuál de ellos es: Eduardo Monzón, Carlos Furelos o Míriam Sastre.

—El doctor Monzón seguro que no, porque se ha incorporado este año —me dijo.

—De acuerdo, lo tacho de mi lista —le dije, y eso es justo lo que hice.

—Pero es que… Me dice mi compañera que no se lo puedo decir. Por la ley de protección de datos.

No insistí. Le di las gracias y colgué.

De los cinco médicos, me quedaban tres sospechosos: Furelos, Sastre y Torres.

54

4 DE NOVIEMBRE DE 2019

Juana

Juana prefiere trabajar en la cocina. Dos puertas la separan del bar y el gran ventanal da a la parte trasera de la casa, lejos de miradas curiosas.

Su madre la tiene pelando patatas, batiendo huevos, troceando verduras, poniendo agua a hervir, disponiendo el marisco en la plancha, fregando cacharros. El tiempo pasa más rápido ahí.

Su hermano Pablo entra y sale en busca de los platos que luego sirve. Él es el único miembro de la familia que no le ha preguntado nada de su secuestro, del tiempo de su cautiverio. Cuando ella le habla, él baja la cabeza, evitando su mirada. No le ha preguntado nada, pero la juzga. Juana siente que la acusa de algo y no sabe de qué y no se atreve a preguntarle.

Antes no se llevaban bien, se peleaban a menudo, y eso era mucho mejor que la nula relación que tienen ahora.

Juana se seca las manos en un trapo. El agua caliente le está cortando la piel, enrojecida y tierna. Hunde las uñas de una mano en los nudillos de la otra hasta que comienza a sangrar. Eso le hace sentirse bien.

Se da la vuelta y al mirar por la ventana la ve, a lo lejos, entre los árboles.

Lleva un vestido parecido al suyo.

Es Crucita.

Y la está observando.

Juana se acerca a la ventana.

No sabe qué hacer. ¿Debería saludarla?

En ese momento, Crucita se lleva un dedo a los labios, el gesto de guardar silencio.

Juana aprieta los puños.

Pablo entra en la cocina portando una bandeja con tazas y vasos sucios.

Cuando Juana vuelve a mirar por la ventana, Crucita ya no está.

55

4 DE NOVIEMBRE DE 2019

Asunta

—¿Qué puede contarme de los doctores Carlos Furelos, Dante Torres y Míriam Sastre?

Aurelio levantó la cabeza del tablero de ajedrez y pestañeó varias veces como si le hubiera despertado de un plácido sueño.

—¿De los doctores…? ¿Qué ha pasado?

Me senté frente a él.

—¿Alguno de ellos fue investigado cuando desapareció Crucita?

—Eh… No. Nada apuntó hacia ninguno de ellos. ¿La doctora Sastre? ¿Qué ha averiguado?

—Nada. Realmente nada. Es solo un camino que estoy explorando.

Aurelio me miró como a veces lo hacía mi padre, preguntándose qué demonios estaba ocultando.

—Señorita, si ha descubierto algún indicio de crimen, su deber es comunicárselo a las autoridades.

—Lo sé, lo sé, pero le doy mi palabra de que no he descubierto nada aún. Solo es que el centro de salud es un punto en común con las dos chicas.

Aurelio me observó buscando la verdad en mi mirada.

—¿Conoce a esos tres doctores? —insistí—. ¿Qué me puede contar de ellos?

Se aclaró la garganta como si eso le ayudara a ordenar sus ideas.

—La doctora Míriam Sastre es de Ourense, pero lleva en Calixe al menos treinta años. Todo el mundo la conoce. Debe de rondar los sesenta y pocos y está casada con un paisano de aquí, Gregorio, vendedor de fincas, ya jubilado. Tiene un par de hijas y creo que tres o cuatro nietos.

Mientras hablaba, yo apuntaba los datos en mi libreta.

—¿Vive en el pueblo o tiene una casa en las afueras? —pregunté.

—Vive en el casco antiguo. Desconozco si tiene alguna casa fuera de Calixe.

—¿Y alguno de los otros dos doctores, Furelos y Torres, sabe si tienen vivienda o un terreno en las afueras?

—Del doctor Torres no sé nada, salvo que es pediatra, argentino y que lleva poco tiempo en Calixe. Unos cuatro años, creo.

—Cinco años. ¿Está casado?

—No sabría decirle.

—De acuerdo. ¿Y el doctor Furelos?

—Él sí tiene una casa en las afueras. Una vieja granja familiar.

—¿Sí?

—Pero ya no tienen animales.

—¿Sabe dónde está?

—¿La casa? Saliendo de Calixe por la carretera de Pontevedra, a los tres o cuatro kilómetros hay un desvío a la izquierda que se adentra en el bosque. Su casa está por ahí. Debe de pertenecer a la aldea de San Martiño.

—¿Y vive solo con su mujer o tiene más familia?

—Tienen un crío de pocos años. Su mujer es rumana, por eso le llaman el Ruso.

Mientras apuntaba esas últimas palabras en mi libreta, algún resorte se accionó en mi memoria y me pareció recordar una frase que le había escuchado a Crucita.

—¿Los ha escuchado hablar entre ellos? —le pregunté a Aurelio.

—¿A los doctores?

—No, no. Al doctor Furelos y a su mujer. ¿En qué idioma hablan entre ellos? ¿Hablan rumano, gallego o español?

Aurelio se pasó las dos manos por la frente, arriba y abajo, como si masajeara su memoria.

—Pues ahora que lo dice, sí les he escuchado hablar entre ellos. Una vez. Hablan alemán. Se conocieron en Austria.

Sentí vértigo.

Un ligero mareo.

—Me tengo que ir —dije—. Por favor, ¿puede investigar dónde vive el doctor Dante Torres y llamarme cuando lo sepa? Necesito descartarlo cuanto antes.

—¿Descartarlo? ¿De qué…? De acuerdo, lo investigaré. Pero prométame que no va a meterse en líos.

Le di un abrazo y me fui sin prometerle nada.

56

4 DE NOVIEMBRE DE 2019

Manuela

Ha perdido la cuenta de los días. Al principio creyó que podría recordar la fecha sin problema, pero se equivocaba.

Todos los días se parecen. Su vida es una repetición casi perfecta, apenas diferenciada por la comida. ¿Le dan arroz los lunes o los viernes? ¿Qué comió ayer?

Escucha pasos en la escalera de madera. Se pone en pie, pero no se acerca a la puerta. No le dan la comida si está demasiado cerca.

Además de los pasos, cree oír una voz. Una voz aguda.

No, es un gemido.

El cajón de la puerta se abre y aparece la bandeja con la comida y un coqueto cesto de mimbre.

Un nuevo gemido. Procede del cesto.

Manuela no se atreve a acercarse.

¿Es un maullido?

Manuela da dos pasos hacia la puerta.

Sí, es un maullido. Dentro de la cesta hay un pequeño gato atigrado.

Le han entregado un gatito.

57

4 de noviembre de 2019

Asunta

Salí de El Instituto y caminé con prisa hasta una plaza cercana. Me senté en un banco, cogí el teléfono y entré en la página de *El Eco Norteño*. Accedí a mi entrevista con Crucita.

No tardé en encontrar la parte que buscaba. Era tal como la recordaba. Respiré hondo. Quizá no significaba nada, pero debía tirar de ese hilo.

Sabía que Crucita había regresado a Calixe a finales de agosto o principios de septiembre, aunque ni la había visto ni había hablado con ella.

Busqué su nombre en el móvil, marqué y deseé con todas mis fuerzas que respondiera.

Un tono, dos tonos, tres tonos, cuatro...

—Hola, periodista.

—Hola, Crucita, ¿qué tal estás?

—Vaya, ahora ya me crees, ¿no?

—Cruz, yo nunca dudé que te hubieran secuestrado.

—Pero no creíste lo de los *mouros*. Y ahora que ha vuelto esa chica contando lo mismo...

—Es por eso por lo que te llamo, para pedirte disculpas.

—Bien.

—Y porque tengo una última duda y necesito tu ayuda.

Hubo un silencio al otro lado.

—Es importante, Cruz.

Las dos aguantamos un par de segundos sin abrir boca.

—A ver, dime.

—Cuando te entrevisté, te pregunté en qué idioma hablan los *mouros*. Y tú me respondiste: «A mí me hablaban en español».

—Sí. Eso es.

—A ti te hablaban en español, vale. Pero ¿en qué idioma hablaban entre ellos?

Un nuevo silencio.

—En ese momento no me di cuenta, pero por tu respuesta se podría entender que entre ellos hablaban otro idioma. ¿Qué idioma hablaban, Crucita? ¿Hablaban alemán?

Esta última pregunta quedó en el aire.

Crucita había colgado.

58

4 de noviembre de 2019

Aurelio

Es domingo. La plaza de San Roque está delineada por los puestos del mercadillo. Ropa, calzado, comida, chucherías e incluso juguetes.

Aurelio cambia de acera para evitar las aglomeraciones. Se dirige a buen paso hacia el centro de salud. Se pregunta qué personal estará de guardia.

Al llegar, en la sala hay un anciano adormilado en una esquina. Más allá, una madre con un crío que se sujeta el brazo con expresión ausente.

—Don Aurelio, ¿todo bien? —le pregunta la enfermera desde detrás del mostrador.

La conoce. No se acuerda de su nombre, pero la conoce. Es una muchacha joven y alta, de mejillas coloradas, pelo alborotado y hombros anchos. ¿La hija de Maruxa López?

—Hola, ¿qué tal tu madre? —arriesga Aurelio.

—Bien, muy bien. ¿Y usted?

—Yo, bien también… Bueno, me he mareado un poco esta mañana y me preguntaba si me podrían mirar la tensión y eso.

—Claro. Espere ahí —dice señalando la sala.

—¿Quién hay de guardia?

—El doctor Torres.

—El argentino.

La enfermera asiente.

—Se ha adaptado bien a la comarca, ¿verdad? —le pregunta a la enfermera.

—Sí, creo que sí. Aunque dicen que pronto va a mudarse a Lugo.

—¿Y eso?

—Parece que se echó novia allí.

—Lástima. La gente está contenta con él… Oye, ya que estamos, ¿me podrías hacer un favor?

—Si está en mi mano.

—¿Qué doctor le ha hecho el chequeo médico a Juana Subiela?

La muchacha teclea en el ordenador.

—Aquí no la ha visitado nadie desde 2016.

Aurelio cabecea tratando de disimular su sorpresa.

—¿Quién era su médico de cabecera por entonces?

La enfermera mira la pantalla.

—El doctor Furelos.

—Ah, ¿el doctor Furelos? Menudo disgusto llevará encima, él también era el médico de familia de Cruz Castro.

—¿Sí? No lo sabía.

—Sí. Vamos, juraría que sí. ¿Lo puedes comprobar?

La enfermera duda.

—*Muller*, me estarías haciendo un favor. Ayer estuve revisando mis papeles del caso y resulta que ese dato olvidé apuntarlo. Y como me lo pidan voy a quedar fatal. ¿Me guardarás el secreto?

La muchacha sonríe. Teclea en el ordenador.

—Sí. El doctor Furelos era el médico de familia de Crucita.

—¿Y puedes mirarme cuándo fue su última visita con él? No de ahora, de antes del secuestro.

La enfermera clica con el ratón.

—El 22 de junio de 2015… Fue poco antes de su desaparición, ¿verdad?

—El día anterior —contesta Aurelio—. Justo el día anterior.

59

5 DE NOVIEMBRE DE 2019

Asunta

Me desperté en casa de Matías. Eran casi las nueve de la mañana, pero tenía la sensación de apenas haber dormido. Me había olvidado en Santiago los auriculares y el viejo MP3 cargado de *podcasts* que me pongo para poder conciliar el sueño. Es el truco que empleo para engañar al *tinnitus*, ese molesto pitido que escucho siempre pero especialmente de noche, cuando el silencio reina y es imposible ignorarlo.

Estaba sola en la cama. Imaginé que Matías ya estaría en el piso de abajo, escribiendo. Su editora le presionaba para que entregara un nuevo libro y, al parecer, mi compañía le había inspirado para crear a la protagonista de una de sus novelas románticas; o eso me había contado.

Me duché, me vestí y, cuando bajé, encontré la mesa puesta. Café, zumo de naranja, tostadas, mermelada de fresa, mantequilla y queso.

—Te he estado esperando para desayunar —me dijo Matías como esperando un premio.

—Gracias. ¿Qué tal tu novela?

—Voy avanzando. Lento pero seguro. ¿Y tú? ¿Tienes que volver a Santiago?

—Eso te iba a decir. ¿Te importa si me quedo hoy? He escrito a la Duquesa y no tiene ningún encargo para mí. Y como hace un tiempo estupendo, he pensado en retrasar mi vuelta uno o dos días.

—¿Hace un tiempo estupendo?

—Bueno, está nublado pero no llueve. Eso aquí es un tiempo estupendo.

Rio. No era habitual verlo reír.

—Claro, quédate lo que quieras. Yo planeo escribir hasta las doce o la una, pero luego estoy libre.

—Genial. ¿Me podrías dejar la bici? Luego quiero darme un paseo y bajar este banquete —dije señalando la mesa.

Después de desayunar cogí la bicicleta de montaña de Matías y enfilé la carretera de Pontevedra. Llevaba abierta una aplicación del móvil para ver cuánta distancia me alejaba de Calixe. Cuando llevaba poco más de tres kilómetros, encontré un desvío a la izquierda, tal como me había dicho Aurelio. Era un camino asfaltado con apenas la anchura suficiente para un coche. Me pregunté qué pasaría cuando se encontraran dos de frente. Me detuve y consulté el mapa de la aplicación: en esa dirección había dos aldeas, y una era San Martiño. Incapaz de subir la cuesta con la bicicleta, me bajé y eché a caminar.

Después de una curva, ya no se oían los coches de la carretera de Pontevedra. Me encontraba rodeada de bosque. Un paisaje que con los colores del otoño reventaba de belleza. Una explosión rojiza y amarilla y castaña. El aire olía a eucalipto, a tierra húmeda, a madera, a musgo, a vaca, todo al mismo tiempo.

Al llegar a un prado, dos perros corrieron ladrando hacia mí. Me asusté y me aparté de la valla de madera. A lo lejos, una antigua casa de piedra y un depósito de agua. ¿Sería esa la vivienda del doctor Furelos? No vi ningún buzón ni nombre alguno que indicara de quién era la propiedad. Saqué mi móvil e hice una foto mientras los animales me gruñían.

El terreno era más llano ahí. Monté en la bicicleta y pedaleé despacio. A cada rato, a un lado u otro del camino asfaltado que culebreaba, aparecían pequeños prados sin cultivar, limpios de árboles, destinados para que paciese el ganado. Y de vez en cuando, aparecía un sendero de tierra que se hundía en la oscuridad rojiza del bosque. En algunos había huellas de vehículos en el barro. ¿Conducirían a alguna vivienda, a terrenos de caza, a otras aldeas?

Llegué a un pequeño grupo de casas que rodeaban una ermita, San Martiño. Más perros ladrando, gallinas cruzando la carretera sin ningún temor, mugidos de vacas y una anciana con la cabeza cubierta con un pañuelo, sentada junto a una puerta, me observaba sin dejar de hacer punto. Dudé si preguntarle si sabía dónde estaba la casa del doctor Furelos. Decidí que no era buena idea. No quería que nadie le fuera al Ruso con el cuento de que una forastera andaba preguntando por su dirección.

Le eché un vistazo a la aplicación. Estaba a casi seis kilómetros de Calixe. ¿Debía regresar o seguir?

Sería absurdo haber llegado hasta ahí y no continuar investigando. Seguí.

Por el camino encontré tres casas más.

La primera parecía una antigua granja, como se suponía que debía ser la del doctor Furelos, pero en el porche un hombre joven arreglaba un tractor.

La segunda tenía un buzón rojo con el apellido VELIÑOS escrito.

La tercera parecía abandonada, mordida por la floresta y el tiempo.

Al cabo de unos cinco minutos más de paisaje inacabable, pasé junto a un terreno vallado en cuyo centro había un buzón color ámbar. A unos sesenta o setenta metros se camuflaba una casa grande pintada de verde oscuro, con un bonito tejado de pizarra. Cerca de la vivienda, asomaban un par de cobertizos. Al otro lado, unas sábanas blancas se hinchaban como velas en el tendedero. Y ya no se veía más. El terreno parecía profundizar en el bosque.

Me bajé de la bicicleta y miré los nombres en el buzón: CARLOS FURELOS FISTEOS y NICOLETA BARBU.

Por un momento me quedé paralizada. Todo mi plan consistía en buscar la casa, no había pensado qué hacer cuando la encontrara.

Saqué el móvil e hice un par de fotos. ¿Podía ser que Manuela estuviera retenida ahí? Un lugar tan aislado era perfecto para retener a alguien. Claro que eso no suponía ninguna prueba, necesitaba algo más que un escenario idóneo para acudir a las autoridades. Si conseguía entrar en la casa, podría hacerme una idea del espacio, ver si disponían de sótano, incluso la decoración podía ser una pista. Pero, sobre todo, necesitaba ver la cara de la mujer de Furelos, comprobar su reacción. Si se alteraba con mi presencia, si se delataba con algún gesto. Porque daba por sentado que, si Furelos había secuestrado a las chicas, era con la complicidad de su esposa.

Pensé que podría acercarme a la casa y contar que estaba mareada, que no estaba acostumbrada a pedalear, y pedir un vaso de agua.

Me imaginé un posible diálogo con esa mujer, como si fuera una entrevista. Lo repetí un par de veces en mi cabeza. Me sonaba creíble.

No vi ningún perro amenazante por los alrededores, eso me tranquilizó. Me disponía a abrir la cancela cuando vi una figura que salía de un lateral de la casa.

Mi reacción fue agacharme, tan rápido que casi me tiré la bicicleta encima.

Espié por los huecos del vallado.

Era una mujer morena, el cabello recogido, delgada, llevaba un vestido amarillo, largo y suelto, y lo que parecía una gruesa chaqueta de lana color melocotón. Nicoleta empezó a recoger la ropa tendida.

Por suerte no miró en mi dirección, porque estoy segura de que me habría visto. Me sentí ridícula, así arrodillada en la cuneta. De nuevo, no sabía cómo actuar.

Y entonces lo vi.

Un niño apareció en el porche de la casa. Debía de tener unos tres o cuatro años. Llevaba un peto azul marino y su cabello era de un rubio nórdico. El pequeño sí me vio. Me vio y juraría que me sonrió.

Casi me caigo de espaldas.

Me subí en la bicicleta y me alejé en dirección contraria sin mirar atrás.

Me urgía hacer una llamada.

60

5 de noviembre de 2019

Crucita

Se despierta siempre al amanecer, sin necesidad de despertador. Es como si la claridad de los primeros rayos de sol la sacudiera de la cama.

Se viste, se calza, coge el papel y lo dobla cuatro veces. Luego lo aprieta en su puño cerrado. Lo escribió anoche, en mayúsculas para que nadie pueda reconocer su letra.

Al salir de su habitación, se cruza con su padre, a punto de entrar en el baño.

—¿Adónde vas tan pronto, mujer? —le pregunta.

—A dar un paseo.

—¿Sin desayunar? Espera, te preparo un bocadillo y…

—Ya desayunaré luego.

Baja las escaleras y sale a la calle. Le gusta sentir el frío de la mañana, subirse el cuello del abrigo y caminar cortando el aire.

Evita las calles principales, no hay que llamar la atención. Dando un rodeo, al cabo de unos diez minutos llega al centro de salud. En la puerta, una enfermera habla por el móvil. Crucita da la vuelta al edificio. En la parte de atrás, donde aparcan los médicos, ese es el lugar.

Se asegura de que nadie la vea. Camina hasta la pared de ladrillo y encuentra el hueco. Introduce el papel doblado con el mensaje escrito.

Baja la vista y ve una colilla. ¿Será de él? Se agacha y la recoge. Sí, es la marca que él fuma. Se la lleva a la boca y simula que da una calada. Luego la tira.

Ya puede volver a su casa. Ha cumplido con su deber, con su camino. Está segura de que ellos estarán orgullosos de ella.

61

5 DE NOVIEMBRE DE 2019

Asunta

Pedaleé con ganas. Pedaleé sin ser realmente consciente del esfuerzo físico. Mi mente estaba encajando piezas, elaborando una teoría.

Sí, tenía sentido.

Sí, seguro que así se habían desarrollado los hechos.

¿Había resuelto el misterio?

Necesitaba hablar con Dulce Gómez, la antigua amiga de Crucita, su compañera de correrías, su confidente.

Después de cada curva del camino, le echaba un vistazo al móvil, esperando a que mejorara la cobertura.

Al llegar a San Martiño me detuve. La vieja ya no estaba allí.

Busqué el nombre de Dulce en mi lista de contactos y marqué su número.

«Cógelo, por favor, Dulce, cógelo.»

Después de cinco llamadas, saltó el contestador.

Respiré hondo. Debía tranquilizarme.

Volví a intentarlo.

Al tercer timbrazo, Dulce contestó:

—¿Aló?

—Hola, Dulce. Soy Asunta, la periodista.

—Ah, hola. ¿Qué, ya estás dispuesta a pagarme?

Debía descolocarla para que cayera en mi trampa. Jugué al despiste.

—¿Pagarte? No entiendo, Dulce.

—Ahora que ha aparecido otra chica quieres saber el secreto de Crucita, ¿no?

—Ah, eso. No, no, no. El secreto de Cruz ya lo sé.

—¿Sí?

—Sí. Crucita estaba embarazada de Braulio Braña cuando desapareció —solté y aguanté la respiración.

Después de un par de segundos, Dulce preguntó:

—¿Quién te lo ha dicho?

—¿Tú qué crees? Solo lo sabíais ella y tú, ¿no?

—Me hizo jurar que no lo diría —confesó—. Hicimos un juramento con sangre y quemamos un papel, como *meigas*.

Yo casi no la escuchaba. Mi mente divagaba en mil direcciones.

—Si no era eso, ¿qué me querías preguntar? —dijo Dulce.

—Tengo que colgar, te llamo otro día.

Me senté en el asfalto.

¿Era posible que ese niño rubio fuera el hijo de Crucita?

Tenía que serlo. El doctor Furelos era moreno, su mujer también. Y ese crío... Ese pequeño era el vivo retrato de Crucita.

Todo cobraba sentido de una forma enfermiza y retorcida. Cruz sospecha que está embarazada y acude a su médico, el doctor Furelos. Él confirma su estado. ¿Le diría ella en ese momento que quería abortar? No creo que quisiera quedarse con el bebé. Seguramente le pidió ayuda, o que la derivara a ginecología. ¿Y luego? Tal vez el doctor Furelos llegó a su casa y se lo contó a su mujer. Ellos son un matrimonio maduro, sin hijos, y de pronto esta adolescente alocada quiere abortar el suyo. Esa idea debió de desencadenar algo en ellos. Y entonces, ¿qué? La secuestraron. Suena terrible, pero debió de ser algo así. La retuvieron hasta que tuvo al bebé. Y luego no podían devolverla sin más. O la mataban o le lavaban el cerebro.

¿Era eso lo que había pasado?

Las piezas encajaban, aunque seguía sin tener evidencias. ¿Cómo podía probar mi teoría? No podía acudir a la Guardia Civil con simples suposiciones. Necesitaba algo sólido. De pronto me sentía eufórica, invencible.

Decidí que no podía esperar más.

Iba a volver a casa del doctor Furelos.

62

5 DE NOVIEMBRE DE 2019

Matías

A veces le pasa. Comienza a escribir y pierde la noción del tiempo. Si no fuera porque ha sentido una punzada de hambre, no habría reparado en la hora que es. Casi las tres.

Qué raro que Asunta aún no haya vuelto. Ella siempre aparece a la hora de comer.

Una idea le estremece: ¿y si le ha pasado algo?

No, no le ha pasado nada. Desde la desaparición de Manuela, se preocupa por todo, su alerta de peligros está fuera de control.

De todas formas, no debería haberle dejado la bicicleta. Asunta no tiene costumbre de hacer deporte. Quizá se ha caído o ha sufrido un accidente. No quiere ni pensarlo. Sería lo que le faltaba.

Se levanta y busca el móvil.

Ya no cojea, pero la pierna aún le molesta cuando hace algún movimiento brusco.

Llama a Asunta. No da señal. ¿Se habrá adentrado en algún camino forestal y no tiene cobertura?

Le escribe un mensaje: «Por favor, llámame en cuanto leas esto». Está a punto de mandarlo, no se decide, lo borra. No quiere agobiarla. Se acuestan juntos, sí, y se llevan bien, pero no tiene claro qué son. No han hablado de ello.

¿Y si le ha pasado algo?

Vuelve a escribir el mensaje y lo manda.

Sale al porche y se enciende un cigarrillo. Ya no tiene hambre.

63

5 DE NOVIEMBRE DE 2019

Asunta

La ropa tendida había sido recogida y no vi a nadie fuera de la casa. Abrí la cancela y entré en el terreno de la granja empujando la bicicleta. Dos surcos en el camino de hierba conducían hacia uno de los cobertizos, supuse que ejercía las funciones de garaje.

A pesar de que nubes grises ocultaban el sol, estaba sudando. Y me sentía algo mareada, por los nervios. No me iba a costar mucho interpretar el papel de mujer poco atlética que está pasando un mal rato.

Cuando faltaban unos diez metros para llegar a la casa, grité:

—¡Hola! ¿Hay alguien?

Apenas un par de segundos después se abrió la puerta principal.

Nicoleta Barbu apareció en el porche secándose las manos con un trapo. Sonreía. Eso me descolocó. Parecía más cordial que inquieta.

—¿Se ha perdido? —preguntó.

—Sí. Bueno, no. Le he pedido la bicicleta a un amigo para dar un paseo y ahora estoy un poco mareada. No tengo costumbre.

—¿Quiere sentarse un rato? —dijo señalando un banco de madera que había en el porche, junto a una ventana.

—Si no le importa. ¿Y me podría dar un vaso de agua, por favor?

Pareció sopesar la idea, como si le hubiera pedido limosna para una causa dudosa.

—¿Y su amigo? —me preguntó.

—¿Mi amigo?

—El dueño de la bicicleta. ¿No debería llamarle? Para que no se preocupe por su ausencia —dijo. Apenas tenía acento.

—Ah, luego le llamo, cuando me recupere. Solo necesito un poco de agua y un par de minutos sentada.

Nicoleta pareció complacida con mi respuesta. Se dio la vuelta y entró en la casa. Apoyé la bicicleta en las escaleras del porche. Subí y me senté en el banco. En el suelo había un pequeño dinosaurio de plástico montado por un soldado de mayor tamaño. Miré con disimulo por la ventana. Daba a un comedor con una gran mesa cubierta por un mantel blanco, pero no pude apreciar más, las luces del interior estaban apagadas. No vi ni escuché al niño.

Nicoleta apareció con un gran vaso de agua y me lo tendió. Le di las gracias y bebí un buen trago, lo necesitaba.

Ella permaneció ahí, de pie, observándome. Era más alta de lo que me había parecido de lejos.

—Perdone, pero ¿no nos conocemos de algo? —me preguntó.

—No, no creo.

Sus manos eran nervudas, fuertes.

—Juraría que la he visto antes en alguna parte —insistió.

Su rostro mostraba unas arrugas marcadas en la frente y en las comisuras de la boca. Calculé que debía rondar los cincuenta y cinco años.

—Quizá nos hemos cruzado por el pueblo.

—Ah, ¿es usted de Calixe?

—Más o menos.

—Tal vez conozca a mi marido. Es médico de familia en el centro de salud. Le llaman el Ruso.

—Sí, creo que sí. Me suena.

Ella asintió. Miró al interior de la casa.

—Lo siento, pero estoy preparando la comida y no puedo estar por usted —dijo—. Si no se le ofrece nada más.

—¿Podría usar su baño?

Algo cambió en su expresión. Volvió a sonreír, pero esta vez parecía realmente divertida.

—Es usted mujer de ciudad, ¿verdad? —preguntó.

—¿Tanto se me nota?

Extendió los brazos a los lados y miró alrededor.

—Bueno, ¿tiene todo este bosque y necesita un baño? —dijo.

Me encogí de hombros.

—Soy incapaz de orinar al aire libre.

—¿Seguro? ¿Aunque fuera una urgencia muy grande? ¿Tampoco podría?

Parecía que había dado con un tema que le interesaba.

Me encogí de hombros a modo de respuesta.

Nicoleta miró hacia la carretera. No pasaba nadie, ningún vehículo.

—De acuerdo, entre —dijo—. El baño es la puerta del fondo, justo después de la cocina. Pero no haga ruido. Mi hijo duerme arriba.

Sujetó la puerta para dejarme entrar de forma que tuve que pasar por debajo de su brazo.

Atravesé un breve pasillo delante de ella. En una de las paredes había una serie de perchas con varios abrigos colgados. No vi un paragüero y le di una patada sin querer. Me disculpé.

Accedí al amplio salón que había visto por la ventana del porche. Había juguetes diseminados por todas partes, pero, aparte de eso, el orden y la limpieza reinaban en la estancia. Cerca de la mesa, un gran sofá cubierto por una manta multicolor que desentonaba con el color madera presente en todos los muebles y en el suelo. Detrás, cubría la pared una gran librería con volúmenes de medicina, y al acercarme leí los nombres de algunos filósofos. Delante del sofá, la televisión estaba encendida pero sin volumen. Al otro extremo, una vieja máquina de coser. Estaba claro que ese salón era el centro de la casa.

A un lado había unas escaleras que daban a un piso superior. Al otro, un pasillo. La casa era grande, más larga que ancha.

Me volví y señalé el pasillo, asegurándome de que el baño estaba por ahí. Ella asintió.

—¿No quiere dejar aquí su mochila? —me preguntó.

—No, gracias.

Llevaba el móvil en la mochila. No pensaba separarme de él.

Al pasar por la cocina noté un fuerte olor a especias, pero no vi nada al fuego. Los fogones estaban apagados. ¿Tendría algo en el horno?

Me volví. Nicoleta estaba en el hueco del pasillo, mirándome.

—Siga —me dijo—. Es la última puerta a la derecha.

De pronto sentí miedo. ¿Por qué había tenido que entrar en la casa sola?

Di tres pasos más. Ahí estaba el cuarto de baño, tal como me había dicho. Y justo enfrente, otra puerta, esta con un gran cerrojo más propio de una cancela exterior que de una puerta de una casa. El cerrojo estaba alto, a prueba de niños.

Me temblaron las rodillas.

¿Era la puerta de un sótano? Parecía un cliché de película de terror, la puerta cerrada que esconde un secreto. ¿Era posible que Manuela estuviera justo ahí debajo, tan cerca? A punto estuve de gritar su nombre. Me contuve.

Entré en el baño y cerré tras de mí. Había un pequeño lavamanos, un espejo, una taza y una ventana que daba al exterior, a la parte trasera de la casa. La abrí sin hacer ruido y me asomé. A apenas media docena de metros estaba el bosque, verde, rojizo, amarillento, frondoso y amenazante. Vi también el lateral de los cobertizos y, dentro de uno de ellos, estaba aparcado un coche familiar. ¿Significaba que el Ruso estaba en casa?

—¿Se encuentra bien? —preguntó Nicoleta al otro lado de la puerta.

—Sí, sí.

Tiré de la cadena y abrí el grifo. ¿Debía irme de allí y volver con la Guardia Civil? Podía mentirles, decirle a Aurelio que había visto a Manuela, o que la había escuchado, lo que fuera.

—La he visto antes, ¿sabe? —dijo Nicoleta desde el pasillo.

—¿Cómo?

—Hace unos veinte minutos. La he visto haciendo fotos de mi casa.

Sentí un leve mareo y un hormigueo en los dedos. Me mojé la cara, la nuca, la parte interior de los codos.

Salí del baño y allí estaba ella, sonriendo y con la espalda apoyada en la puerta con cerrojo.

—Creo que ya sé quién es usted —me dijo.

—¿Sí?

—Usted es esa periodista. Su prima es la policía que mató a una pobre muchacha en verano, ¿no es cierto? Su prima la mató a sangre fría.

Otro mareo. ¿Estaba sufriendo un ataque de ansiedad?

—Sí. Mi prima lo hizo.

Desanduve el pasillo. Nicoleta me seguía.

Al llegar al comedor, el doctor Furelos, el Ruso, estaba sentado en una silla, delante de la mesa.

—Hola, periodista —me dijo.

Me quedé paralizada.

Durante unos segundos me debatí entre dos impulsos: salir corriendo de ahí o tumbarme en el suelo y esperar a que todo pasara.

—¿Por qué no te sientas? —me preguntó.

—Tengo que irme. Mi amigo me está esperando para comer. Le he dicho que venía para aquí hace un rato y se estará preocupando.

Hice intención de dirigirme hacia la puerta.

El Ruso apoyó las dos manos en la mesa y echó el cuerpo hacia delante, como si fuera a saltar sobre ella.

Me detuve.

El médico me escudriñó en silencio.

—No. No te creo. No creo que le hayas dicho a nadie que venías a acechar una casa que no conoces. Y aunque lo hubieras hecho, ¿qué prueba hay de que hayas llegado hasta aquí? ¿La bicicleta? Puedo cargarla en el coche y tirarla bien lejos. ¿Tu teléfono? Puedo tirarlo también.

Lo dijo como si hablara consigo mismo, parecía estar sopesando futuras opciones.

—Por favor, tengo que irme, de verdad.

El Ruso se puso en pie y me cortó el paso hacia la puerta de la calle.

—¿A qué viene tanta prisa? ¿Por qué no te quedas a comer? Nicoleta es una estupenda cocinera.

—Sí, es verdad, me gusta la cocina —añadió ella a mi espalda.

Me volví hacia su voz. Estaba de pie en el primer escalón de la escalera que daba al piso superior.

—No, gracias, no quiero molestar.

—No es molestia, *muller*. Siempre cocinamos uno o dos platos extra.

Y a continuación le dijo algo en alemán a su mujer.

De repente me encontraba muy cansada. Me apoyé en la librería.

—Disculpa que hable en alemán con mi mujer. Es el idioma que empleamos entre nosotros. Pero eso ya lo sabías, ¿no es cierto? Lo has estado preguntando por ahí.

Crucita. La maldita Crucita debía de haber hablado con ellos, les había alertado de mis investigaciones.

—Mi jefa está esperando mi llamada —dije—. Mejor hablamos otro día.

Las rodillas me fallaban. Intenté caminar, pero el mareo era muy intenso y me temblaban las manos. Era como si todo mi cuerpo se hubiera rebelado contra mí.

Me asaltó la imagen de mi padre cogiéndome de los brazos y preguntándome: ¿y tú quién eres?

—Será mejor que te sientes o te caerás al suelo, créeme. ¿Recuerdas el vaso de agua que has tomado antes?

—¿Cómo? ¿El vaso…? ¿Me han dado un…?

No pude acabar la frase.

En un instante el mundo se disolvió y me sentí desfallecer.

64

5 DE NOVIEMBRE DE 2019

Manuela

Ayer no quiso ponerle nombre. Lo llamaba Gato, sin más. Porque darle un nombre significaba crear un vínculo con el animal, y temía que si se encariñaba con él, se lo arrebatarían.

Pero no lo han hecho. Ha pasado un día, o un ciclo completo de comidas, al menos, y se siente agradecida. Agradecida a los de arriba. Es consciente de que esa es su estrategia. Le han entregado el felino a modo de regalo, o de premio, creándole así una necesidad, y ahora, de alguna retorcida manera, se siente en deuda con sus captores.

¿Está sufriendo el síndrome de Estocolmo?

No. Cree que no. No aún, en cualquier caso.

Tiene que reconocer que son inteligentes. La forma en la que tensan el hilo y luego lo sueltan.

Contempla la piel de sus brazos, pálida como la tiza.

¿Cuánto tiempo lleva ahí? ¿Tres meses, seis meses?

No importa. Ahora tiene un ser vivo con el que jugar, del que preocuparse, al que cuidar, al que dedicar sus días.

Sí, son muy inteligentes.

El gatito maúlla y trepa por su pierna, ávido de atención.

—Max —le dice Manuela—. Así te voy a llamar: Max.

Como si reconociera su nombre, el gato se dejó caer sobre su regazo esperando caricias.

Manuela ríe y se sorprende de su propia risa.

Un ruido seco corta sus carcajadas, ha oído algo. Max también.

Uno de ellos está bajando las escaleras.

No, en realidad son los dos. Eso es nuevo. Nunca bajan los dos al mismo tiempo. Se pone tensa. Presta atención. Están hablando alemán. Manuela entiende un poco ese idioma. Alcanza a escuchar algunas palabras. Hablan de otra. Están hablando de otra chica.

65

5 DE NOVIEMBRE DE 2019

Aurelio

Le gusta cenar pronto, alrededor de las siete y media. Siempre el mismo menú: un diente de ajo picado en una tortilla de dos huevos puestos por sus gallinas, una lata de cerveza y una pieza de fruta. Procura comer en silencio, sin televisión, radio o cualquier otra distracción. Ha leído en alguna parte la importancia de concentrarse en cada bocado.

Se sienta a la mesa y suena el timbre de la puerta. Casi nunca recibe visitas, y menos inesperadas y a esas horas.

Abre la puerta. Es Matías Hiebra, el escritor, el tío de Manuela, ¿la pareja de Asunta? Está lloviendo y no lleva paraguas.

—Siento molestarle, pero Asunta ha desaparecido —suelta Matías a bocajarro.

—¿Cómo? Pase, pase, por favor.

El escritor apenas cojea hasta el salón, se frota las manos, mira hacia el suelo.

—Esta mañana me pidió la bicicleta para dar un paseo y aún no ha vuelto. La he estado llamando al móvil desde las dos de la tarde y lo tiene apagado.

Aurelio se frota la mejilla con ambas manos.

—¿Ha hablado con la señora Corredoira? La Duquesa.

—Acabo de hacerlo —contesta Matías—. No sabe nada. Desconoce en qué artículo podía estar trabajando Asunta.

Aurelio se sienta en una silla.

—He dado vueltas con el coche por todas las carreteras principales y un par de las secundarias, para ver si la encontraba, por si le había pasado algo —dice Matías.

—Me… me parece que… —Suspira—. No puedo creerlo...

—¿Qué? ¿Ha hablado con usted?

—Creo que sé en qué estaba trabajando. Ella… ella tenía un sospechoso.

—¿Un sospechoso? ¿Del… del caso de mi sobrina, de Manuela?

Aurelio asiente.

—No nos precipitemos —dice—. Déjeme pensar un segundo, por favor.

Matías se sienta en la otra silla, al otro lado de la mesa. Ve la lata de cerveza sin abrir. La agarra, la abre y toma un trago.

—Lo siento, lo necesitaba —dice. Y bebe de nuevo.

Aurelio niega con la cabeza para restarle importancia.

Tamborilea con los dedos sobre la mesa.

Matías no le quita ojo mientras saca el paquete de tabaco de un bolsillo de la chaqueta y acaricia el encendedor.

—Entiendo que ha venido usted en coche.

—Sí.

—De acuerdo. No podemos ir a las autoridades, no todavía. Necesitamos… Necesito algo más.

—¿Sabe dónde está Asunta?

—No… No lo sé con certeza.

—Pero…

—Si salimos a investigar, ¿puedo confiar en que seguirá mis instrucciones?

—¿Qué instrucciones?

—La seguridad de Asunta y quizá la de su sobrina pueden depender de cómo actuemos. ¿Puedo confiar en que seguirá mis instrucciones?

—Sí.

—Cojamos su coche.

66

5 de noviembre de 2019

Juana

Echaba de menos la lluvia. Cuando estaba en el sótano, a veces le parecía escucharla caer, repiquetear sobre algún tejado cercano, pero era solo su imaginación o tal vez el eco de un recuerdo. Añoraba más la lluvia que la luz del sol.

Llueve y Juana se escabulle por la puerta de atrás y sale al exterior. Aspira el olor de la hierba húmeda en la noche, siente que la ropa empieza a pesar y se le pega al cuerpo como un abrazo frío.

Levanta la cabeza al cielo y abre la boca.

Suena un trueno a lo lejos. Se pregunta cómo sería sentir un relámpago cayendo sobre ella, atravesándola hasta llegar a la tierra mojada. Cómo sería morir así, si le daría tiempo de entender lo que ocurría o sería tan rápido como un parpadeo.

Se da la vuelta y los ve detrás de la ventana de la cocina, observándola. Su madre y Pablo. Hablan entre ellos. Su madre sin dejar de mirarla con expresión de disgusto, como si se le hubiera quedado un mal sabor en la boca. Pablo con la cabeza baja para no cruzar la mirada con ella, con su hermana.

Hablan de ella, pero nunca con ella.

Juana levanta apenas una mano a modo de saludo. Ellos no responden. Ambos le dan la espalda y desaparecen en el interior de la casa.

Juana siente deseos de gritar.

Se acerca a la puerta trasera, apoya la mano en el pomo y se queda quieta.

Se queda quieta y respira hondo y siente que esa ya no es su casa, ya no tiene casa, ya no pertenece a ningún sitio ni a nadie y quiere gritarlo con todas sus fuerzas.

Juana no abre la puerta.

Da la vuelta y camina hacia el bosque bajo la lluvia.

67

5 DE NOVIEMBRE DE 2019

Matías

Matías conduce bajo la lluvia.

En el asiento del copiloto, Aurelio escudriña la oscuridad con el cuerpo hacia delante y agarrado con fuerza al asidero sobre su ventana.

—Vaya despacio por aquí. Debe faltar poco para llegar a San Martiño.

Matías reduce la velocidad. La carretera es estrecha y apenas está iluminada. A un lado y a otro solo hay bosque, más oscuro que la propia noche. De vez en cuando un relámpago dibuja las siluetas de los árboles, que forman un horizonte puntiagudo.

Después de una curva, ven un puñado de casas y una ermita.

—Deténgase ahí —le ordena el ex guardia civil—. Voy a preguntar una dirección.

Matías obedece.

Aurelio se baja del coche y llama a la primera puerta. Al poco, se abre y un hombre aparece recortado bajo el dintel. Matías baja la ventanilla para escuchar la conversación, pero el sonido de la lluvia le impide entender una palabra. El hombre frente a Aurelio habla con alguien en el interior. Aparece una mujer, una anciana con la cabeza cubierta, y responde a algo que ha preguntado Aurelio. Este se despide y regresa al coche.

—La han visto. Este mediodía la dueña de esa casa vio pasar a una mujer morena de ojos claros y de unos treinta años con una bicicleta.

—¿Y sabe adónde fue?

—Sí. En esa dirección. Tenemos que seguir por la carretera y dejar atrás tres casas más. A la cuarta es a la que nos dirigimos.

Matías arranca. El coche se desliza en el barro. Cambia de marcha y enfila el camino asfaltado.

El agua se cuela por la ventana abierta. No la cierra. Le parece que sería la pérdida de un tiempo que no tienen.

Pasan la primera casa.

La segunda.

La tercera.

A medida que se aproximan, Matías comienza a reducir velocidad.

—No se pare frente a la cancela. Siga hasta la siguiente curva —dice Aurelio.

Le echa un vistazo al pasar. La casa está a unos sesenta o setenta metros de la carretera, parece incrustada en el bosque.

Al doblar la curva, se arrima todo lo que puede al arcén derecho y apaga el motor.

—¿Y ahora?

Aurelio le pide calma subiendo y bajando las manos con las palmas, como si meciera la paciencia. Está pensando.

Matías enciende un cigarrillo. Le duele la rodilla.

—En esa casa vive un médico muy apreciado en la zona —dice Aurelio—. Vive con su mujer y su hijo pequeño. Asunta sospecha de él. Y puede que tenga razón. Puede que él y su mujer tengan retenida a su sobrina y a la propia Asunta en su vivienda o en algún otro lugar. Pero no podemos irrumpir en su casa sin tener algo más que una sospecha.

Matías da una calada por respuesta.

—Cuando la gente se siente acorralada comete locuras —continúa Aurelio—. No sabemos si Asunta y Manuela están retenidas ahí o en algún otro lugar, por lo que no podemos correr el riesgo de asustarlos.

A Matías le parece que Aurelio está hablando tanto para él como para sí mismo, que está aclarando sus ideas en voz alta.

—Usted quédese aquí. Yo voy a llamar a la puerta y a echar un vistazo en el interior. A ver cómo se comportan ante mi presencia.

—¿Y yo qué hago? —pregunta Matías.

Aurelio señala el reloj digital del salpicadero del coche. Pasan veintiún minutos de las ocho.

—Si dentro de quince minutos no he salido de la casa, llame a la Guardia Civil y dígales que estoy retenido en contra de mi voluntad en casa del doctor Carlos Furelos, en la aldea de San Martiño. Pero usted no salga del coche, ¿entiende? No podemos correr riesgos los dos.

Matías asiente y Aurelio baja del coche.

68

5 de noviembre de 2019

Aurelio

Se cubre la cabeza con la capucha del chubasquero y echa a caminar hacia la cancela de la casa.

Mira los nombres en el buzón para comprobar que no se ha equivocado: Carlos Furelos Fisteos y Nicoleta Barbu.

¿Es posible que sean ellos? ¿Es posible que se haya cruzado con el Ruso tantas veces en los últimos años y no haya sido capaz de ver lo que había oculto en él?

El camino está embarrado y succiona sus botas a cada paso.

Está enfadado consigo mismo. Siente la ira atando un nudo en su estómago.

Debe calmarse. Camina hasta el porche y al alcanzarlo se toma unos segundos para respirar, para preguntarse si está cometiendo un error, si no debería llamar a sus antiguos colegas y compartir sus sospechas.

Es su responsabilidad, se dice.

Sube las escaleras y llama al timbre de la puerta.

Alguien silencia el televisor dentro de la casa. Se oyen voces en alemán. Aurelio recuerda a Asunta. Vuelve a llamar.

El Ruso abre la puerta.

—¿Señor Pontes? ¿Qué ocurre? —pregunta el médico. Junto a su hombro, asoma la cabeza su mujer.

—Perdonen que les moleste a estas horas.

El Ruso mira detrás de Aurelio, hacia la carretera.

—¿Ha venido hasta aquí andando desde Calixe, bajo esta lluvia? —pregunta.

—No, no, estaba aquí al lado, en San Martiño. Soy amigo de los Valiño, estaba cenando con ellos.

—¿Se encuentran bien? ¿Ha habido algún problema?

Aurelio niega con la cabeza. Nota la adrenalina latiendo en su cuello, en sus sienes; había olvidado esa sensación.

—¿Puedo pasar un momento, por favor?

El Ruso mira a su mujer.

—Adelante —dice.

Y se aparta para dejarle pasar.

Aurelio se quita el chubasquero y lo cuelga en el perchero del pasillo.

En el salón no hay rastro del niño, supone que estará durmiendo en el piso de arriba. El Ruso le hace un gesto para que se siente. Aurelio lo hace de espaldas a la ventana.

—¿Cuál es el problema? —pregunta el Ruso.

Aurelio echa un vistazo a su alrededor. El salón es cálido, madera y piedra.

Nicoleta aparece con una toalla y se la ofrece.

—Gracias. ¿Conocen a la periodista Asunta Loureiro? —pregunta Aurelio.

El matrimonio intercambia una rápida mirada.

—Sí, claro —dice el Ruso—. Me entrevistó un día, muy brevemente. Y he leído algunos de sus artículos.

—Su prima es esa mujer horrible, ¿no es cierto? La asesina —dice Nicoleta.

—Sí. Verán, he recibido una llamada de un amigo de Asunta, vecino de la zona. Esta mañana le dejó la bicicleta para dar un paseo y aún no ha vuelto.

—¿Y no se fía de ese amigo? —pregunta el Ruso.

—Sí, me fío —contesta Aurelio terminando de secarse la cara y las manos.

—Entonces, ¿la periodista se ha perdido? —pregunta la mujer.

—Eso parece. La cuestión es que, como no contestaba al móvil, les he pedido a mis antiguos compañeros que rastrearan su teléfono, y la última señal fue ahí en la carretera, enfrente de su casa —miente Aurelio.

—¿Cuándo ha sido eso? —pregunta el Ruso.

—A mediodía, más o menos.

—¿Tú has visto a alguna mujer en bicicleta? —le pregunta el Ruso a su mujer.

—No, que yo recuerde —contesta ella.

Aurelio los observa. Parecen tranquilos. No dan señales de nerviosismo o de ocultar algo.

—Por cierto, ¿qué tal está la hija de los Valiño? —pregunta el Ruso.

Aurelio no sabe si los Valiño tienen una hija o no. Pero ¿por qué le pregunta eso? ¿Es una pregunta trampa? ¿Desconfían de él?

—¿Les importaría que echara un vistazo por su propiedad? —pregunta.

—¿Ahora? ¿De noche y lloviendo?

—Si no es molestia. Será solo un vistazo rápido para ver si encuentro la bicicleta de Asunta por los alrededores.

El matrimonio intercambia una nueva mirada.

—Querida, ¿por qué no le traes un vaso de agua al señor Pontes?

Aurelio se pone en pie.

—No, gracias.

—¿Preferiría un café? —propone ella.

Aurelio no contesta. Mira un vestido que está junto a la máquina de coser. Un vestido muy parecido al que llevaba Crucita el día de su regreso.

69

5 de noviembre de 2019

Manuela

Le parece oír su nombre.

¿Alguien está gritando su nombre?

Manuela se levanta de la cama, se acerca hasta la puerta y pega la oreja al metal.

Sí. Es la otra chica, la nueva. Está gritando su nombre. Se le empañan los ojos por las lágrimas. Alguien sabe que está ahí.

—¡Calla! —grita Manuela—. ¡Calla, por favor!

La otra chica obedece por unos segundos. Pero luego comienza a golpear el metal de la puerta de su habitación. Manuela oye vibrar los golpes en la pared.

Manuela no se atreve a imitarla. ¿Y si le quitan a Max? ¿Y si le hacen algo peor?

Se aleja de la puerta, coge el gato en brazos y vuelve a la cama.

70

5 DE NOVIEMBRE DE 2019

Matías

Enciende un cigarrillo con la colilla del anterior. Mira de nuevo el reloj del salpicadero. Han pasado solo seis minutos.

Con el cigarrillo en los labios, comienza a dar palmadas, fuertes, rápidas, para aliviar la tensión que le agarrota.

Niega con la cabeza.

Le da tres caladas ansiosas al cigarrillo y lo tira por la ventanilla.

Se baja del coche. La lluvia es una cortina que parece mover el paisaje. Camina deprisa hasta la cancela. La abre y se dirige a la casa. El barro ralentiza su paso y esa dificultad aumenta su dolor de rodilla.

Al llegar a la casa, la rodea. En el lateral hay un gran ventanal del que escapa luz. Está demasiado alto como para ver el interior. Imagina que Aurelio está ahí con el matrimonio.

Sigue caminando, pendiente de alguna puerta o entrada a un sótano. Pasa bajo otra ventana que está junto a un extractor, probablemente la cocina. En la parte de atrás, una nueva ventana que da a una habitación que está a oscuras. Se aúpa con cuidado. Es un cuarto de baño. Se suelta y al tocar el suelo siente un pinchazo en la rodilla que casi le hace caer de bruces. Aprieta los puños y maldice entre dientes.

Recupera aire. A unos pocos metros hay un par de pequeñas edificaciones, casi idénticas, parecen cobertizos. De una sobresale un coche de grandes dimensiones, tipo todoterreno.

Acercarse supone exponerse a que alguien lo pueda ver desde la casa. Decide correr el riesgo. Con toda la rapidez de la que es capaz, se acerca al primer cobertizo. Delante del coche, al fondo, hay trastos, herramientas, cajas. Pasa junto al vehículo para echar un vistazo de cerca. No encuentra ninguna trampilla que dé acceso a una habitación subterránea.

Al regresar al exterior, le parece ver una silueta que cruza el bosque.

Se agacha, a la espera, alerta, conteniendo la respiración.

Como si fuera una ninfa u otro ser mágico, una muchacha sale del bosque y camina hacia la casa con aire decidido, cortando la lluvia a su paso, el cabello largo y empapado, la ropa pegada al cuerpo.

Matías ahoga un grito. No, no es Manuela.

Es otra chica. Es la otra chica. Juana.

Carga algo pesado en una mano y se dirige decidida hacia la entrada de la casa.

Matías la sigue a prudente distancia.

71

5 DE NOVIEMBRE DE 2019

Aurelio

—¿Saben qué? Tienen razón —dice Aurelio—. No tiene sentido andar buscando la bicicleta de Asunta con esta lluvia. Mejor vuelvo mañana, si no les parece mal.

—No, claro que no —dice el Ruso.

Nicoleta clava la mirada en la máquina de coser. Luego en Aurelio.

—¿Seguro que no quiere un café? —le pregunta—. Le ayudará a entrar en calor. Tenemos orujo.

—No, gracias, de verdad. Mejor me marcho.

—¿Con esta lluvia? Deje que le acompañe. Saco el coche en un momento y le llevo hasta donde…

Un golpe fuerte interrumpe al Ruso.

Los tres miran hacia la puerta. Alguien o algo la ha golpeado.

Aurelio maldice a Matías en silencio. Su presencia solo puede empeorar las cosas.

Un nuevo golpe en la puerta.

—¿Quién demonios llama así? —dice el Ruso y mira a Aurelio, que se encoge de hombros.

—Va a despertar al niño —dice Nicoleta.

El doctor se apresura hasta la puerta y la abre.

Aurelio se asoma al pasillo justo a tiempo para ver cómo Juana aporrea al Ruso en la cabeza.

El doctor trastabilla hacia atrás.

Juana grita.

Grita con la boca muy abierta, arrancando algo de dentro.

Aurelio nunca ha escuchado un grito semejante, agudo, rabioso, más animal que humano.

El Ruso retrocede hasta el salón y Juana salta sobre él. Los dos caen sobre el suelo de madera. Juana no suelta la roca que lleva en la mano y carga con ella contra la cara del doctor, la golpea y la golpea, y sus chillidos no esconden el ruido de algo que se rompe, quizá los dientes del Ruso, o su nariz, o el cráneo o todo a la vez.

Ahora chilla también Nicoleta.

Aurelio se abalanza sobre Juana y la sujeta a duras penas.

Abraza a la chica por detrás y le ruega que se calme, en voz baja, la tutea, «por favor, cálmate, ya está, ya se ha acabado, ya se ha acabado todo», dice al tiempo que no puede apartar la vista de la masa sanguinolenta que ocupa el lugar de lo que era la cara del doctor.

El llanto del niño llega desde el piso de arriba, llama a su madre.

Juana respira como si agonizara, ya sin fuerza, sin resistirse. Aurelio le da la vuelta, teme que esté herida. No lo está. La muchacha está tratando de llorar sin conseguirlo, se ha vaciado.

Un nuevo grito inunda la habitación.

Aurelio levanta la cabeza y ve a Nicoleta empuñando un gran cuchillo, corriendo hacia ellos, hacia Juana y hacia él.

Nicoleta levanta el cuchillo.

Aurelio se interpone entre la mujer y la muchacha, cubriendo a esta última con su cuerpo.

Aurelio cierra los ojos y oye un trastazo metálico. Al volverse, Nicoleta está tirada en el suelo, parece que inconsciente, el cuchillo lejos de sus manos.

Aurelio se vuelve y descubre a Matías jadeando y sosteniendo el paragüero con el que ha golpeado a Nicoleta.

—Gracias —dice Aurelio.

Durante unos segundos, todo queda en silencio.

Unos pasos bajan la escalera de madera.

Es un niño. Está tan asustado que ha dejado de llorar. Un niño rubio cuya expresión seria a Aurelio le trae el recuerdo de Crucita.

72

6 de noviembre de 2019

Asunta

Bastaron menos de ocho horas para convertirme en claustrofóbica.

Cuando Aurelio, acompañado por un guardia civil, abrió la puerta de mi celda, sentí que no podía hablar, me faltaba el aire, hui de esas cuatro paredes y me lancé escaleras arriba, sin saber adónde iba, necesitaba respirar.

Emergí en la planta baja de la casa y di un vistazo rápido por la ventana: era de noche, se oía una especie de zumbido, un enjambre de voces que llenaba la vivienda; recorrí el pasillo, en el salón había gente de uniforme, en una esquina vi a Juana, el cabello mojado, los hombros envueltos en una manta, en el otro extremo, como en un cuadrilátero, estaba Nicoleta esposada y sentada en una silla, la mirada perdida en alguna parte.

—¿Dónde está Manuela? —preguntó una voz.

Era Matías. Me lo preguntaba a mí.

No contesté. Había un cuerpo en el suelo. En el centro del salón. No tenía cara, pero por alguna razón supe que era el doctor Furelos, el Ruso.

No tenía cara, solo una máscara sanguinolenta, rota, un retrato emborronado con saña.

Recuerdo que pensé: «¿Por qué nadie lo cubre con una sábana?». Y entonces debí de desmayarme.

Desperté en el Centro de Salud de Calixe, en una camilla que algún alma caritativa había colocado junto a una ventana. En el exterior llovía. Nunca me había alegrado tanto de oír la lluvia. Una doctora me miró la tensión, los reflejos, pasó una linternita ante mis ojos. Yo solo quería dormir. Pregunté si me podían dar un calmante, la doctora asintió y sonreí agradecida, creo que incluso llegué a darle un breve abrazo.

Me llevaron a una habitación y yo misma me embutí en una cama con las sábanas demasiado apretadas. Rogué que dejaran la persiana levantada.

Cuando desperté a la mañana siguiente, a mi lado estaban la Duquesa y Aurelio, como dos padres nuevos.

—¿Y Manuela? ¿Qué ha pasado…?

—Está bien —respondió mi jefa—. Se la llevaron al hospital de Santiago para hacerle un examen más a fondo, pero no tiene lesiones visibles.

Me contaron la muerte del Ruso a manos de Juana y me sorprendí lamentando no poder entrevistarlo. Sentía las preguntas en las yemas de los dedos. Tantas dudas.

—¿Y Nicoleta? —pregunté—. ¿Puedo entrevistarla a ella?

73

7 de noviembre de 2019

Aurelio

Le gusta que sus gallinas corran libres por el jardín trasero. Al verlo aparecer, corren hacia él como perros. «Perros con plumas», piensa, y suelta una carcajada. Le sorprende ese sonido, su propia risa.

Después de echarles el maíz, se sienta en el escalón, como acostumbra, con un café con leche en la mano. Corre viento, el invierno tiene prisa por llegar; viento que le agita la barba, una bandera extraña. Se la mesa como haría un hombre pensativo. Asiente como si hablara con alguien.

Después de terminar el café vuelve dentro y enciende la tableta nueva. Se la regaló ayer Carmela Corredoira, la Duquesa. «Para que pueda jugar al ajedrez donde quiera y cuando quiera», decía la nota que la acompañaba.

Busca en la pantalla los titulares de los principales periódicos. Todos ellos hablan del Ruso, de las muchachas pálidas, de toda esa violencia que permanecerá en el recuerdo de la gente del pueblo durante muchos años.

No quiere seguir leyendo.

—Caso cerrado —dice para sí mismo—. Caso cerrado.

Se calza las botas, se pone el abrigo y sale a la calle.

Al pasar por delante de El Instituto, algunos parroquianos le saludan, pero él pasa de largo.

—¿Hoy no hay partida? —pregunta alguien a su espalda.

—Luego —contesta Aurelio sin detenerse—. Ahora tengo un asunto que atender.

Los dos peluqueros se miran el uno al otro y sonríen como si les hubiera tocado un premio cuando lo ven entrar por la puerta.

—Hombre, Aurelio, la estrella del pueblo —dice un peluquero—. Ya era hora de que te dejaras caer por aquí. Pensaba que ya no te hablabas con nosotros.

—¿Qué, te arreglamos esos cuatro pelos? —dice el otro.

Aurelio se pasa la mano por la cabeza, la coronilla despejada, la nuca áspera. Se la afeita él mismo cada dos o tres meses.

—Sí. Y córtame también la barba. No del todo, un dedo por debajo del mentón.

—Por supuesto, Aurelio. Vamos, es que te la voy a arreglar gratis —dice el peluquero de más edad.

—De eso nada. Yo pago mis deudas.

74

8 de noviembre de 2019

Manuela

Matías la vuelve a abrazar.

Lleva tres días abrazándola a la menor ocasión, Manuela no sabe si a modo de despedida, de disculpa o cerciorándose de que realmente es ella.

Las primeras veces, ella le decía «estoy bien, tío, no te preocupes».

Ahora le molesta tanta atención, que sienta pena por ella, pero no se atreve a protestar por no herirlo, solo se deja abrazar en silencio.

«Estoy bien», piensa. No le han quedado secuelas físicas. Eso han dicho los médicos. Remarcando la palabra «físicas». Dejando una puerta abierta a problemas psicológicos. Bueno, el curso que viene volverá a Londres, a la facultad, segundo año de Psicología; se curará a sí misma. Últimamente se repite esa idea. Sabe que la repetición prolongada de una frase tiene idéntico efecto calmante que una plegaria, lo leyó en alguna parte.

«Confío en mí misma. Soy positiva, soy fuerte.»

—Te llamaré todos los días, ¿lo soportarás? —le pregunta Matías.

—¿Tengo otra opción?

—No. Me temo que no.

Su madre la llama desde el coche en marcha.

Manuela se encoge de hombros, agarra la jaula donde lleva a Max y se despide de su tío con un beso en la mejilla.

—Iré a verte en Navidad —le susurra Matías como si fuera un secreto que comparten.

Manuela asiente, sonríe apenas, se mete en el coche, en el asiento trasero. Su padrastro la mira por el espejo retrovisor como un taxista esperando una dirección.

Saca a Max de la jaula. El gato se estira como un arco, se tumba en su regazo y sigue durmiendo.

Manuela lleva unos pantalones que le ha comprado su madre, grises, un color que detesta.

Al cruzar el pueblo en dirección a la autovía, Manuela busca con la mirada alguna cara conocida. Lamenta no haber hablado con alguna de las otras chicas, Juana y Crucita. ¿Qué podría haberles dicho? No lo sabe. ¿Que las comprende, que las admira, que las perdona? Todo eso y a la vez nada de eso.

Quizás está unida a ellas más allá de las palabras.

—¿Tienes ganas de volver a casa? —pregunta su madre sin mirar atrás.

Manuela no contesta.

«Confío en mí misma. Soy positiva, soy fuerte.»

75

9 DE NOVIEMBRE DE 2019

Crucita

El niño no deja de mirarla.

Sentado en su regazo, la observa sin descanso, con una fascinación animal, como si esperara una señal, una recompensa, una orden.

Crucita le lanza breves miradas de reojo. Le parece estar viendo su propia cara de niña. Ahí, en el comedor de su casa, hay una foto de cuando ella tenía tres o cuatro años, y el pequeño tiene el mismo rostro. Siente ganas de empujarlo lejos.

Sentados frente a la mesa del salón, su padre habla con la trabajadora social.

—Carlitos tiene que estar con su familia —insiste y señala a Crucita—. Con su madre y conmigo, que soy su abuelo.

—Su hija está en libertad bajo fianza —dice la mujer.

—La engañaron —casi susurra él.

Su padre quiere cambiar los apellidos al niño, adoptarlo de forma oficial. «El niño va a llamarse Carlos Castro Varela. Tendrá tus iniciales, Cruz», le ha dicho a menudo los tres últimos días.

Mismas iniciales y misma cara, como si fuera a reemplazarla. Una versión nueva, por estrenar.

Crucita recuerda haberle dado el pecho, como en un sueño, como si hubiera sido en otra vida, en su pequeño cuarto bajo tierra. Tampoco le gustaba entonces.

—Pesas mucho —le dice al pequeño en voz alta, para que lo escuche su padre y la asistenta.

Alza al niño como si apestara y lo deposita en el sofá, a su lado pero no cerca.

Se levanta. Su padre dibuja esa expresión interrogativa con la que la mira estos días. Crucita lo ignora y camina cabizbaja hasta al baño.

Se lava la cara. Se suelta el pelo, lo peina y se lo vuelve a recoger en una cola tensa que le hace sentir mejor. Se ha mojado una manga de la blusa a la altura de la muñeca. Se golpea a sí misma a modo de reprimenda, una palmada seca, el gesto de quien evita que un crío coja una galleta.

Al salir, Carlitos está en el pasillo, esperándola. Le sonríe.

Crucita aprieta los puños.

Se arrodilla frente al pequeño.

—Te odio, ¿de acuerdo?

El niño deja de sonreír, tal vez asustado.

—Te odio porque eres igual que yo. Eres malo, serás malo, no lo podrás evitar.

Carlitos alza los brazos hacia ella. Crucita lo empuja sin violencia, apenas la fuerza necesaria para hacerlo caer.

Crucita vuelve al salón. Detrás de ella, los pasos del niño la persiguen.

76

10 DE NOVIEMBRE DE 2019

Juana

Juana se coloca los auriculares del MP3 con precisión de cirujano y aprieta la tecla del *play*. Al instante irrumpe una canción conocida, una de sus favoritas. Es lo que más echa de menos del exterior, la música; la lluvia puede verla por la ventana de su celda.

El abogado le toca el hombro con un dedo, como si llamara a un ascensor.

Juana se quita uno de los auriculares y, antes de que él pueda hablar, le pregunta:

—¿Y el cargador? ¿Se ha acordado de traerme el cargador?

El hombre asiente. Rebusca en su mochila, saca el aparato y se lo tiende.

Juana pensaba que los abogados vestían siempre traje y cargaban maletines. El suyo lleva vaqueros azules con zapatos negros, un jersey azul marino y una mochila verde. Tiene aire de profesor de primaria.

—Juana, tenemos que hablar de tu defensa.

—No tenemos que hablar de nada.

El hombre suspira.

—Ayúdame a ayudarte, Juana, por favor. Me resulta muy difícil preparar tu caso si no me echas una mano.

—Soy culpable. Punto. Y no me arrepiento.

Suena el móvil del abogado, un mensaje. Lo mira con desgana.

—Bueno, sí, me arrepiento de no haberlo hecho antes —añade Juana.

—Con esa actitud no saldrás de aquí, no volverás a casa con tu familia.

Juana se quita el otro auricular. Siente la tensión acumulada en el estómago. Podría gritar, pero no lo hace. Se acerca al abogado como si fuera a confiarle un secreto.

—No tengo familia, ¿me oye? No tengo casa a la que volver.

El abogado la mira en silencio, asiente, comprueba su móvil, abre la mochila, parece buscar algo y luego arrepentirse.

Juana le coge la muñeca, sin fuerza, y dice:

—Por favor. Nada de libertad provisional, nada de preparar la defensa. No quiero salir de aquí. ¿Puede hacer eso por mí?

El abogado se encoge de hombros.

Juana se vuelve a colocar los auriculares y sube el volumen.

77

11 DE NOVIEMBRE DE 2019

Matías

Le gusta levantarse antes de que salga el sol, sin hacer ruido para no despertar a Asunta, bajar a la cocina, preparar un café y fumarse un par de cigarrillos mientras planea el trabajo del día.

Birollo duerme en su sofá favorito. Al verlo suelta un maullido lastimero y se pone de pie sobre dos patas apoyándose en las piernas de Matías.

—Ya va, ya va, quejica. Cualquiera diría que te mato de hambre.

Mientras espera que se caliente el café, le sirve el pienso en su cuenco y le cambia el agua.

Se pone el abrigo y sale al porche, al frío de la mañana a punto de romper. El humo del tabaco se mezcla con el vaho de su aliento.

Enciende el móvil. Suena un mensaje. Su editora, de nuevo: «¿Te has decidido? No puedes dejar que otro escriba ese libro por ti».

Es lo mismo que le dijo anoche Manuela, cuando le comentó que su editora le estaba animando a escribir un libro sobre lo ocurrido en Calixe.

—Claro, hazlo. Mejor que lo escribas tú que cualquier otro —le había dicho su sobrina.

—Sería la primera vez que publicaría con mi nombre —añadió él como si eso lo justificara.

Al principio la idea le había repugnado. Una cosa era escribir ficción romántica, pura evasión, y otra hacer negocio con la desgracia que habían vivido.

Al día siguiente se sorprendió pensando en la primera frase. La imagen de Crucita caminando por la carretera de vuelta al pueblo después de cuatro años desaparecida era muy poderosa, sentía ganas de convertirla en literatura.

Poco después, estaba pensando el título: *La cosecha pálida*. Le gustaba cómo sonaba. *La cosecha pálida*, un libro de Matías Hiebra. Quería escribirlo.

Contestó el mensaje de su editora: «De acuerdo, lo haré. Puestos a vender mi alma, mejor a ti que al diablo».

Entra en la casa. Coge el portátil y se sienta a la mesa junto a la ventana. Abre un documento de Word. Se enciende un segundo cigarrillo, lo necesita para pensar. Escribe:

«Una muchacha camina despacio por la cuneta de una carretera paralela al bosque.»

78

12 DE NOVIEMBRE DE 2019

La Duquesa

Cuando tuerce hacia la plaza donde han quedado, Asunta ya está ahí. Que recuerde, es la primera vez que llega a una cita antes que ella.

—Niña, ¿te has caído de la cama?

Asunta fuerza una sonrisa. Se acerca a ella y le planta un suave beso en la mejilla. Ahora ha cogido esa costumbre, saludarla con un beso, y la Duquesa ha decidido que puede soportarla.

Le pregunta si ha desayunado y Asunta asiente. Tienen tiempo de sobra, pero parece ansiosa por partir. Caminan en silencio hasta el coche.

Le gusta conducir, huir de la ciudad, especialmente en días como este, fríos pero soleados.

—¿Quieres que repasemos la entrevista?

—No la llevo escrita… —responde Asunta—. No es necesario, no te preocupes.

—No me preocupo, confío en ti.

Nada más salir del hospital, Asunta escribió un artículo contando los hechos de esos primeros cinco días de noviembre que ha batido su propio récord como la pieza más leída en la historia de *El Eco Norteño;* incluso se ha traducido para periódicos del extranjero.

—Después de hoy, quiero que te olvides de este tema, ¿de acuerdo?

Asunta la mira con las cejas arqueadas.

—Bueno, ya me entiendes. No quiero que escribas más sobre esto. Y te ordeno que te tomes unas buenas vacaciones.

—Lo haré. Palabra.

—Más te vale.

—Eres una jefa muy rara.

—Gracias.

Llegan a la prisión de Teixeiro. La Duquesa sabe que Agripina, la prima de Asunta, está encerrada ahí. Se pregunta si se le ha pasado por la cabeza visitarla.

La cárcel tiene la arquitectura sin alma de los lugares de paso. Podría ser una estación de autobuses, un centro médico, un cuartel militar. Cuesta creer que ahí viva gente.

Las dos se estremecen cuando las puertas se cierran tras ellas con un pesado sonido metálico.

Nicoleta ya está al otro lado del cristal. Lleva el cabello recogido en una larga trenza que le cuelga sobre el hombro derecho. Parece más delgada, los labios apretados, los ojos hundidos, sin duda cansada.

Se sientan frente a ella. En la repisa hay dos teléfonos blancos. Nicoleta descuelga el suyo. Asunta la imita con una mano y con la otra saca la grabadora, la enciende y la acerca al auricular. La Duquesa extrae un pañuelo desechable del bolsillo y limpia su teléfono con esmero antes de acercárselo a la cara.

—¿Y bien? —pregunta la reclusa.

No tienen mucho tiempo, las tres lo saben.

—¿Por qué lo de los *mouros*? —pregunta Asunta a bocajarro—. ¿Por qué inventarse esa historia?

Nicoleta parece a punto de sonreír. Se encoge de hombros.

—Fue idea de mi marido. Todo fue idea de Carlos.

La Duquesa y Asunta han escuchado declaraciones del abogado de la rumana y saben que toda su defensa en el próximo juicio se basará en esa táctica: echarle la culpa al marido muerto.

—Pero algo te comentaría. ¿Por qué meterle esa idea en la cabeza a Crucita? ¿Por qué obligarla a contar esa historia?

La reclusa baja la mirada, no contesta.

La Duquesa intuye que el abogado de Nicoleta o no sabe nada de esta entrevista, o bien le ha aconsejado que no la haga para no incriminarse antes del juicio.

Y, sin embargo, ahí están. Ella ha accedido a verlas.

—Nicoleta. Si has aceptado esta entrevista es porque tú también ganas algo con ella, ¿verdad? —pregunta la Duquesa—. ¿Quieres contar tu versión de los hechos? Dinos qué quieres, por favor, e intentaremos ayudarte.

Nicoleta levanta la cabeza.

—¿Cómo está Carlitos? ¿Cómo está mi niño?

—El niño está bien —responde la Duquesa sin tener datos que corroboren esa información.

Asunta saca su móvil, busca una foto, la amplía y la pega al cristal.

Nicoleta se acerca para verla mejor. Se muerde el labio inferior, suelta un sollozo sin lágrimas.

La joven deja el móvil sobre la mesa. Es una foto de Carlitos en un patio, sentado en el suelo con una ambulancia de juguete en la mano.

—¿Quieres que tu hijo sepa la verdad algún día? Cuéntanosla.

Nicoleta cabecea y apoya el auricular sobre su pecho unos segundos; la Duquesa presta atención, ¿se oyen los latidos de su corazón? No, no es así.

—Mi marido creía en esas leyendas. En los *mouros*, en los *trasnos*. Contaba que siendo un niño tuvo un encuentro con un *mouro*, en el bosque detrás de casa.

Asunta asiente como si fuera algo habitual, animándola a seguir hablando.

—Sería un vagabundo, claro… O qué sé yo. Pues igual sí era un *mouro*, hay cosas que no podemos saber. La cuestión es que ese hombre o lo que fuera se le acercó y le preguntó si era un niño bueno. Carlos le dijo que sí. El hombre le dijo que no le creía y al parecer intentó agarrarlo. Carlos corrió de vuelta a casa, gritando y llorando. Después de eso no se atrevía a ir al bosque solo.

—Le traumatizó.

—Él nunca utilizó esa palabra. Pero supongo que sí. Lo único que sé es que él se lo creía. De verdad. Creía en los *mouros.* En casa teníamos un montón de libros sobre mitología celta y leyendas gallegas, era un experto.

—Pero no secuestró a Crucita por eso. Fue porque estaba embarazada, ¿no?

Nicoleta asiente.

—¿Y cómo fue? ¿Qué recuerdas del día que te lo contó?

La rumana se aclara la garganta, se moja los labios. Mira el reloj que hay sobre la pared.

—Crucita fue a la consulta de Carlos. Sola. Era su médico de cabecera. Y le dijo que creía que estaba embarazada y que quería abortar. Le pidió que no se lo dijera a nadie. Mi marido le hizo las pruebas y sí, lo estaba.

—¿Trató de convencerla de que no lo hiciera?

—No, no. Le dijo que esperara unos días, que tenía que arreglar unos papeles, no sé. La chica no es muy lista. Le dijo que le guardaría el secreto.

—¿Te contó su plan ese mismo día?

—Sí.

—¿Y cómo se acepta eso? ¿Tu marido llega a casa y te plantea un secuestro como si fuera lo más normal del mundo?

La Duquesa mira a Asunta. Probablemente hubiera sido una buena fiscal.

—No, las cosas nunca son tan… tan simples.

—Explícamelo, por favor. Quiero entenderte.

—Carlos era muy inteligente. Sabía hablarte de forma que acababas poniéndote de su lado, viendo las cosas tal como las veía él. Nosotros no habíamos tenido hijos, no habíamos podido. Ese día, después de enterarse del embarazo de Crucita, vino a casa muy agitado. Pero seguramente lo traía ya todo pensado. Me dijo que Crucita iba a cometer un asesinato horrible del que más tarde se arrepentiría. Dijo que teníamos que salvarle la vida a ese bebé. Pensé que su idea era proponerle que no abortara y luego adoptar nosotros al niño. Algo así. Me aseguró que eso no funcionaría. «Debemos salvarle la vida a ese bebé y de paso darle una nueva oportunidad a Crucita», esas fueron sus palabras.

—¿En qué momento te planteó el secuestro?

—Él no lo llamaba así.

—¿Cómo lo llamaba?

—El rescate. ¡Íbamos a salvar una vida inocente! La idea de tener un hijo, de acunar a un bebé en mis brazos… Yo siempre he querido ser madre. Además, vosotras no sabéis lo dura que es la vida en esa casa, sola casi todo el día, casi todos los días. La insatisfacción…, la frus… ¿Cómo se dice?

—¿Frustración?

—Eso. Yo quería ser madre más que nada en el mundo. Y Carlos me hizo entender que esa era la única forma de conseguirlo. Me dio esperanza. Y de pronto ya no me parecía una idea tan mala. Era peligrosa, sí, pero y qué. Era un cambio, por fin. Era una nueva vida. Sí, era un rescate. Un rescate para el bebé y para mí.

Nicoleta las mira a las dos, quizá buscando comprensión.

—¿Ya teníais habitaciones en el sótano? —pregunta Asunta.

—No, no. Teníamos el sótano, claro. Antiguamente la casa había sido una granja y ahí guardaban vacas. De esa manera el calor de los animales ayudaba a calentar la casa en invierno.

La Duquesa asiente. Ha conocido casas así.

—El sótano ya estaba aislado del frío y de ruidos. A Carlos le gustaba tocar la guitarra y siempre había fantaseado con montar un estudio ahí. Aunque nunca lo había terminado. Justo después de capturar a Crucita, cogió vacaciones y las aprovechó para construir una habitación confortable y segura para ella.

—Has dicho que la capturó. ¿Cómo lo hizo?

—No lo sé, de verdad. Cuando la trajo estaba dormida. Juro que fue a por ella él solo. Yo me quedé en casa.

—¿El plan siempre fue criar al niño y luego soltar a Crucita?

—Sí, claro. No queríamos hacerle daño.

—¿Y cómo lo pensabais hacer? ¿Tu marido ya había pensado en montar toda la historia de los *mouros*?

—No. Eso fue después. Él decía que ya se nos ocurriría algo… Sabíamos lo del síndrome de Estocolmo. Pensé que cuanto más tiempo estuviera con nosotros, cuando viera cómo cuidábamos del niño, lo entendería, se pondría de nuestro lado. Pero Carlos decía que no sería suficiente. Que debíamos asegurarnos. Empezó a leer libros de psicología, libros que contaban experimentos del Gobierno norteamericano para doblegar la voluntad, de cómo funcionaban las técnicas de control mental de las sectas…

Por primera vez desde que han llegado ahí, Asunta mira a la Duquesa: «lo sabía», parecen decir sus ojos.

—Eso llevaría tiempo.

—No tanto, en realidad. El plan de mi marido consistía sobre todo en darle pequeños privilegios y luego quitárselos, para devolvérselos si se portaba bien, como recompensa. Le creaba una necesidad y luego la satisfacía, de modo que ella estaba agradecida. Funcionó muy bien. Ya he dicho que la cría no era muy lista.

La Duquesa mira el reloj en la pared. Tienen poco tiempo. Se golpea la muñeca para apremiar a Asunta.

—De acuerdo, entiendo lo de Crucita. Ambos queríais un bebé y tú creías que estabas salvando una vida. Pero ¿por qué secuestrar a Juana? Ella no estaba embarazada.

—Ese fue nuestro error. Si él no se hubiera empeñado en coger a la otra chica, nada de esto hubiera ocurrido.

—¿Cómo te convenció de que eso estaba bien?

—Juana también era paciente de mi marido. Él sabía, bueno, todo el pueblo lo sabía, que esa chica iba por el mal camino. Al parecer tenía amargada a su madre, una pobre viuda. Carlos creía… Lo de Crucita estaba funcionando muy bien, muy rápido, y él pensó que podríamos seguir educando chicas. Así lo llamaba él: educarlas.

—¿Y a ti te pareció bien?

—No, no. Pero era difícil de…

—¿Convencer?

—Sí. Era muy cabezota. Cuando se le metía una idea en la cabeza… Además… Conocí a Carlos en Viena. Por entonces él acababa de sufrir una decepción amorosa. Su esposa, una azafata austriaca, lo había abandonado por otro hombre. Carlos creía que esa infidelidad se debía a la falta de valores de su ex y a su trabajo. Pensaba que, si ella se hubiera limitado a ser una ama de casa, aquello no habría ocurrido.

—¿Me estás diciendo que todo es una especie de venganza? ¿Los secuestros, la forma en que arruinó la vida de esas chicas, todo era una venganza?

Sin mirarla, la Duquesa aprieta la rodilla de Asunta, un gesto para animarla a mantener la calma.

—No, no, una venganza no. No sé. Él creía que era nuestra misión. Que habíamos encontrado la oportunidad de hacer un cambio real en la sociedad. «De arrancar malas semillas», decía él. Ya digo que lo de Crucita había funcionado muy bien. Así que pensé que quizá tenía razón. Era fácil dejarse llevar por su entusiasmo. Decía que, si nos había salido bien, ¿por qué no hacerlo de nuevo?

La Duquesa recordó una conversación reciente que había tenido con Aurelio. El ex guardia civil sospechaba que el exceso de ego y ambición había condenado al Ruso. Según su experiencia, muchos criminales, cuando salen indemnes de sus fechorías, sienten el impulso de intentarlo de nuevo, de llegar más lejos.

—¿Y con Manuela? ¿Por qué secuestrarla a ella?

—Por lo mismo, para reeducarla. Esa chica se había burlado de Crucita. Mi marido adoraba a Crucita, era su niña.

—Y a ti, de nuevo, te pareció buena idea.

—¡Ya te lo he dicho, era difícil decirle que no!

—¿Y su imagen? Tendría algo que ver, ¿no? —pregunta la Duquesa.

—¿Cómo?

—Manuela es independiente, tiene una imagen poderosa y, al contrario que Crucita o Juana, es educada, tiene estudios. Imagino que, si tu marido conseguía doblegarla, sería un triunfo para él.

—Sí, sí, claro. Él fantaseaba con que hombres de otros lugares siguieran su ejemplo.

—¿Eres consciente del daño que tu marido y tú les habéis hecho a esas chicas? —pregunta Asunta—. Les habéis destrozado la vida.

—Nunca les tocamos un pelo, palabra.

—No toda la violencia es física, Nicoleta. Ya eres mayorcita para saberlo. Toda violencia provoca un eco imprevisible, esas chicas son la prueba. No hay crimen sin víctimas.

Nuevo apretón en la rodilla. Calma.

Nicoleta baja la cabeza y parece aguantar la respiración. Como si se hubiera olvidado de inhalar aire.

Asunta mira el reloj. Se les acaba el tiempo.

—¿Por qué escogisteis esas fechas para soltarlas? —pregunta—. ¿Por qué el 24 de junio y el 31 de octubre?

—Son noches muy importantes en la mitología celta. Noches mágicas. Carlos creía que era una forma de... de reforzar el mensaje. Hacer lo de los *mouros* más creíble.

Un guarda abre la puerta tras la presa y se acerca hasta ella.

—Por favor, díganle a Carlitos que no me olvido de él. ¿Lo harán? Por favor.

Asunta apaga la grabadora y cuelga el teléfono como única respuesta. La Duquesa hace lo mismo.

Ambas se ponen de pie. Asunta suelta un largo suspiro y la Duquesa pregunta si se ha quitado un peso de encima, si por fin tiene las respuestas que necesitaba.

Ambas se dirigen a la puerta de salida de la sala de visitas sin despedirse.

Antes de irse, la Duquesa echa un vistazo hacia atrás y sorprende una sonrisa en la cara de Nicoleta, apenas un segundo. La presa baja la cabeza y se da la vuelta.

La Duquesa siente una repentina flojera en las rodillas. ¿Es posible que...?

La puerta se cierra tras ellas.

Asunta avanza por el pasillo a buen paso.

La Duquesa siente el impulso de tocarle el hombro, de contarle lo que ha visto.

¿Es posible que Nicoleta las haya engañado? ¿Y si fue ella la que lo planeó todo?

—¿Estás bien? —le pregunta Asunta—. Estás pálida.

—Sí, sí. Es este sitio. Vámonos a casa.

79

15 DE NOVIEMBRE DE 2019

Asunta

Anoche dormí en casa de Matías por última vez.

A ambos nos unió la tragedia y, ahora que la tormenta pasó, solo nos queda una especie de añoranza prematura de lo que tuvimos.

Por la tarde me presenté en su casa para despedirme, pero una cosa llevó a la otra y se me hizo demasiado tarde para volver a Santiago.

Me metí en su cama aún a sabiendas de que no llevaba el MP3 y los auriculares y que seguramente el *tinnitus* no me dejaría dormir.

A eso de las tres, cansada de mirar sombras en el techo, me levanté para prepararme un vaso de leche caliente. Antes de bajar a la cocina, me acerqué a la ventana y miré hacia el exterior, a la noche fría y estrellada. Y ahí estaba ella. Al principio pensé que se trataba de mi imaginación jugándome una mala pasada. Pero no. Era Crucita. Al pie de un árbol, frente a la entrada principal, con un gorro de lana rojo, una bufanda del mismo color y un anorak blanco como un sudario. Estaba ahí quieta, la mirada fija en la casa, esperando vete a saber qué. No sé si me llegó a ver. Sin hacer ruido ni encender luz alguna, bajé al piso inferior y comprobé que la puerta y las ventanas estaban bien cerradas. Cuando volví a subir, ya no estaba.

Estoy preparando una maleta. Aún no sé adónde voy a ir, pero voy a tomarme un par de semanas de vacaciones. Siempre he fantaseado con la idea de ir al aeropuerto y coger el primer vuelo que me lleve fuera del país. Quizás a algún lugar con playa o a una gran ciudad. Pero, eso sí, lejos, muy lejos de cualquier bosque.

Agradecimientos

A Carol París por su confianza y paciencia.
A Mabel Beltrán por prestarme un techo.
A Isabel Sanjust, mi primera lectora, por todo.